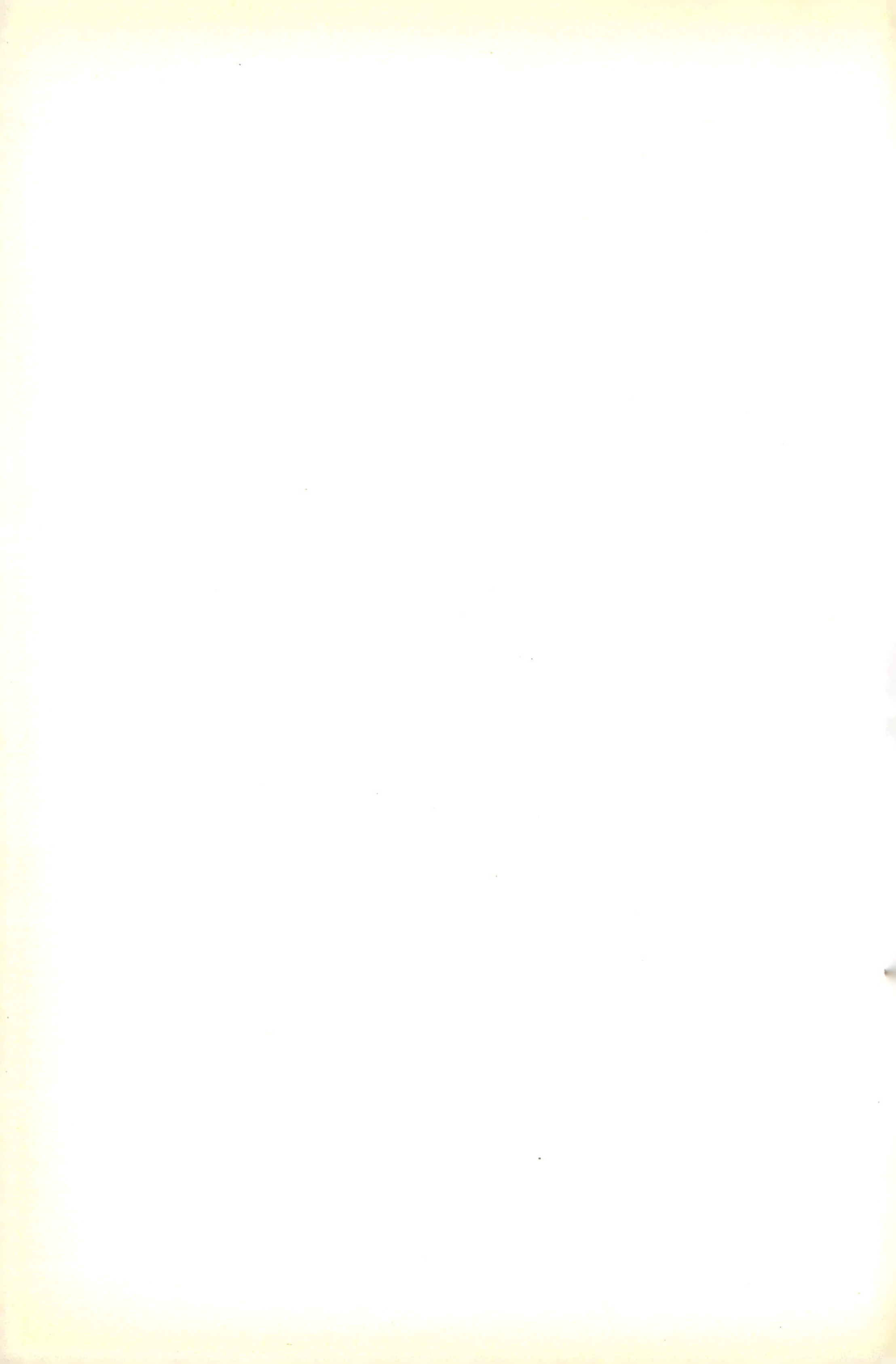

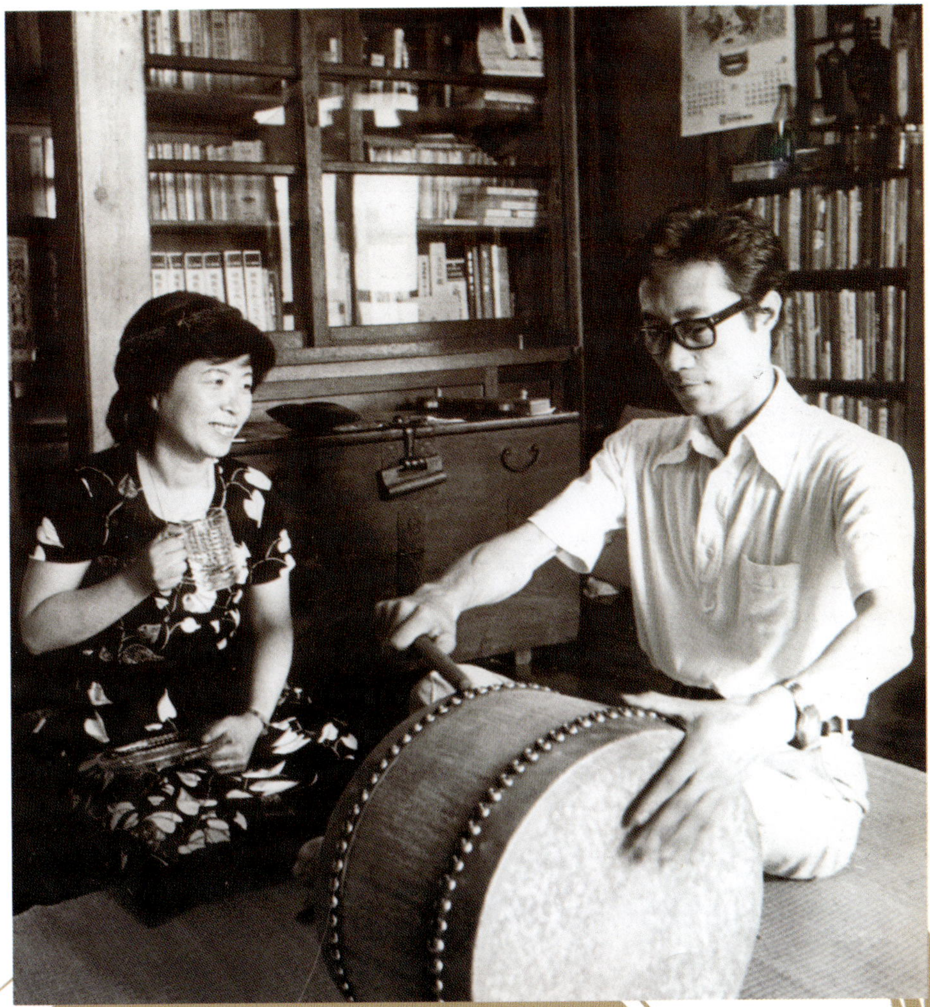

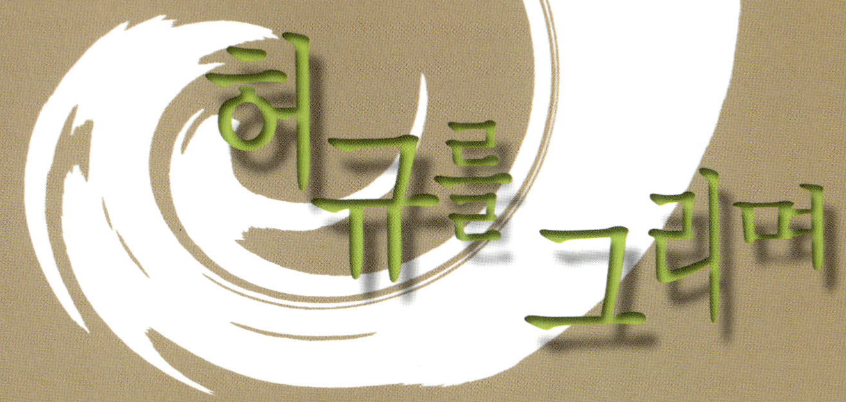

■ 1982년 일요일 어느 한때, 북을 치고 있는 고인

허규를 그리며

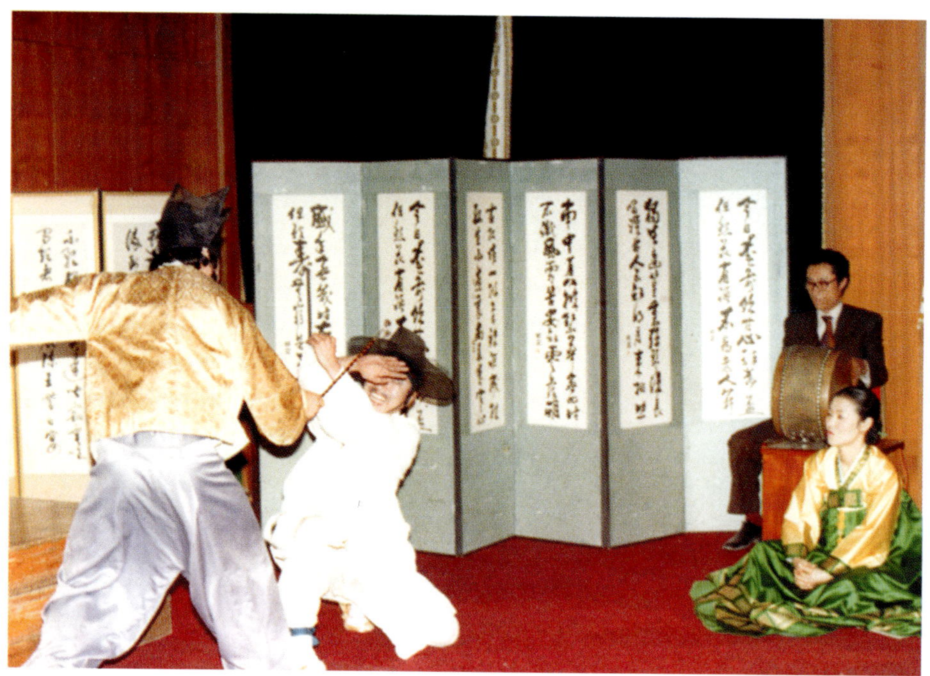

■ 1978년. 〈놀부뎐〉에서 고수를 하다

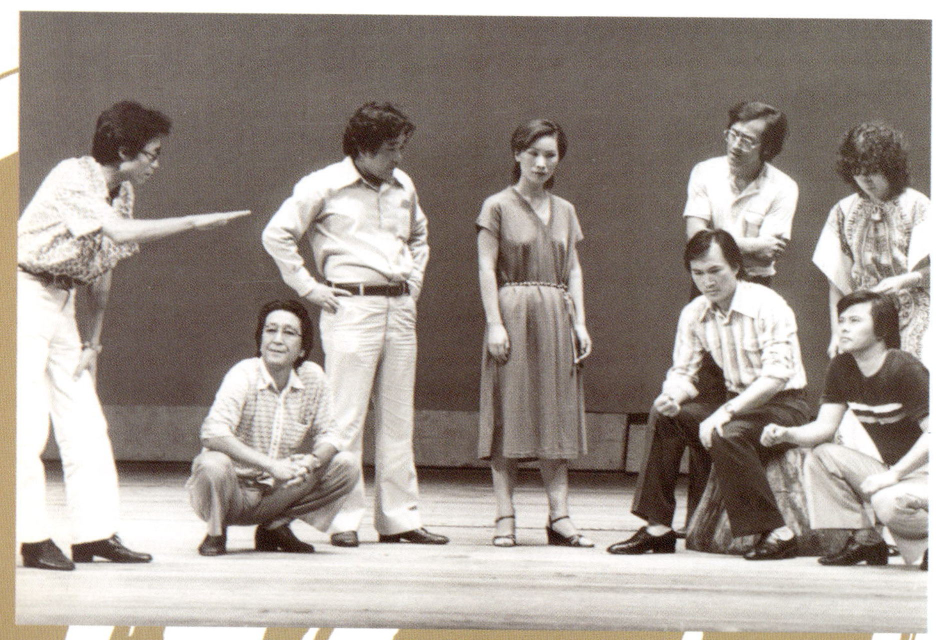

■ 1980년. 최인훈작. 〈둥둥낙랑둥〉 국립극단 공연 연습 장면
(장민호, 심양홍, 이영희, 이만희, 서희승, 심우창)

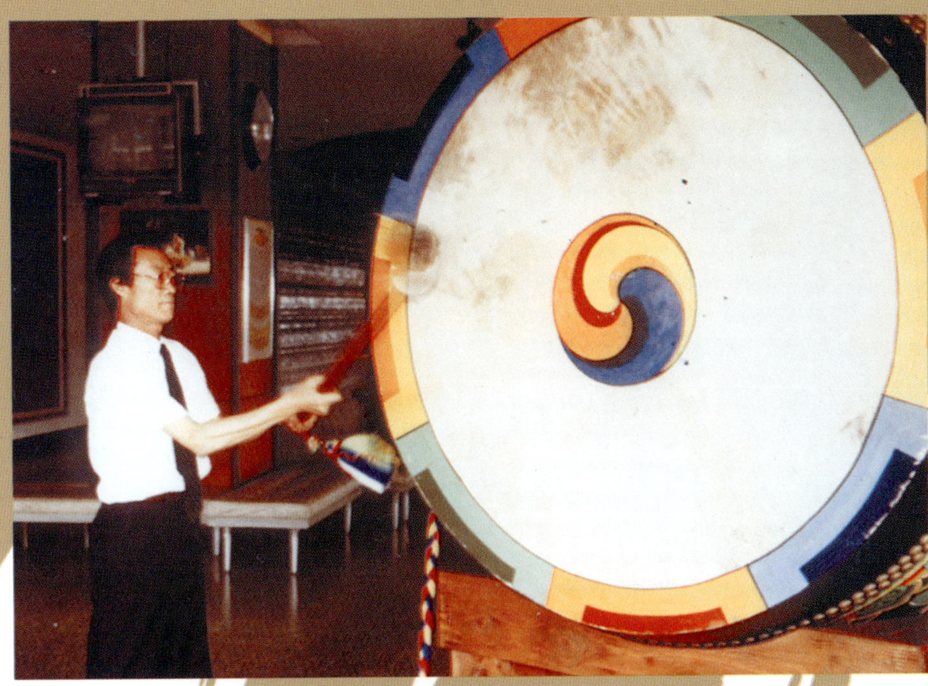

■ 1982년. 국립극장 대고를 치며

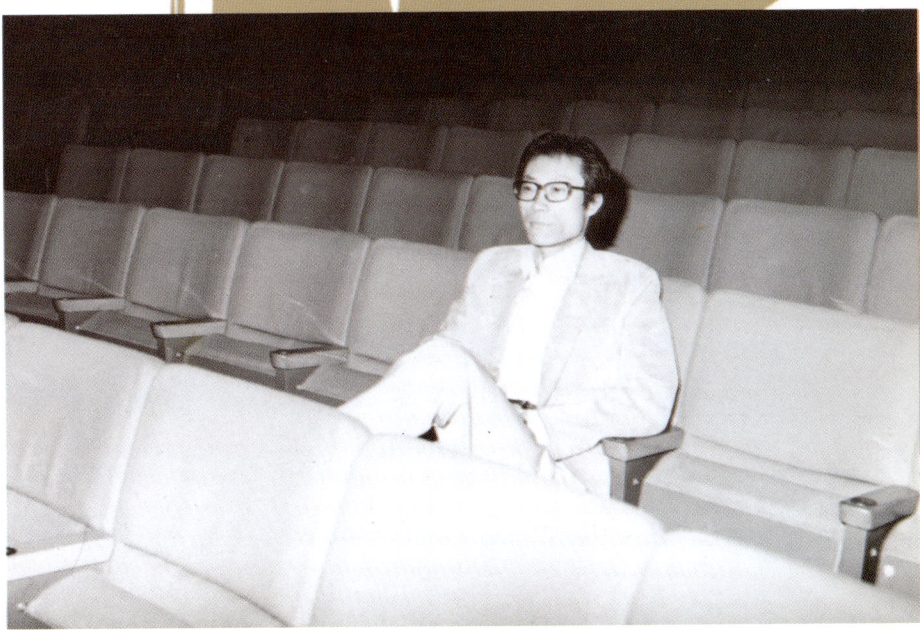

■ 국립극장 객석에 앉아서

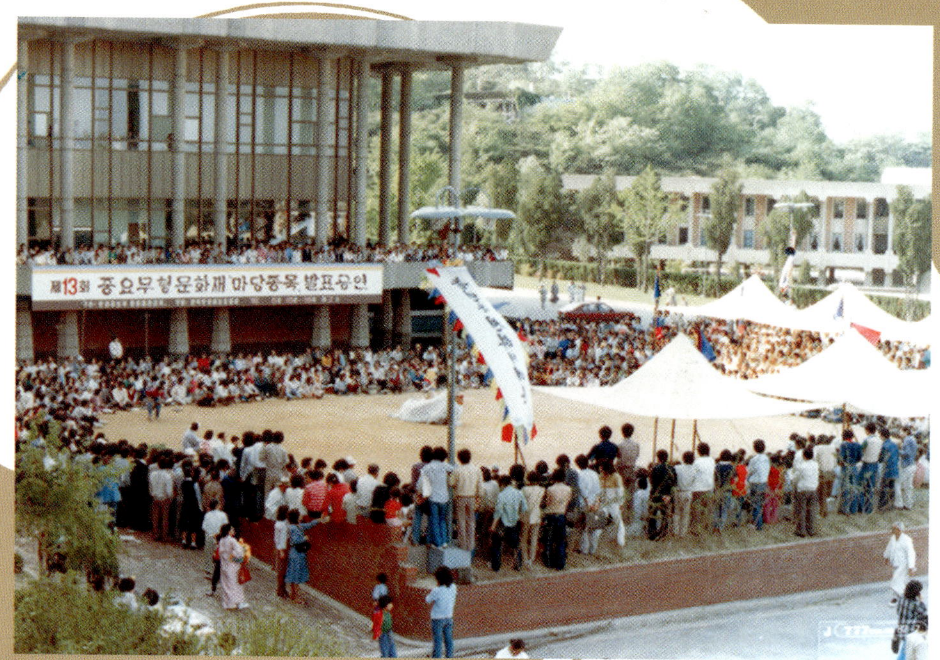

■ 국립극장 야외놀이마당에서

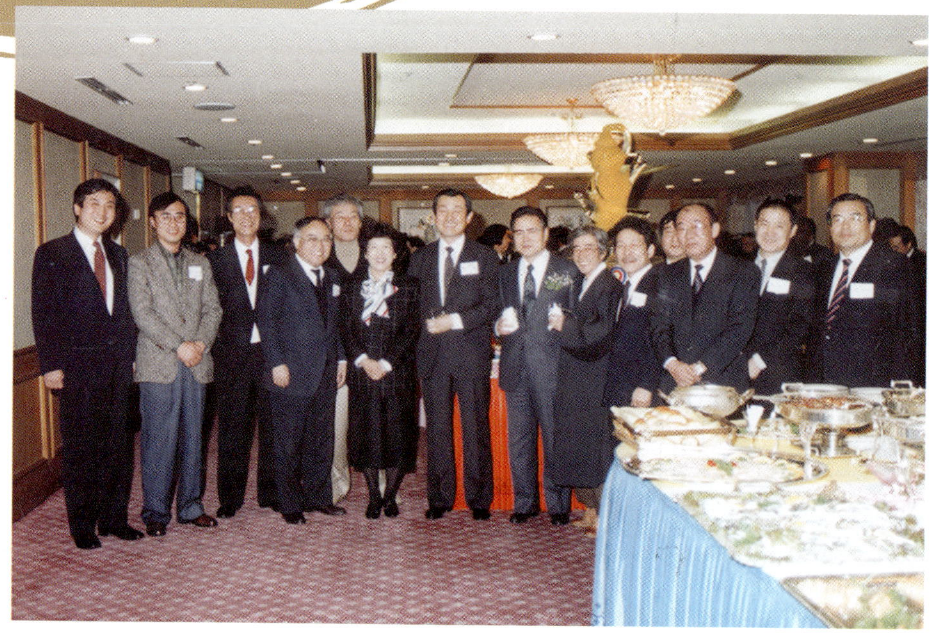

■ 88서울올림픽 준비단 해체 기념파티에서

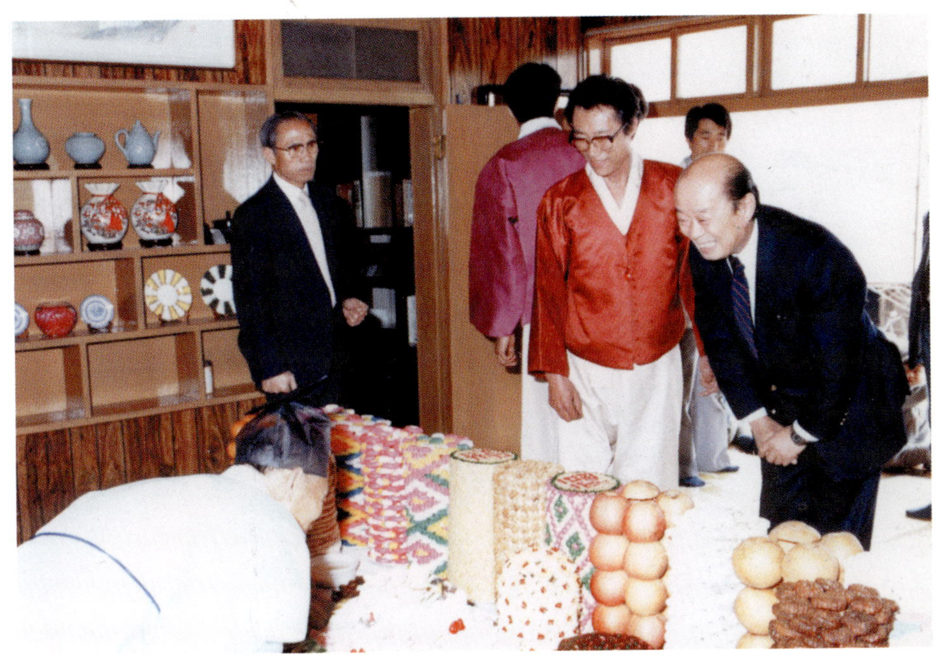

■ 허규 선생 아버님의 고희 잔치에서. 발레 단장 임성남씨(오른쪽)

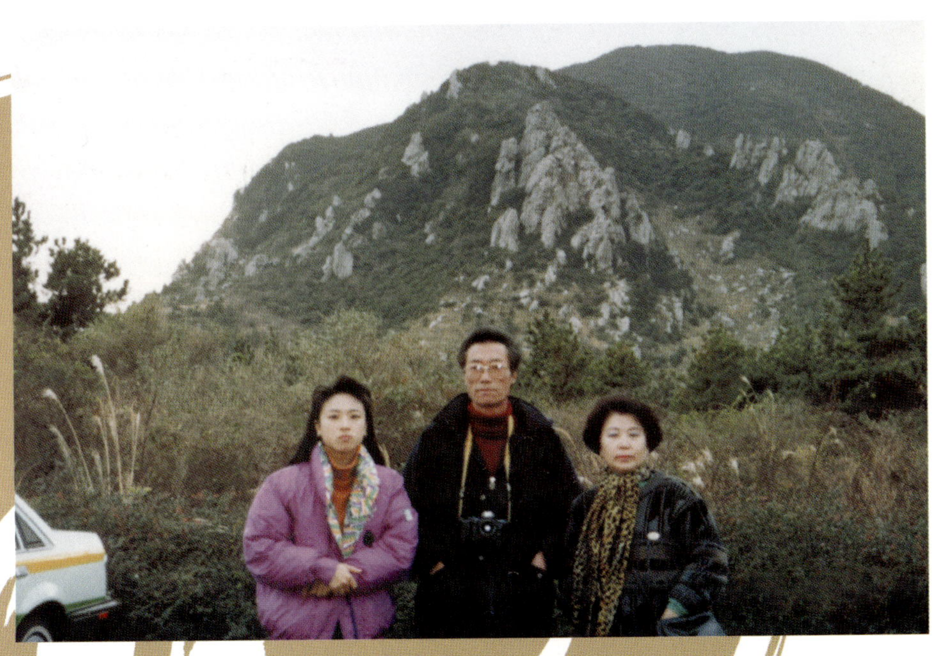

■ 가족 제주도 여행

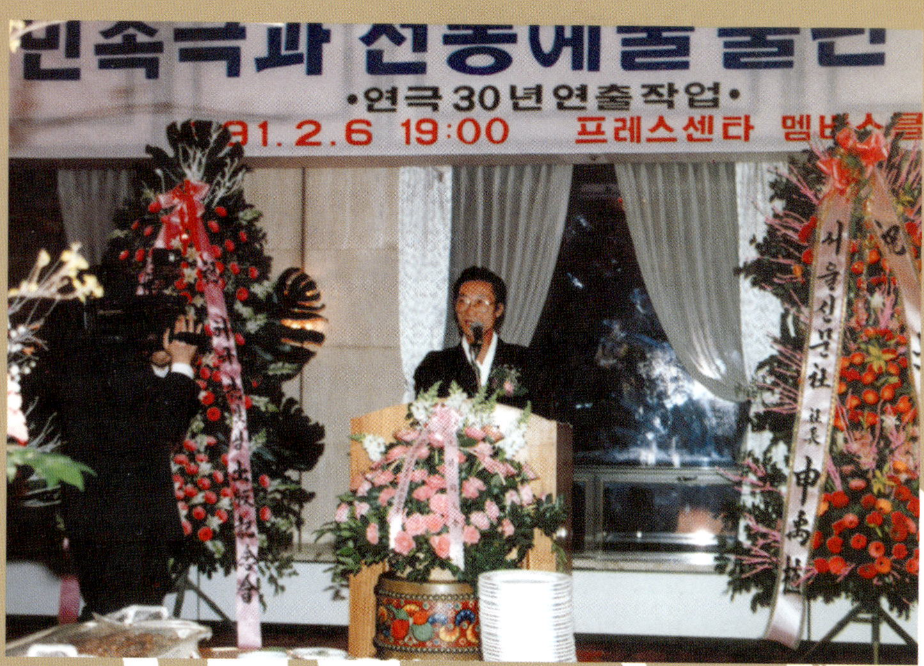

■ 『민족극과 전통예술』 출판기념회에서 답사를 하는 허규

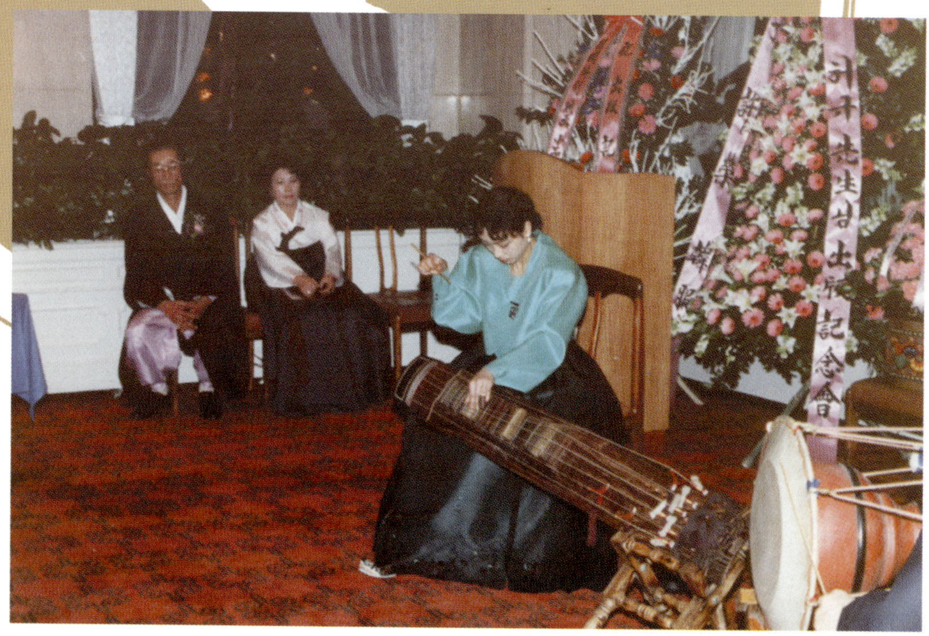

■ 1991년, 『민족극과 전통예술』 출판기념회에서 딸 윤정이 거문고를 독주하고 있다

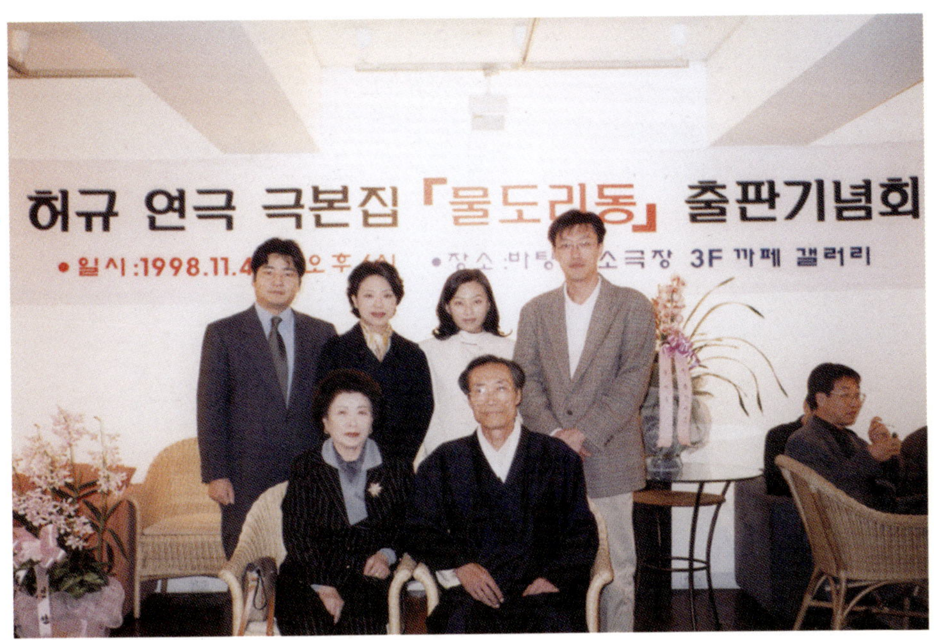

■ 1998년. 연극 극본집 『물도리동』 출판기념회에서 온가족이 함께

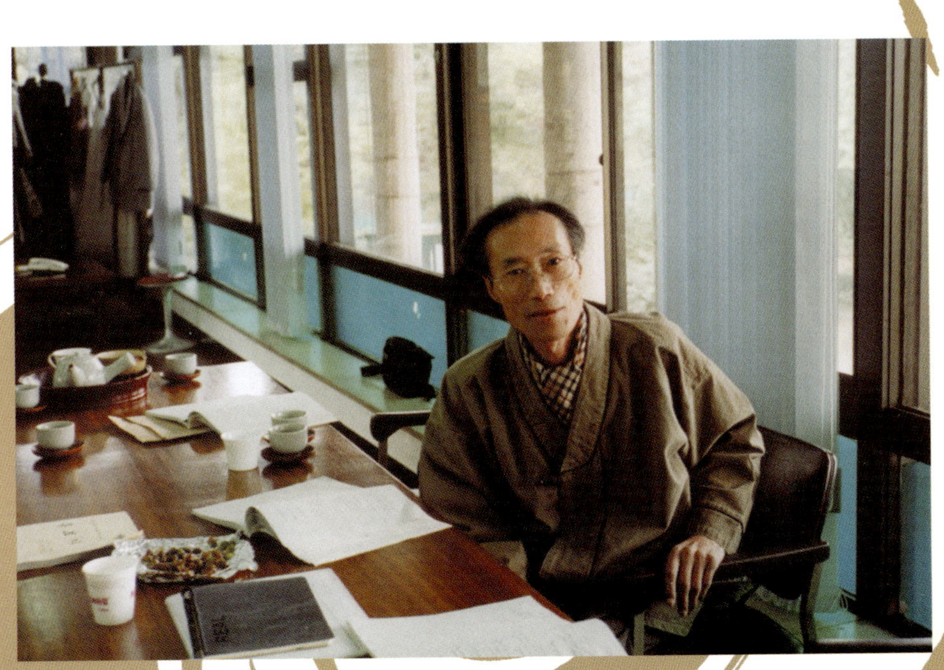

■ 1999년. 국립창극단 〈흥보전〉 연출(마지막 작품)을 하며

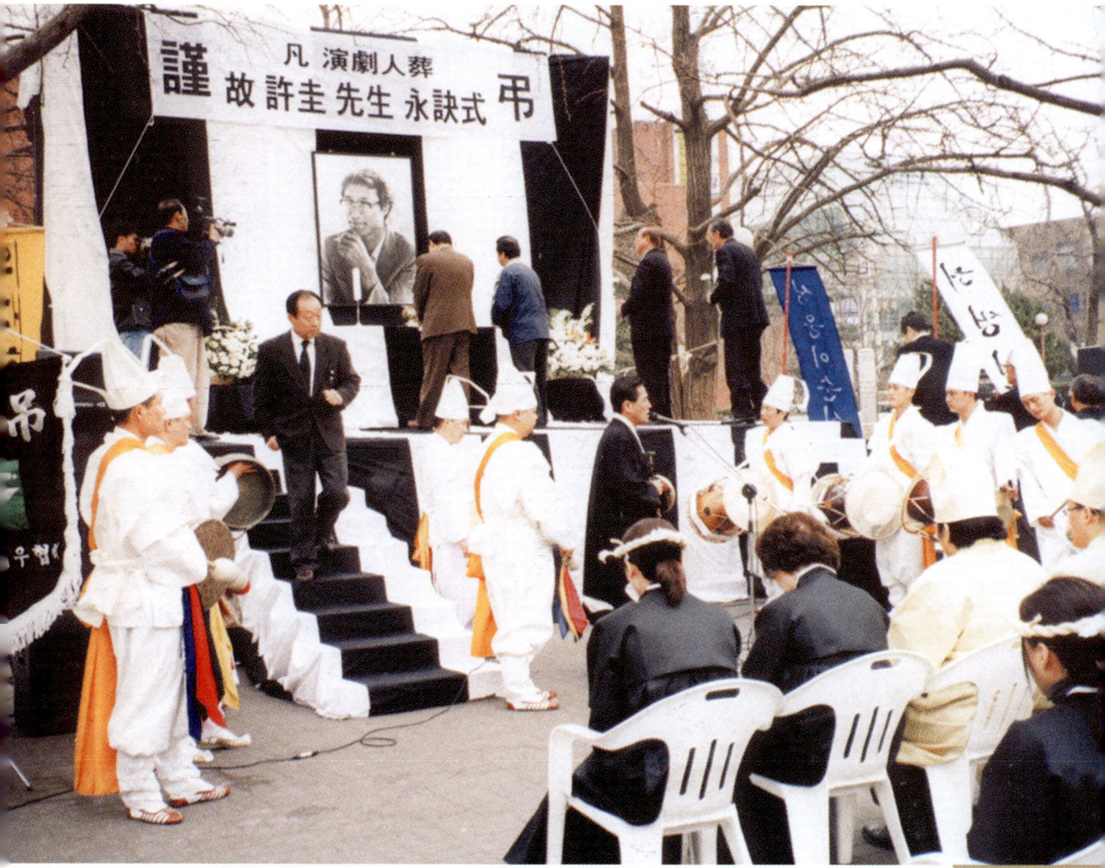

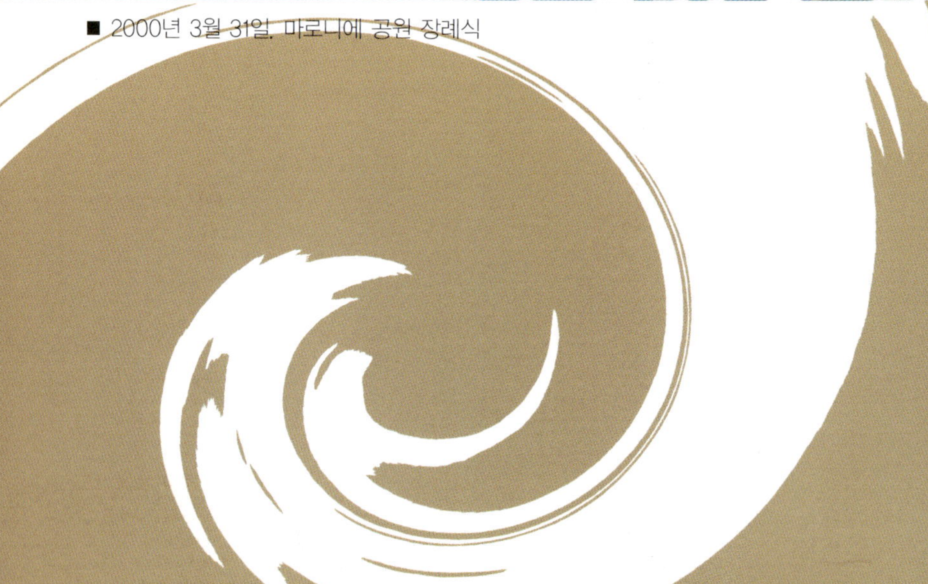

■ 2000년 3월 31일. 마로니에 공원 장례식

열정과 신들림의 북소리를 찾아

허규를 그리며

여석기 외 지음 | 박현령 엮음

평민사

죽음보다는 삶을 더 사랑하면서

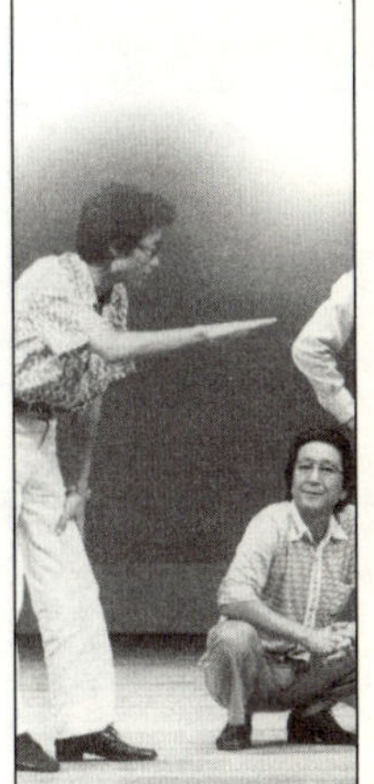

　많은 분들이 우정어린 글을 보내주셔서 한 권의 책으로 묶게 되었다. 선생님, 선배님, 동료와 후배, 제자에 이르기까지 잠깐이라도 우정을 나누었거나 한 작품에라도 함께 머리를 맞대고 제작에 참여했거나 긴 기간 대화를 나누고 그의 작품을 지켜봐주신 선배, 동료 여러분들의 진심어린 글들을 한데 묶었다. 그렇게라도 해서 애석하게도 조금 일찍 이승을 하직해서 우리를 섭섭하게 한 놀란 가슴을 조금이라도 달랠 수 있을까 하는 기대 속에서 이런 기획을 하게 되었다.

　젊은 시절 남편 허규 씨를 처음 내가 만나서 그를 강렬하게 의식하게 된 것은 방송국이 아닌, 명동의 국립극장 그의 작품을 관람하고서였다.

　당시 우리는 한 직장(KBS–TV)의 동료였는데, 그때만 해도 각자의 전공을 살리면서 직장은 생활의 방편으로 갖고 있으면 어떻게 살게 되려니 하는 낭만적인 낙천주의에 빠져 있었던 것 같다.

　그러나 어불성설. 어느 한 분야에 몸과 마음을 다 바쳐도 만족할 만한 결과는 있을 지 없을 지 모르는데 양립한다는 것은 어림도 없는 것이 우리의 현실이었다.

　그는 직장과 연극 중 연극을 택했고, 덕택에 나는 직업전선에 뛰어들어 생활을 책임지는 듯이 보였으나 겨우 꾸려나갈 정도였다고, 나는 말하고 싶다.

　36년여의 결혼생활!

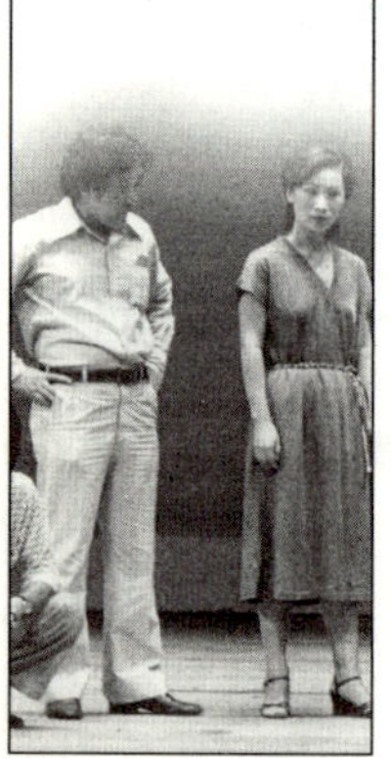

정말 바쁘고, 힘들고, 보람있고, 숨찬 나날이었다. 한 가지 분명한 것은 여하튼, 열심히 삶을, 죽음을 생각할 겨를도 없이 그러나 삶을 사랑하며 살아있음을 더욱 소중히 여기며 살아왔음을 나는 자신있게 말하고 싶다. 숨찬 나날이라고 표현한 것은 나와 남편과의 나날이 그야말로 숨찬 나날 그 자체였기 때문이다. 그는 북을 치고, 장단을 맞추며, 욕심껏, 우리의 전통예술과 문화유산의 연극화까지 뒤지며 내달렸고 나는 생활비에 목을 메고, 아이 둘을 낳고 직장생활을 하는 사이사이, 원고지 칸을 메꾸며, 생방송 원고구성을 하면서, 시집을 묶어 가면서, 살아온 나날이었으니, 돌이켜보면 그런 표현을 쓰지 않을 수가 없다.

한 가지 뚜렷한 것은 나와 남편이 무슨 커다란 현실적인 공명을 바랬다거나 부의 축적이나, 대중의 박수 같은 것을 염두에 둔 적은 없고, 그저 열악한 우리 나라의 숙명적인 문화적 환경 속에서, 바보같이 열심히 자신들이 택한 길을 걸어올 수밖에 없었음을 자인하고 있다.

그러나 나는 죽음보다는 삶쪽에 관심이 많았고, 삶을 사랑했고, 주어진 나날을 욕심껏 소화해 내려고 애썼다.

애초에 우리는 남자와 여자로 만나, 아이 둘을 낳고, 가정을 꾸려왔으나, 우리는 함께 창작세계를 갈망하고 뭔가 더 완벽한 좀 더 눈이 번쩍 뜨이는 예술세계를 지향하는 동지로, 혈육같이 끈끈한 신뢰와 가장 가까운 친구로, 온갖 불평과 불만과 보람과 가치관의 공감대를 형성해온, 그런 관계로 발전되어 있었다.

그러나 내가 그토록 믿었던 그의 굳은 의지와 불굴의 탐구력을 지탱해 주었던 그의 건강, 그의 강단있는 체력은 끝내 손을 들었던 모양이다.

이렇게 내 앞에 불가항력의 죽음이 닥치리라고는 차마 생각지 못했었다. 그만큼 나는 그의 건강을 믿었고, 재기를 믿었으며, 그의 강인함에 기대를 걸고 있었다고나 할까?

그가 먼저 떠나버린, 텅 빈 그의 흔들의자에 나는 매일 한 번씩 앉아보고, 중얼거린다. "결혼한 부부의 관계는 그저 사랑과 가계부의 관계만은 아닌 것 같다"고, "부부란, 혈육 이상의, 친구 이상의, 살을 맞댄 남과 여, 그 이상의, 커다란 연민과 커다란 관심과 공감대, 유한한 인간의 한계에 함께 부딪친 원천적인 비극성까지도 마지막까지 공유할 수 있는 관계"라고, 나는 혼자 중얼거리며, 설명할 수도, 인식되어지지도 않은 무의미의 막막함과 광활한 허무의 공간에 빠져보기도 한다.

한 사람 한 사람, 남편과 함께 살아온 동시대의 선배, 동료, 후배들 게다가 글까지 써주신 고마운 분들께, 그들의 사랑에, 다시 한번 머리숙여 감사를 드리며, 그들과 함께 이 소중한 추억과 그리움의 선물인 책 한 권을 그의 1주기 영전에 바친다.

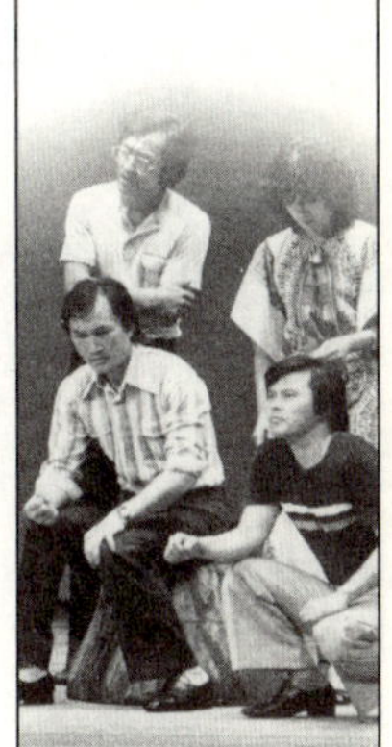

열정과 신들림의 북소리를 찾아서

차 례

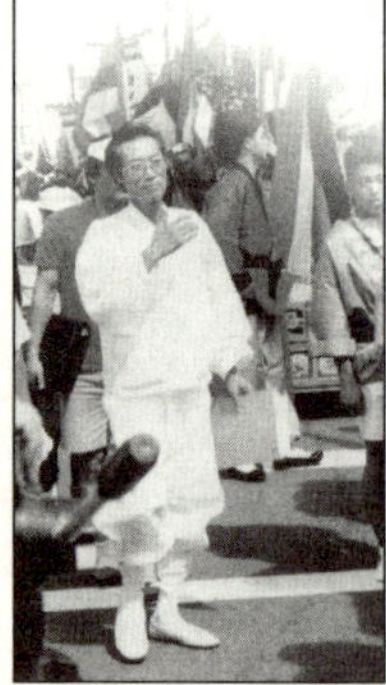

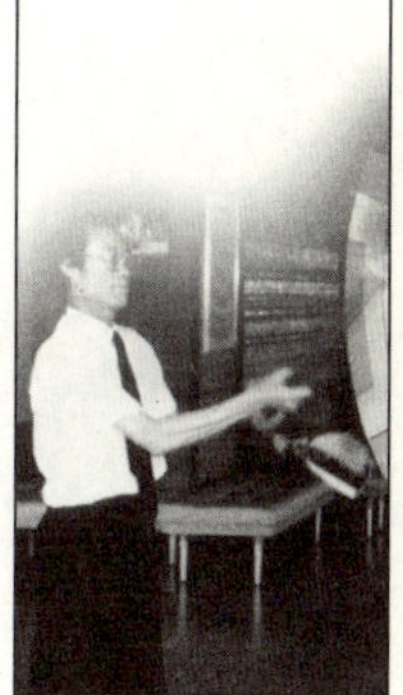

열정과 신들림의 북소리를 찾아서

독주곡 54번

큰 - 나무의 이야기, 셋

(허규님의 가심을 추모함)

2001. 2. 14

곡: 이성천 (서울대 교수)

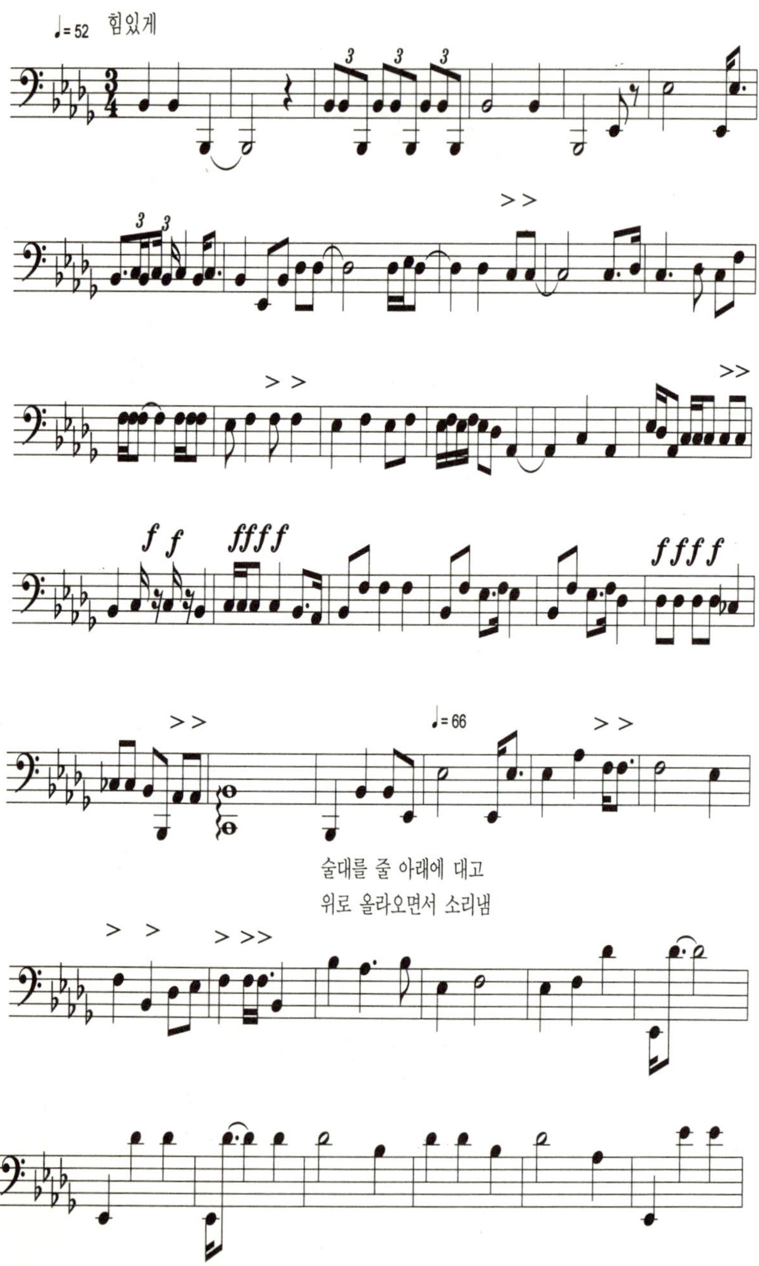

♩= 52　힘있게
술대를 줄 아래에 대고
위로 올라오면서 소리냄
♩= 66

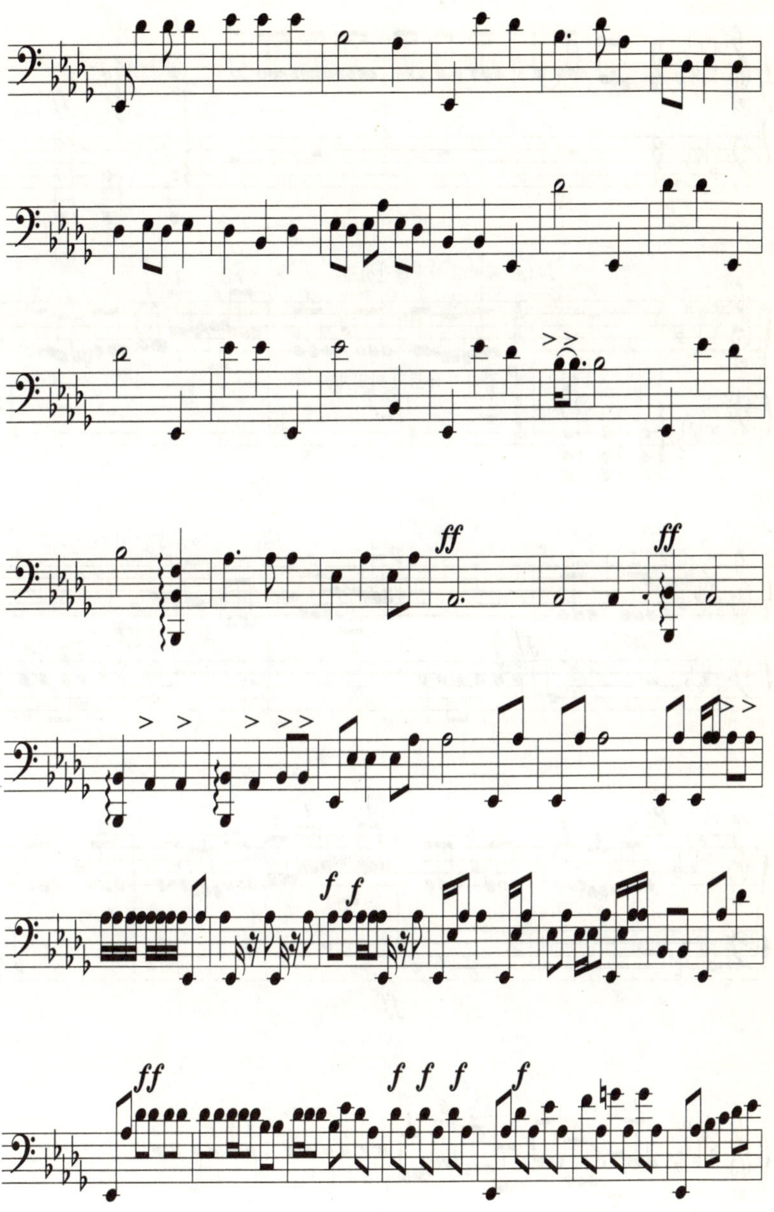

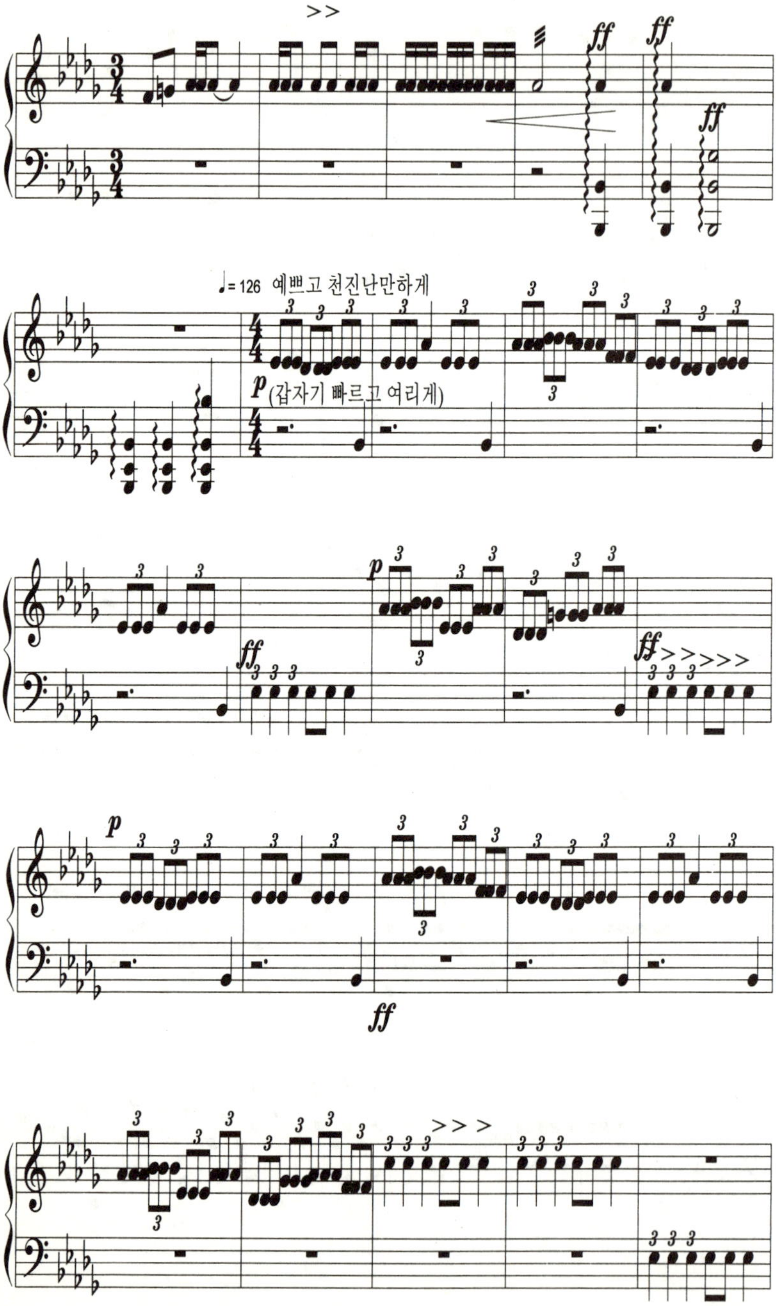

♩= 126 예쁘고 천진난만하게
p (갑자기 빠르고 여리게)

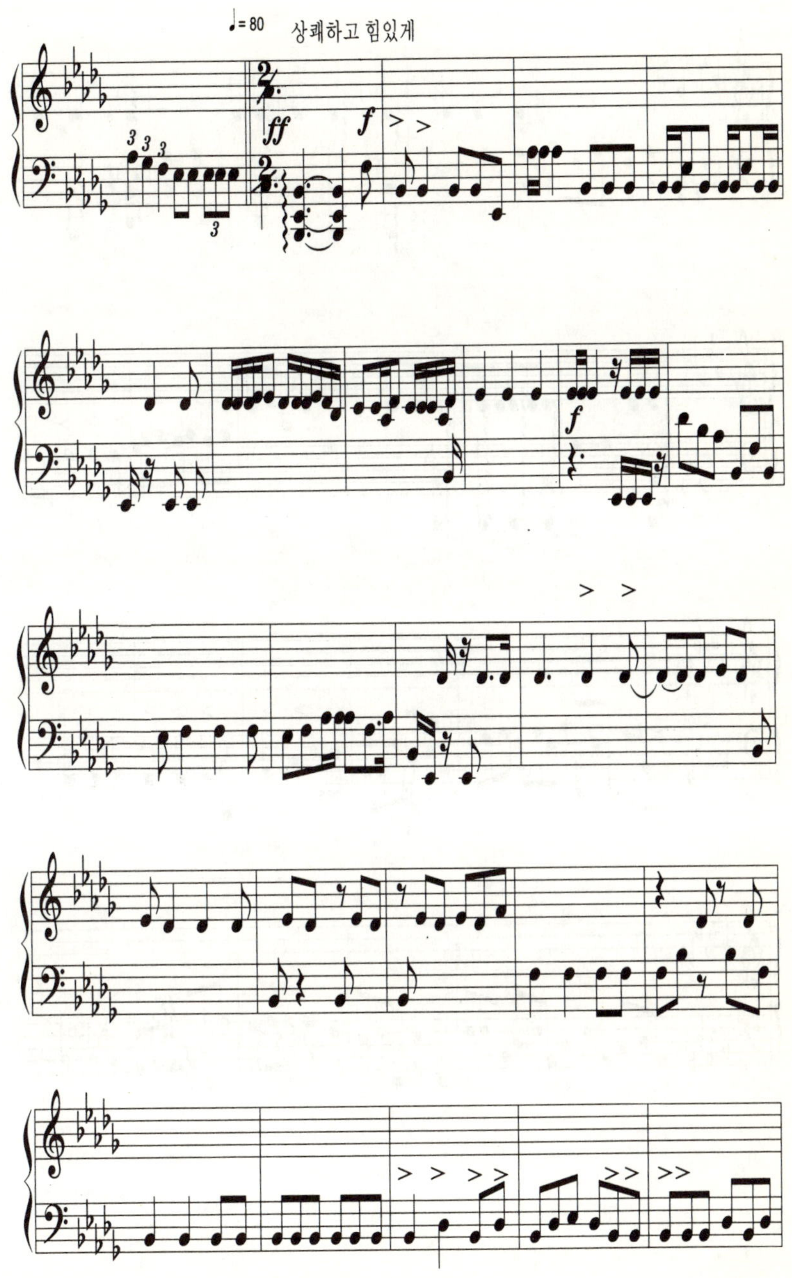

♩=80 상쾌하고 힘있게
ff
f

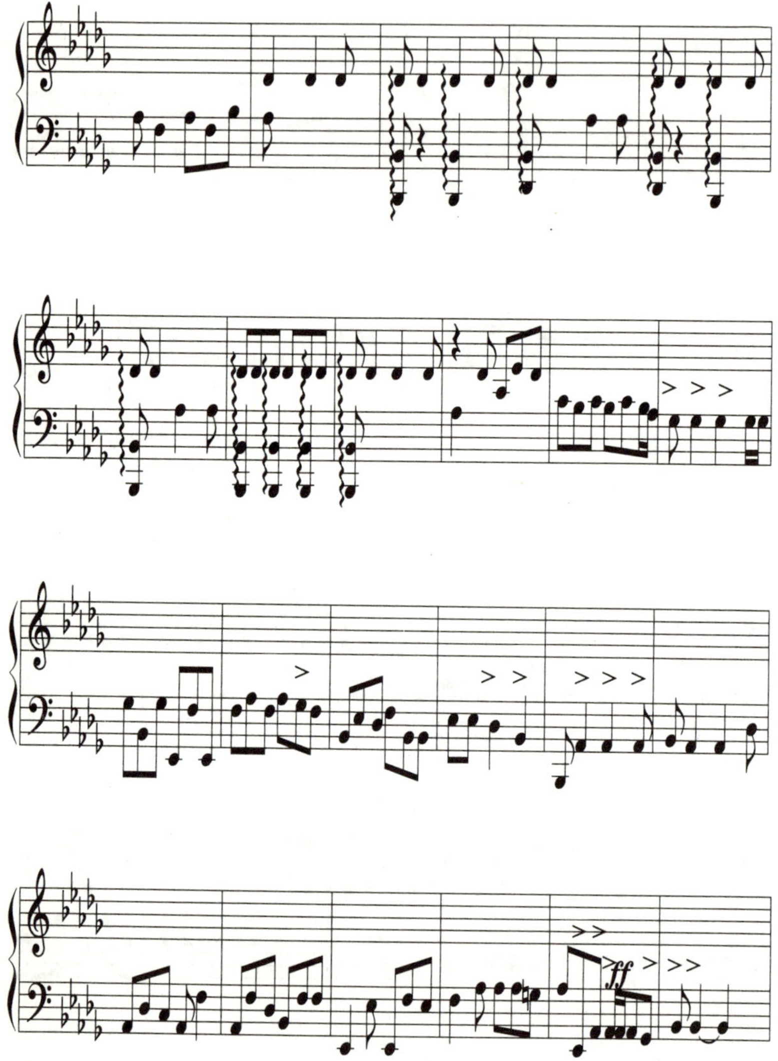

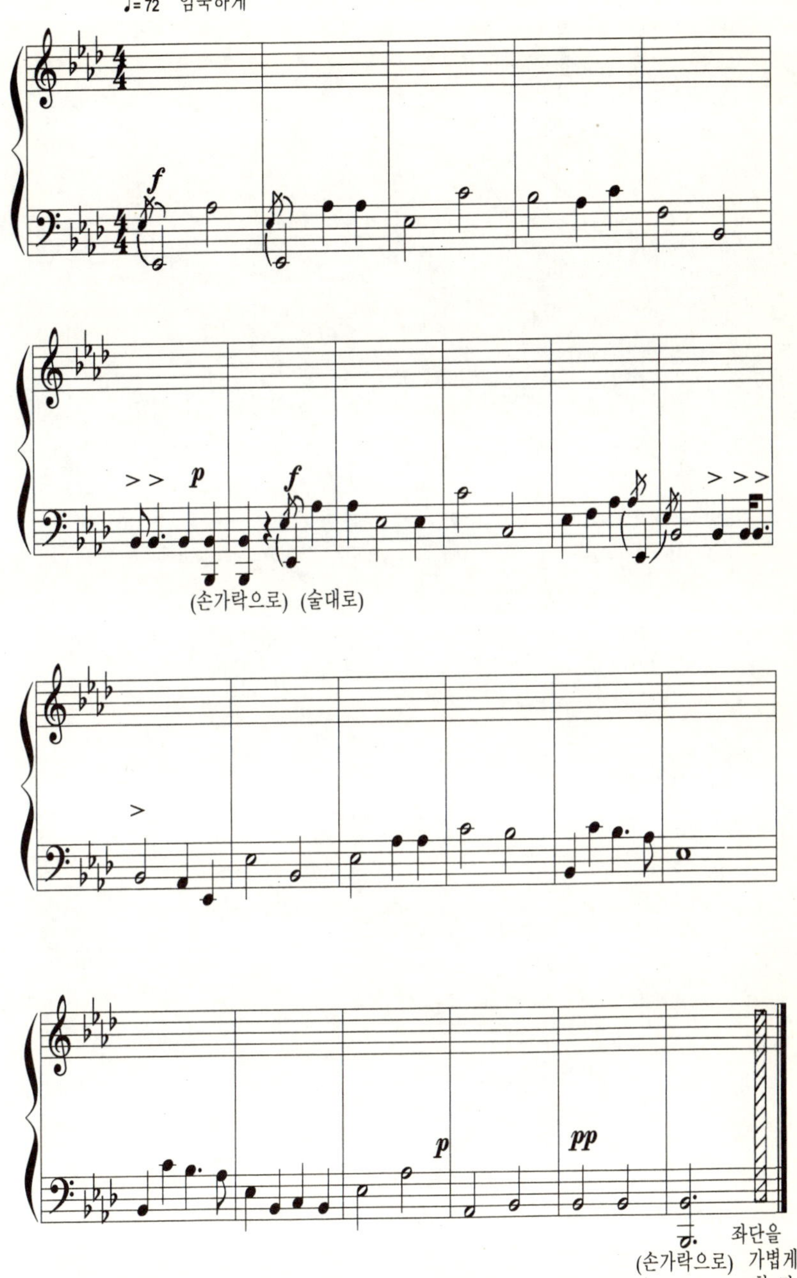
♩= 72 엄숙하게
(손가락으로) (술대로)
(손가락으로)
좌단을
(손가락으로) 가볍게
칠 것

허규 선생 조가(弔歌)

구히서

새천년 새로운 세기 새봄이라 떠들썩한데
무슨 일 무슨 걸음에 서둘러서 떠나셨소
개나리 진달래가 봉울을 터뜨리는데
꽃 소식 젖혀두고 이별소식 웬 말이오
이별도 그냥 이별이 아니고 영이별이 웬 말이오
아~ 우리 선생 허규 선생
영 이별이 웬 말이오

사람 목숨이 하늘에 달렸고
한평생 사는 것이 사람 손에 매여 있어
하늘에 기대면서 애를 쓰며 산다지만
연극 속에 온갖 고생 무대 위의 온갖 보람을
모두 다 남겨두고 어찌 그리 바쁘게 가시었소
엊그제 찬바람에 미추산방 둘러보시고
아들도 같고 제자도 같은 호배손을 잡으시고
기특하다 기쁘시다 만면에 웃음을 지으시더니
그것이 이별 말씀 떠난다는 인사가 되었구려

그것이 이별이 될 줄 그 누가 알았으며
그것이 마지막 인사가 될 줄 짐작이나 하였겠소

스무 살 젊은 시절에 연극에 몸을 던져
웃고 울고 사십 년을 무대 위해 사신 평생이
그립고 그리워서 어찌 살라 가시었소

연극하는 벗님네들 잠깐 울음 멈추시고 이내 말씀 들어보오
우리선생 허규 선생 연극인생 돌아보면
무대에서 궁리하고 극장에서 펼쳐내고
마당에서 거리에서 온갖 풍악 울리면서
한세월 한세상을 광대들의 앞장을 서서
이룩하고 거둔 일이 한두 가지 아니라네

실험극장 생길 때에 첫 공연을 연출하고
텔레비전 생겨나니 이곳 저곳 일 벌리고
민예극장 만들어서 우리연극 우리무대
우리예술 살려내자 깃발 들고 외치다가
국립극장 맡아서는 온갖 무대 휘저으며
전통의 현대화며 우리연극 정립이며
손대고 두드리고 깨뜨리고 다시 짓고
이리뛰고 저리뛰며 바쁘게도 뛰어가며
이룩한 일 얼마이며 거둔 것이 얼마인가

무대 위의 예술가로 무대 아래 풍류객으로
선후배 연극인들 손을 잡아 어울리고
술 한잔에 고담준론 연극철학 예술인생이
줄줄이 주절 주절이 엮어 내림 아니드냐

배우들 탈춤을 추면 어깨춤이 절로나고
소리꾼들 장단에는 북채인들 안잡았나
흥도 많고 한도 많고 잔소리에 열도 많고
굿판에 소리판에 연극판이 합해져서
우리춤 우리소리 우리말을 찾아내니
그 공덕 그 보람이 우리의 문덕이오
우리가 기댈 우리언덕이 아니더냐
돌아보니 기쁨이요 생각하니 자랑이로구나

우리선생 허규 선생
이별이 아쉽고 영이별이 서럽구려
사람의 한평생을 길게 늘여 산다고 해도
백년이 한 걸음이오 천년 만년 당치않아
그런 일 저런 사연 모르기는 할까마는
그래도 아쉬운 마음 어찌하면 달래볼까

큰 극장을 내어주고 작은 극장 만들어서
마음놓고 연극하고 꿈의 무대를 만든다고
고생고생 극장 짓고 노심초사하더니만
그 고생을 그 소원을 남겨두고 가시는구려

허규 선생 우리들의 연극선생
저승길 황천길에 북망산이 멀다 해도
바라보면 앞산이고 문만 열면 그 길이요
먼저간다 나중간다 해도 잠깐이면 길동무에
선후배가 따로 없지
잘 가시오 잘 가시오. 먼저 간 길 잘가시오
한세상 함께 산 무대 먼저 간다고 서러워 마오
남은 우리 모여 앉아 남긴 뜻을 모아다가
의지하고 북돋아서 바로 세우기를 힘쓰다가
우리도 때가 되면 그때 가서 만나보면 그 아니 반갑겠소

하늘에서 지켜보고 땅에서 보살피며
이 나라 연극무대 공연예술 살려내는
한마음 하나의 소원으로 하나됨이 아니겠소

어이 어이 어이

고독한 등허리

구자흥(연극인, 문화디자인 대표)

허선배를 처음 만난 것은 1966년—서울대학교 개교 20주년을 기념하여 김수산의 <산돼지>를 공연할 때였다. 애초에는 김성태 음대학장께서 20주년기념축전위원장을 맡아 기획한 행사에 조영남 주연의 오페라 <쟈니스키키>와 미술전시회 등 다양한 행사가 기획되었지만 연극만은 빠져있었다.

본부연극회장이던 내 실력만으로는 부족할 듯 싶어 김의경 선배께 사정을 말씀드리고, 당시 서울신문 기자 신우식 선배의 지원을 받아 유기천 총장을 직접 만나서 배우 황철 씨에 대한 애기 등을 나누고 나서야 어렵사리 예산을 확보할 수 있었다. 모처럼 연극회 선후배가 함께 하는 이 공연의 연출자로 허선배가 거명되었을 때 모두 만족스러워했고 허선배 또한 흔쾌히 수락하시어 성공적인 무대를 이끌어 주셨다. 김수산을 처음 소개한 공로로 서울대연극회는 이듬해 한국일보의 한국연극영화예술상 특별상을 수상하기도 하였다. 당시 영화부문 신인상에 윤정희, 남정임, 문희 씨가 수상했던 무대였기에 잊혀지지 않는다.

그후 나는 군복무를 마치고 실험극장에 입단, 극단 창립 10

주년 기념작 <허생전>(허규 연출, 1970)을 시작으로 해서 새문화스튜디오, 민예극단을 거쳐 축제문화진흥회 그리고 지난 해 3월 초까지 연출과 기획, 스승과 제자로서 그리고 감히 술꾼으로서의 인연은 끈질기게 지속되었다. 비교적 뜨악했던 시절은 그분이 국립극장장으로 재직하시던 시절뿐이다.

그리고 마지막으로 뵌 것은 허선배님을 모시고 미추산방에로의 기분 좋은 나들이를 갔던 때였다. 다만 거동이 불편하시어 나들이를 할 때 누군가의 도움을 받아야 하는 일에 대해 못내 면구스러워 하시었다. 그래서 외출하실 때 도와드리는 것을 너무 미안해 하실 필요가 없다고 말씀드렸는데도 신세 지길 싫어하시는 깔끔한 성격 탓인지 세상을 그리 빨리 떠나신 것이 안타깝다. 후배나 제자에게 부축 받는 것조차 사양하시느라 외출을 자제하시던 선배님의 자상한 모습이 그리울 뿐이다.

허선배께서 연극 제작과정을 통해 보여주신 연극을 향한 뜨거운 열정은 후배들에게 선명한 깨우침이자 자극이었다. 이런 저런 과정을 거쳐 결국 나는 허선배의 권유로 민예극단 창단에 참여하여 <고려인떡쇠>부터 <궁정에서의 살인>, <우보시의 어느 해 겨울> 등 민예의 여러 공연에 참가할 수 있었다. 그리고 결코 내세울 일은 못되지만 훗날 극단 민예의 대표직을 잠깐 맡기도 하였다.

허선배는 70년대 이후 우리 사회에 서서히 일기 시작한 민족문화유산에 대한 재인식의 기운을 연극 분야에서 처음 싹틔운 분이셨다. 우리 가락과 몸짓을 연기술에 접목시켜 흥과 멋을 돋우고 민족정서를 함양하는데 앞장서 계셨다. 극장장

재임시절에도 창극발전을 위해 기울인 그분의 노력은 남다른 것이었다. 우리 것을 향한 뜨거운 열망은 영원한 테마였기 때문이리라.

　어느 해인가 문화행동을 운영하던 김재형 씨의 초대로 고산 윤선도의 달에 보길도 여행을 함께한 적이 있었다. 소설가, 시인에서 연극인과 소리꾼에 이르기까지 여러 분야의 문화예술인들이 참가하였다. 완도에서 보길도에 이르는 선상에서의 시낭송과 판소리 등 프로그램도 훌륭했고, 대흥사 밑 여관방에서 북채를 잡으시고 명창들의 고수를 맡아 흥겨워하시던 모습은 아직도 생생하다.
　그리고 보길도에서 지낸 이틀 밤 신선한 회와 큰 소주병은 평소 미처 하지 못한 여러 이야기를 나누는 기회를 만들어주었다. 대체로 교훈적 내용을 일방적으로 전해주시던 모습에서 이날은 후배 얘기를 들어주는 모습으로 변화를 보이셨던 것이다.
　오래 전 일이라 잘 기억나지는 않지만 연극에 대해서 인생에 대해서 그리고 축제에 관해 여러 말씀을 듣고, 선배께서 기획·연출하신 상감마마행차에 대해 즐거움이 없는 것이 문제가 아니냐고 조심스럽게 말씀드렸을 때 선배의 대답은 단호하였다. 상감마마행차에 꼭 재미가 있어야 하느냐고.
　그러나 축제의 본질은 즐거움이어야 한다는 생각에는 아직도 변함이 없다. 이벤트 회사가 용역을 맡아 별 재미도 없는 축제를 지역주민이 단지 구경만 해서는 축제의 정신을 제대로 구현하지 못하는 것이다. 어떤 축제라도 지역민이 나름대로 기여할 수 있는 역할을 나누어 맡아 직접 참여할 때 신명도 더하고 공동체 의식을 다지는 축제의 본래 목적에 걸맞는다는 짧은 소견에 역정을 내지 않으신 것만 해도 고마웠다.

허선배는 연출가이자 극작가이고, 연극교육자이자 방송인이고, 축제기획자이자 문화행정가이기도 하셨다. 그리고 그분은 어느 분야 하나 소홀하신 적이 없으셨다. 물론 보는 이의 시각에 따라 이견이 있는 부분도 있겠지만, 내가 만난 허선배는 그야말로 그분이 하시는 모든 일에 열정을 다 바치는 분이셨다.

허선배의 별호는 '고독한 등허리'였다. 꾸부정하리 만큼 큰 키에 어울리는 길다란 손가락, 그리고 형형한 눈빛과 깊숙한 곳으로부터 울려오는 목소리, 낮밤을 가리지 않으시던 소주실력 등 허선배에 대한 기억이야 다양하지만, 특히 무슨 일이든 매사 꼼꼼하게 챙기고 흠뻑 빠져드는 모습은 아직도 생생하다.

방송국을 그만 두시고 연기훈련 프로그램을 운영하던 새문화스튜디오 시절 ─ 그토록 어려운 환경 속에서도 그분은 탈 만들기에 전념하여 훗날 그분의 탈 제작 솜씨는 상당한 수준까지 이르신 걸로 알고 있다. 북솜씨 또한 그러하고 한가락 뽑으시는 소리솜씨도 일품이었다. 물론 <허생전>을 비롯하여 <물도리동>, <한네의 승천>, <우보시의 어느 해 겨울> 등 빼어난 연출솜씨에 대한 평가는 평론가들의 몫이기에 생략한다.

많은 이들이 연극을 업으로 삼으려면 미치지 않고는 어려운 일이라고 말한다. 그러나 제대로 연극에 미칠 줄 아는 사람을 만나기란 그리 쉽지 않은 것이 현실이다. 비록 연극작업

을 오랜 동안 쉬시어 말년에는 연극계와의 교류가 적었지만
그래도 그분은 연출가로서의 업적이 가장 빛나셨다고 생각된
다. 허규 선배는 한마디로 일에 미칠 줄 아는 고독한 등허리
였다.

<한국명무전>의 추억

구히서 (전 한국일보 기자, 연극평론가)

우리 공연예술 각 분야에서 허규 선생이 하신 일, 성취하신 일은 많다. 그는 연극 쪽에서 연출가로, 극작가로 극단 극장의 운영으로 정말 많은 일을 했고 전통예술 분야에서도 여러 가지로 새로운 일을 많이 했다. 그가 했던 많은 일들은 우리 연극사의 한 장을 차지할 것이고 전통예술분야에서도 큰 비중을 가지고 다룰 수 있을 것이다. 그리고 우리 무대를 뿌리가 있고 역사가 있으며 새로운 시대의 개성 있는 예술로 끌고 가려했던 그의 갖가지 노력과 성취는 우리 공연예술사 속에서 마땅한 자리를 찾아내야 할 것이다.

그러나 나는 이러한 그의 일과 성취의 전체적인 평가를 하기에 앞서 그가 했던 일 중에서 특히 몇 가지를 잊지 말아야 한다는 의무감을 가지고 있다. 그것은 그가 만들고 기획하고 연출했던 하 많은 무대 중에서 <한국명무전(名舞展)>과 <완창(完唱)판소리>라는 두 개의 무대로 요약될 수 있는 일련의 무대들이다.

이 무대들은 내가 공연담당기자로서 허규 선생이 만들고 기획했던 많은 무대들을 구경하고 글을 쓰는 과정 속에서 글쓰기만이 아닌 다른 측면으로 인연을 얻었던 무대들이기 때문이다.

<한국명무전>은 허규 선생이 국립극장장으로 재직하던 1983년부터 3년간 국립극장 기획공연으로 공연됐다. 상·하 분기로 나눠 매월 한번씩 소극장공연을 갖고 분기마다 대극장에서 결산공연을 갖는 형식으로 총 15회의 무대를 가지면서 당시 우리 춤의 원형을 보고 싶어하는 많은 관객에게 호응을 얻었던 무대였다.

국립극장은 산하에 전속단체를 거느리고 있어 전속단체의 정기공연을 제외하면 외부 출연진으로 구성된 무대는 기획하기가 어려운 형편이었지만 그 어려운 속에서도 이런 공연을 3년간이나 계속할 수 있었던 것은 허규 극장장이 아니었다면 불가능했을 것이다.

당시 나는 1981년부터 일간스포츠에 「명무(名舞)」라는 시리즈 기사를 쓰고 있었다. 우리 춤의 전통적인 아름다움을 찾아서 독자들에게 전해보자는 의도로 기획한 연재 기사였다. 사진 한 장에 원고지 4-5매로 한 주일에 한번씩 나가는 이 작은 기사가 어느 순간부터 허규 극장장님의 눈에 띄었고 나는 명무 취재 중에 보고 들은 여러 가지 이야기를 털어놓을 수 있는 좋은 기회를 얻었다.

허규 선생은 물론 우리 전통공연예술 전반에 걸친 무한한 관심과 사랑을 가지고 계신 분이었다. 민예극장이 창단될 때 그 연극목표가 우리의 전통공연예술양식의 현대적 수용이라는 것이었고 스스로 북채를 잡고 우리 음악에 심취했던 분이라는 것은 잘 알려진 사실이었다.

그의 연극에는 어딘가 우리의 전통적인 미의식이나 양식에 대한 관심이 닿아있지 않은 곳이 없다고 할 수 있을 정도였고 전통예술의 무대화, 그 중에서도 창극의 연극적인 발전에

는 남다른 애착을 가지고 있었다. 그런 그가 「명무」라는 제목
으로 소개되고 있는 옛 춤꾼들에게 관심을 가지는 것은 너무
나 당연한 일이었을 것이다.

그러면서 그는 이 나이든 옛 춤꾼들의 무대를 생각하기 시
작했다. 이러한 생각은 물론 취재를 하고 기사를 쓰면서 옛
춤꾼들의 멋을 알아가던 나 역시 가지고는 있었지만 그런 생
각은 실제의 무대를 만드는 데까지 쉽게 발전시킬 수 있는
것은 아니었다.

내가 먼저 이런 무대를 만들어 보자고 발의를 했었는지 허
규 선생이 먼저 말을 꺼냈는지 지금은 잘 생각이 나지 않지
만 아마도 거의 동시에 비슷하게 누가 먼저랄 것도 없이 이
야기가 나왔을 것이다.

아무튼 이런 생각들은 실천에 옮겨졌고 그것은 단순히 무
대 위에 보이는 것만이 전부는 아니었다. 공연이 진행되는 동
안에 나는 무대만 생각하면 되었지만 허규 선생은 무대를 꾸
려 나가야 할 여러 가지 살림까지 관장해야 했고 그러느라
무척 고생하셨을 것이다.

아무튼 무대는 막이 올랐다. 그리고 3년 동안 무대는 계속
됐다. 지금 생각하면 되돌아보고 곱씹어지는 여러 가지 이야
기가 요란했던 시간이었다. 이 무대는 많은 격려를 받기도 했
지만 또 그만큼 기존 무용계의 반발도 컸다. 우리 무용 무대
는 그 동안 전통연회나 제의 민속놀이에서 추었던 춤을 서구
식 극장예술로 전환시키는 노력을 많이 해왔는데 이 무대는
그러한 그간의 노력을 부정하는 듯한 인상을 주었던 것 같다.

조선조 후기부터 무당 광대 화랭이로 통칭되던 전문예인들
의 사회적 지위는 낮았다. 신식문물이 들어오면서 새로운 교

육에 의한 예술가들이 그들의 자리에 들어서면서 예술가의 사회적 위치나 그에 대한 인식은 많이 바뀌었다. 예술인 자신들도 그러한 변화를 위해 애를 썼다. 이 무대는 그러한 전환기에 신식무대로의 접근이 어려웠던 전통적 개념의 예인들이 대거 등장하는 것이었고 그것은 우리 무용 무대의 노력에 대한 하나의 반작용 내지는 역행으로 받아들여진 것이다.

실험극장의 유용환 씨가 출연자 섭외와 홍보를 담당하고 당시 국립무용단의 단원이었던 국수호 씨가 해설을 맡았고 나는 출연자 선정, 프로그램 구성 등으로 참여를 했다. 그리고 일간 스포츠와 한국일보가 주최 국립극장이 주관하는 행사로 만들어졌다.

이런 와중에서 허규 선생은 많은 일, 많은 이야기로 큰 기둥이 되어 주셨다. 기획 자체가 너무나 파격적이라는 느낌으로 받아들여진 공연이라 참여자들의 마음고생도 많았지만 그만큼 색다른 보람도 컸고 거는 기대도 만만치 않았다.

이 무대를 통해서 오랜 춤의 향기를 선보인 많은 출연진들은 그때까지 중요무형문화재로 지정되어 알려진 분들도 있었고 무대와 인연 없이 사시던 어른들도 있었지만 대개가 일반에게 잘 알려지지 않은 이름이거나 지정종목 이외에 숨겨진 재주를 털어놓은 경우가 많았다.

이 분들 중에는 그후에 인간문화재로 지정되어 새롭게 모습을 드러내게 되신 분들도 있었고 이 무대를 계기로 다시 제자를 기르고 무대에 등장하는 등 춤꾼으로서의 활동을 시작한 분들도 있었다.

김소희 선생은 판소리의 인간문화재였지만 춤으로도 명무 소리를 들을 만한 어른이었다. 여성국극무대의 안무는 도맡아

하셨다는 경력도 있다. 그러나 그의 춤재주는 판소리에 묻혀 잘 알려지지 않았었다. 김소희 선생의 살풀이는 이 무대에서 빛을 발한 하나의 항목이었다. 이렇게 소리꾼으로서 춤재주를 드러낸 분으로는 김애정, 안채봉 씨 등이 생각난다.

탈춤이나 민속놀이 의식무 등에서 군무 속에 지나쳐 버리기 쉬운 춤들을 따로 끌어내 독무로 빛을 드러내게 만든 춤으로는 밀양백중놀이의 하보경 옹이 보여준 허튼춤, 양주별산대놀이의 유경성 옹이 춘 왜장녀춤, 고성오광대의 박홍주 씨의 문둥북춤 등을 꼽을 수 있다.

군산 장금도 씨처럼 자신의 춤을 드러내지 않고 살아온 숨은 춤꾼을 무대에 끌어낸 것이나 굿 속에 묻혀서 얼른 눈에 띄지 않았던 춤재주를 펼쳐낸 황해도굿의 우옥주 씨의 춤 등, 두고두고 기억에 남는 많은 춤들이 등장했다.

이 무대에 등장한 춤들은 모두가 오늘날의 학교교육에 의해서 길러진 춤이 아니라 전 시대의 예능현장에서 전수된 춤들로 우리 춤의 오래고 곰삭은 맛을 오늘의 무대에 전할 수 있는 춤이었다. 이 무대는 무용가들에게는 우리 춤의 어떤 기준을 보여줄 수 있는 기획이었고 일반 관객에게는 우리 전통예술의 아름다움을 폭넓게 접할 수 있는 기회를 제공한 것이었다. 그리고 타고난 구경꾼을 자처하는 나에게는 더할 수 없는 좋은 구경이었다. 그리고 아마도 우리 전통예술의 오랜 멋을 사랑하던 허규 선생 역시 나만큼이나 이 무대를 즐거워했으리라고 짐작을 해본다.

<한국명무전> 무대는 <한국명무전>과 시간적으로 과히 멀지 않은 시점에서 국립극장소극장의 정기적인 프로그램으로 기획된 무대였다. 이 무대는 어쩌면 허규 선생이 오랫동안 꿈

꿔왔던 무대라고 할 수 있다. 이 무대는 <한국명무전>과는 좀 다른 면에서 내게는 허규 선생과의 이야기를 남긴 무대다. 그것은 뭔가 좀 미안하기도 하고 유감스럽기도 한 사연이 있어 더욱 마음에 남는 것이라고 할 수 있다.

판소리가 무형문화재로 지정되어 있고 그 종목의 예능보유자들이 있었지만 우리 무대에서 판소리 한 바탕을 완창하는 무대를 접하기란 쉽지 않은 형편이었다. 사실 판소리 완창무대란 소리꾼에게나 관객에게나 대단한 도전임에 틀림없다. 그러므로 허규 극장장에게 국립극장에서 완창무대 그것도 정규적인 프로그램으로 완창무대를 만든다는 것은 상당히 중요한 의미가 있었을 것이다.

이 무대를 기획하면서 허규 극장장은 <한국명무전>과 마찬가지로 한국일보·일간스포츠 주최로 진행하는 것이 좋겠다는 생각을 하게 되었고 나 역시 신문사 주최사업으로 그 의의가 크다고 생각을 해서 신문사에 제안을 하여 주최하기로 결정을 보았다. 그리고 공연이 시작됐다. 첫 번째 공연은 그래서 일간스포츠 주최로 진행되었다. 그러나 이 무대는 <한국명무전>의 경우와는 달리 내가 직접 프로그램 구성에 참가하는 것은 아니었다.

신문에는 사고(社告)가 나가고 나는 열심히 기사를 쓰고 여러 가지로 마음을 썼다. 그런데 허규 선생은 이때 신문에 사고나 기사로 나간 지면의 분량에 대해 좀 서운하게 생각하셨던 모양이다. 나는 내 나름대로 노력을 했지만 신문사 쪽에서 뭔가 소홀하다는 느낌이 있었던 것 같다. 신문사 안에서는 이 공연의 중요성이나 그 의의에 대해 실감하는 사람은 많지 않았고 <한국명무전>으로 좀 요란한 소리를 낸 후라서 뭔가 거부반응 같은 것이 있었는지도 모르겠다. 이러한 신문사 형편이나 나의 처지가 허규 극장장에게 전해졌는지 두 번째 <완창판소리>가 공연될 때는 나도 모르는 상태에서 주최신문사가 바뀌어 버리고 말았다.

그후 이 무대는 허규 극장장이 떠난 후에도 계속돼 오늘날까지 국립극장의 간판 프로그램으로 존속되고 있다. 그리고 물론 이 완창무대로 해서 우리 판소리계의 주요한 소리꾼이 배출되고 있다. 그전까지만 해도 완창을 할 수 있는 소리꾼은 많지 않았지만 이제는 완창무대를 갖는 것이 소리꾼으로서 꼭 거쳐야 하는 하나의 과정같이 되었다. 완창판소리 무대를 대할 때마다 그때 일이 그렇게 된 것은 내가 뭔가 잘못해서였을 거라는 생각을 떨쳐버릴 수가 없다. 그래도 한마디 통고라도 해주시지 하는 아쉬움은 있지만.

나는 내가 허규 선생이 만든 무대의 충실한 구경꾼이 될 수 있었던 것을 자랑스럽게 생각한다. 그리고 언제인가 그가 만들고 싶어하는 무대의 동기를 유발한 적이 있고 그런 무대를 통해서 그의 무대와 사람을 좀더 가깝게 구경할 수 있었던 것을 커다란 행운으로 생각한다.

구경 당하는 쑥스러움

김문환(서울대 교수, 미학)

　허규 선생은 1934년생이시니까 나보다는 꼭 10년이 연상이시다. 그러나 그와 같은 자연연령의 차이보다도 허선생의 외모와 표정에서 풍기는 분위기가 웬지 나로 하여금 주눅이 들게 해서 허선생께 스스럼없이 접근하기가 쉽지 않은 편이었다. 1969년 말에 서울신문을 통해 연극평론에 입문한 후 허선생이 연출하신 공연을 여러 편 보았으면서도 정작 평이랍시고 서울신문에 허선생 공연에 대한 글을 보낸 것은 1971년 4월 말이 처음이었던 것도 그와 같은 어려움 때문이었는지 모른다. 당시 작품은 극단 실험극장의 <신시(神市)>였다. 그러나 대체로 희곡에서 엿보이는 이분법적 사고방식에 대한 다소간 비판적인 논평이었을 뿐, 연출에 대해서는 언급을 삼가고 있었다. 허선생의 작업에 대해서 좀더 직접적으로 언급한 것은 그 이듬해 6월 실험극장이 공연한 <놀부뎐>에 대해서였다. 이는 최인훈 원작을 허선생이 각색하고 김영열이 연출해서 무대에 올려놓은 것이었는데, 아직 28살에 과분한 반골기질이 농후했던 나로서는 그 공연이 성에 차지 않았던 모양이다. 참고로 당시 서울신문에 발표된 평문의 일부를 부분적으로 옮겨 적어본다.

　이즈음 소극장 활동이 연극계의 비상한 관심을 모으면서 시도되고 있다. 전집류보다는 문고판(文庫判) 도서의 발행에 관심을 보이고 있는 이즈음의 출판계와 무언가 맥락(脈絡)이 통할 듯하나, 말하자면 화려한 장정과 저명 작가의 대작을 표방하면서 실상 내용은 조잡하고 괜히 부담스럽기만 한 것에 대한 일반의 정당한 외면을 인식한 때문이라고나 할까?

　1960년 대학극을 배경으로 출발한 실험극장이 10여 년이 지난 오늘 새삼스럽게 실험의 실천을 표방하고 보여준 <놀부뎐>(최인훈 작, 허규 각색, 김영열 연출)도 어쩌면 그런 각도에서 볼 수 있다. 그러나 전통적인 『흥부전』을 놀부의 독백이라는 형식을 통해 창작적으로 뒤집어본 원작자의 단편소설은 소시민적인 가치관을 고집하는 놀부를 빙자해서 역설적으로 긍정될 소지가 있었으나, 각색과 공연과정에서 그러한 비판의식은 상당히 애매해지고 둔화된 채, 경험 적은 연기자들의 경직되고 부자연스러운 연기로 인해 무척 서먹한 것이 되고 말았다. 소극장 연극활동을 통해 제시되는 연극행위는 보다 성실하고, 새롭고, 진취적이며, 민주주의적이어야 한다. 더구나 민속을 배경으로 한 이번 공연의 경우, 서민의 몸짓이 보다 철저히 자기 것이 되고 서민의 이야기의 속 깊은 내용이 우리것이 되도록 했더라면 싶다. 사회적·정서적 권력에서 소외된 시민들이 금권(金權) 내지는 부(富)의 힘에 대항하여 제시한 희곡의 참된 의미가 오늘의 우리에게 자신 있는 젊은이의 몸짓으로서 보이지 못한 아쉬움이 못내 크다. 모처럼 시작된 소극장운동이 더 넓고 깊게 뿌리 내릴 수 있는 방안도 이러한 젊은 개성 밖에서는 찾을 수 없겠기 때문이다.

그렇다고 해서 허선생이 나를 괘씸하게 여겨 하대하기는커녕 오히려 분수에 넘치게 예우해 주셨던 것으로 기억한다. 나의 데뷔작인 서울평론 당선작이 우리민속극의 창조적 계승문제였기 때문인지도 모르겠다. 1973년 5월경인가 새문화스튜디오에서 극단 민예극장이 출범한 것으로 되어 있지만, 이미 그 전 해부터 극단 창단을 위한 준비작업이 시작되었다. 아마도 그 일환이었을 게 분명한데, 허선생의 초청으로 무슨 강의랍시고 했던 기억이 있다. 그리고 옥인동 댁에 가서 사모님을 처음 만나 인사드린 것도 그 즈음이었을 것이다. 허선생은 당시에도 예의 그 쑥스러운 듯한 표정으로 사모님을 소개하시었다. 얼마 후 허선생은 신촌에 소극장을 마련하여 <놀부뎐>을 다시 공연하였는데, 배우들의 기량도 무르익어 초연 때보다 너무나 신명나고 의식이 살아있는 공연이었다.

이토록 허선생의 넓은 도량으로 조금씩 친숙성이 커갈 무렵 허선생은 처음으로 서양 문물과 연극을 깊이 있게 체험한 여행길에 나서셨다. 여행에서 돌아온 후 얼마 안되어 우연찮게 술자리에 동석할 기회가 있었다. 그때 해주신 이야기의 한 대목이 바로 난생 처음보신 포르노 라이브 쇼였다. 호기심이 동해 들어서긴 했어도 어정쩡한 기분으로 무대를 보고 있었는데 한참 있다 공연중인 여자의 얼굴을 쳐다보니(그전까지 어디를 보고 계셨는지는 말씀 안하셨다), 그 여자가 당신을 물끄러미 구경하고 있더라는 것이다. 내가 저를 구경하고 있다고 해서 그런대로 쑥스러움을 누르고 있었는데, 정작 나를 웬 동양촌놈이냐 하는 듯 구경하고 있어 민망해서 슬그머니 돌아나왔다는 것이다. 참으로 허선생다운 일화가 아닐 수 없다.

허선생을 본격적으로 가깝게 느낀 것은 내가 다니는 경동교회가 1974년부터 추수감사절을 추석에 가까운 주일로 옮기고 민속적인 공연을 통해 기독교적 가치의식을 표현하는 작업을 시도하게 되면서부터이다. 그중 하나가 1975년 추석의 이른바 탈춤예배였다. 때마침 해방 30년이 되던 해인지라 민족해방의 의의와 구약성경의 출애굽기사건을 엮어 오늘의 자신들을 되돌아보는 내용으로 어줍잖게 내가 대본을 만들고 교회청년들이 연습·출연한 공연이었다. 우리로서는 힘에 부친 기획인지라 많은 부분에서 봉산탈춤의 고 김선봉 여사의 지도와 함께 허선생으로부터 도움을 받았다. 심지어 공연당일에는 교인들과 함께 멍석 위에 앉아 직접 북채를 쥐고 흥을 돋구어 주시기도 했다. 그때의 사진을 보면 지금도 활짝 웃으시는 모습이 역력하다.

그 이듬해 나는 독일로 떠났다가 1983년에야 돌아오는 바람에 허선생의 이를테면 황금시절을 곁에서 직접 뵐 수가 없었다. 귀국 후 가회동 댁을 한번 방문했던 기억이 있고, 서울올림픽 문화행사 관계로 공식적으로 만날 기회는 있었으나, 나는 주로 개폐회식에 매달려 있었고, 허선생은 어가행렬 행사에 관계하셨기 때문에 만남이 그리 잦지는 못했다.

그후 1992년, 일본 도쿄에 있는 NHK홀에서 한국문화통신사 행사의 일환으로 창극 <심청전>이 공연될 때 잠깐 뵈었는데, 소주 2병을 반주 삼아 드셨다는 데도 평소대로 별로 흐트러진 모습을 보이시지 않으셨다. 당뇨병에 맥주는 안 좋고 소주는 괜찮다더라고 잘못 알고 계셨던 탓도 있었겠지만, 이제는 조금 주량을 줄이실 때가 되지 않았을까 하는 주제넘은 걱정을 해보면서도 워낙 주사와는 거리가 먼 분이신지라 그로 인해 망신살이 뻗칠 일은 없었기에 그러려니 할 수밖에.

그후 이사하여 사시던 집이라고 들었는데, 그 위에 훌륭한 극장을 짓고 한번 놀러 오라고 해서 가 뵈었더니 건강이 너무 안 좋아지신 것 같아 술 한잔 대접 못하고 돌아선 것이 못내 안스러웠다.

건강이 웬만해지면서 연극원에 강의 나가신다는 소식을 듣기도 하면서 몹시 다행스러워했는데, 그만 다시 뵐 수 없는 시간들이 벌써 일년이 되어 이런 글을 쓰고 있다. 우리의 전통 및 연극유산들을 현대적 연극으로 만들기 위한 평생작업이 후배들을 통해 끊임없이 이어져가고 있음을 대견히 여기시리라 믿고 그 넉넉하신 기품에 대한 그리움을 달래본다.

이 세상에서 가장 오래 사는 나무!

'브리스틀 콘 소나무'를 닮은 嶋巖 許圭 大兄의 1주기에

김벌래(平鎬, 홍익대학교 교수)

그 숱한 연극 작업을 통해 끊임없이 자기 변신을 거듭해내시던 大兄의 모습을 1주기(週忌) 추모집에 떠올리라는 통지를 받고, 과연 나는 이 나이가 되도록 무슨 일을 해 왔으며, 무슨 작업을 위해 지금까지 허송세월만 했을까─하는 무능함을 兄을 통해 또 한번 느낍니다.

내가 大兄을 처음 뵈었던 것은 1960년도 제작극회 창립 공연 당시 19살의 애송이 때였습니다. 당시 연극 스태프 중 가장 키가 컸던 스태프─**허규**와 가장 키가 작았던 스태프─**김벌래**의 만남이 있은 지도… 어언… 40년!

끊임없이 변신을 시도하는 兄의 연극 작업에 아무 생각 없이 무작정 쫓아다녔던 내 젊은 날을 결코 잊을 수가 없습니다. 전위극, TV극, 현대극, 부조리극, 창극, 무속극, 거리축제, 민속극 등 그야말로 정신없이 연극의 온갖 장르를 넘나들더니 끝내는 손수 兄만이 추구하는 작품을 연출하기 위해 직접 희곡까지 써내어 무수한 한국적인 **"우리 것"**을 우리 연극계에 우뚝 세워 놓았던 兄!

1987년, 兄이 국립극장 극장장으로 재임하고 계셨을 때 실험소극장(지하층)을 내게 선뜻 대관해 주어, 우리 나라에서는 처음 시도되었던 소위 '소리 총체극'이라고 말할 수 있는 <**짚단 87**> 공연을 순전히 兄의 도움으로 해냈던 작업 과정, 정말 고마웠습니다. 나에게는 88올림픽 개폐막식의 Sound 활용을 실험한 무대공연이었고, 兄에게는 우리 민속 무속의 새로운 예술로서의 소리의 역할을 발견하기 위해 소위 '극장장' 권력으로 눈총을 무릅쓴 채 우리 두 사람이 정말 신나게 공연 준비를 했던 그 추억ー. 소리극의 주제는 兄이 심취해 있던 '강릉단오제'란 무속 굿의 소리와 영상, 한국무용의 접목, 그리고 주경기장의 음향 상황을 염두에 둔 서라운드 오디오 시스템 등 그야말로 국립극장으로서는 감히 엄두도 못 낼 빅 퍼포먼스를 兄 뻑으로 해 낸 요상한 공연ー. 일반관객에게는 생소했던 무당놀이 공연이었겠지만, 兄은 '무속의 새로운 예술 접근 창작'이라면서 어린애 마냥 즐거워라 밤새 소주를 마시던 모습ー.

결국 88서울올림픽의 개폐회식 모양새는 '우리의 것'으로 시작해서 '우리의 것'으로 마무리하는 대작(大作)을 우린 그 때 미리 연습하고 맛본 셈이었지 뭡니까.

兄은 우리 민속에 무서우리만큼 집착하더니 '우리 것 찾기 운동'을 벌이는가 하면 우리의 전통연희에 집요하게 심취해 당신의 몸이 쇠약해지는 것조차 내팽개쳤더랬지요. 88서울올림픽의 거리문화축제인 '상감마마 행차ー어가행렬'을 신명나게 연출하시더니 1990년 일본에서의 '四天王寺 왔쇼' 거리축제를 그야말로 혼신을 다해서 만들어 냈는데, 일본열도를 발칵 뒤집어 놓았던 이 행사야말로 兄의 집념의 소산이 아니라고 그 어느 누가 부인하겠습니까?

大兄! 보고 사항이 하나 있습니다. '四天王寺 왔쇼' 축제 행사를 2000년 11월 1일부터 3일간─(사)Welcome to Korea (회장 최불암) 주최─ 한국 방문의 해와 2002년 월드컵 홍보 행사로 치르면서 오사카 거리에 大兄의 체취를 물씬 뿌리고 왔습니다. 大兄께선 우리보다 더 높은 곳에 계시니까 제가 보고 안 드려도 신나게 오사카 축제를 다 보셨겠죠!

大兄의 그 강한 '우리 것'에 대한 집념을 결정적으로 내게 보여준 것은 뭐니뭐니해도 88서울올림픽 때였습니다. 개폐막식 연출단(표재순, 유경환)을 삽시간에 아연실색(啞然失色)케 한 사건을 잊지 않으시겠죠? 兄! 아무리 '우리 것'에 철저하게 심취되신 분이라 하지만, 그래, 연극께나 하셨다는 분께서 무슨 배짱으로 2년 넘게 연습했던 '해맞이─북의 행렬' 음향(音樂)을 개막식 10시간을 앞두고 느닷없이 나타나 새 곡(曲)으로 바꾸자 하셨습니까? 그런 차에 까무라치지 않을 사람이 어디 있겠습니까? 더구나 출연진은 아마추어인 어린 1,000여 명의 고등학생들이니 얼마나 당황했겠는가 말입니다. 연출 스태프진은 兄께 무릎을 꿇다시피 바꾸지 말자고 애원도 해보고 사정도 해보았지만, 그 누가 兄의 집념을 꺾을 수 있으랴! 내가 "그래 좋다! 兄의 뜻대로 합시다!" 하고 나서니, 연출진들은 "어렵쇼? 너까지 미쳤냐?"고 펄쩍 뛸 수밖에.

─ 나 김벌래 : (허규 못 듣게 귓속말) 일단 바꿔놓고 내일 행사 땐 지금까지 연습한 음악을 틀면 천하에 허규인들 지가 어떻게 할 꺼여? 전세계로 생방송하는데… 어때 내 아이디어가? 히히!

－ 연출진들 : (안도의 한숨) 좋았어! (속으로) 낄낄… 벌래만 믿네…

일단 연출진과 허규 兄을 안심시켜 놓고, 난 밤을 새우다시피 (당시 주경기장에 아예 오디오편집 시스템을 설치했었음) 兄이 바꿔 달라는 새 음악과 지금까지 연습했던 음악을 동시에 틀어 보았다. 아니 이게 웬일인가! 먼저 음악과 새 음악의 시간과 템포가 똑같았다. 대여섯 번 다시 들어보고 시간을 다시 재봐도 둘 다 틀림없는 13분 40초!

새로 가져온 음악에서 달라진 것은 큰 장단의 비트를 종전 것보다 강하게 처리했고, 우리 음악 용어로 ‘속가락’을 전보다 더 섬세하게 쪼개 삽입하면서 종전엔 배음 가락이 없었는데 새 음악에는 장중하게 배음이 깔려있는 것이 다를 뿐이었다.

이제 남은 것은 내가 최종 어떤 것으로 취사선택 하느냐로 고민하길 몇 시간…

"그래! 운명이다! 새로 연주 해온 것을 행사용 마스터로 쓰자!"

兄은 그 동안 이 새 음악을 만들기 위해 얼마나 많은 번민과 갈등을 했겠는가? 공연 10시간을 앞두고 극장공연도 아닌 올림픽 개막 라이브 공연에 전세계 생중계라는 것을 왜 몰랐겠는가? 그런데도 최종 용단을 내린 그 용기와 쟁이의 근성! 따르자 兄의 큰 뜻을!

나는 출연진들이 연습할 때는 못 듣던 장중한 배음 가락으로 인해 혹시나 동작이나 연희에서 순간적이나마 헷갈렸다 하면 가차없이 먼저 것으로 바꿔 재생할 각오로 새 Tape와 먼저 것을 씽크(동시동기 장치)시켜 운영하기로 했다. 이번에는 연출진을 속일 차례가 왔다. 새 음악 Tape를 수십 개 카세트에 부랴부랴 복사해 연출진과 각 학교 담당 지도안무자들을 긴급 소집해 이 기막힌 상황을 이해시키고 출연 대기장소인 보조경기장에서 새 음악을 출연 직전까지 아이들한테 들려주도록 당부했다.

1988년 9월 17일 오전 10시 40분! 드디어 옹고집 허규의 연출 작품인 '북의 행렬' 첫 대고 소리가 메인 스타디움에 우렁차게 울렸다.

쾅— —! 쾅— —! 쾅— —!

이 얼마나 긴장되는 소리의 굉음인가? 새 Tape와 옛날 Tape는 아무일 없다는 듯 열심히 돌고 있고, 연출진과 허규 兄은 그야말로 숨을 죽인 채 운동장의 출연자들을 뚫어지게 바라보고, 난 여차 하면 옛날 Tape로 바꿀 자세로 콘셀 체인지 레버에서 손을 떼지 못했다. 손에선 쥐가 나는지 식은땀이 흐르기 시작했고… 그나저나 그 13분 40초가 왜 그토록 길단 말인가?… 드디어 끝 부분인 북들의 빠른 난타 소리가 새 Tape의 우렁찬 화음가락과 함께 신나게 울려 퍼졌다. 악몽의 13분 40초가 끝난다는 신호 같았다. 그런데 이게 웬일인가?

천지신명이 도우셨는가? 처음 듣는 이 우렁찬 화음이 깔린 음악에 맞춰 연습 때보다 훨씬 더 생동감 있게 신들린 듯 출연진들은 기대 이상으로 해 내지 않는가?!…

대성공이었다. 그러나 13분 40초가 끝나는 순간 진짜 큰 불상사가 일어날 줄이야! 내 옆에서 숨을 죽이고 운동장만 바라보던 大兄께서 꽈당탕! 모로 쓰러지면서 감격(?)의 졸도를 하고 만 것이었다.

— **어쩌면 진짜 13분 40초 동안 兄은 숨을 쉬지 않고**

있었는지도 모른다.

응급실로 긴급 후송되는 바람에 그 좋았다는 개막식 행사를 끝내 못 보았다고 두고두고 아쉬워했던 올림픽 해프닝의 주인공 '우리들의 영원한 **巨木 허규**'.

우리 것의 진정한 의미와 아름다움을 추구하는 끈질긴 집념을 가시는 그날까지 결코 포기하지 않았던 우리 극계(劇界)의 영원한 **巨木 허규**.

─과연 이 세상에서 가장 오래 사는 나무(巨木)는 어떤 나무일까?

아름다운 소리와 조용함을 좋아한다는 문학평론가 이남호 선생의 '가장 오래 된 나무'라는 산문은 바로 허규 兄을 두고 쓴 글 같습니다. 그 나무는 바로 '**브리스틀 콘 소나무**'랍니다. 그 나무의 수명이 물경 5천 년 이상이라니 바위도 풍화되어 모래가 되어 버릴 수 있는 세월에다 이 소나무가 사는 곳은 뜻밖에도 자연 환경이 매우 열악한 해발 3천 미터의 고산 지대에 일년 강우량이 3백 밀리미터밖에 되지 않는 황무지와 같은 데서 매우 느리게 자라고, 1센티미터 굵어지는데 50년에서 70년…, 그리고 키는 보통 9미터를 넘지 않는답니다. 매우 느리게 자라는 만큼 나무 결은 아주 촘촘하고 단단하기가 돌과 같답니다. 열악한 환경 속에서 수분과 양분을 박탈당하면서 이 나무는 보다 더 단단하고 기름성분이 많은 몸체를 형성하여 병충해를 막는답니다. 그래서 죽어서도 몇천 년 동안 제 모습을 한다는군요. 이 소나무의 또 하나 흥미로운 점은 죽음과 삶을 동시에 유지하고 있다는 사실이랍니다. 나무의 대부분이 죽은 고목으로 변해도 어느 한 줄기나 어느 한

부분은 살아있어 자기 몸의 99퍼센트가 기능을 정지해도 나머지 1퍼센트로 생명을 유지할 수 있는 생명체로는 이 소나무밖에 없다고 합니다.

브리스틀 콘 소나무의 이러한 생존 방식은 열악한 환경에서 살아 남기 위한 극한적인 내핍과 최소한의 영양분과 수분으로 살아가기 위해서 생존에 필요한 에너지 소비를 극단적으로 줄이고, 최소한의 영양섭취와 최소한의 성장이 오히려 생명을 연장시켜 주는 셈이라는군요. 흔히 장수하려면 적게 먹으라는 말을 이 나무는 가장 잘 실천하고 있는 것 같은데 인간인 兄은 이 말을 잘못 배웠나 봅니다.

— 진짜 영양섭취에 너무 인색하셨습니다, 쯧쯧…

우리가 인생을 가늘고 길게 사는 것이 좋은가, 아니면 굵고 짧게 사는 것이 좋은가 하는 문제는 함부로 답할 순 없지만… 兄은 그래도 길게도 굵게도 인생을 멋있게 사신 겁니다. 대개 짧기는 쉬워도 굵기는 어려운 것이 세상사요 현실이지 않습니까?

兄!

조용하고 겸손하게 자연에 순응하고 무섭도록 '**우리 것**'을 사랑하며 긴 투병 속에 누린 형의 삶은 어쩔 수 없는 절제의 삶일 수밖에 없었는지도 모릅니다그려. 兄! 이젠 모든 시시한 인간사 다 잊으시고, 더 찬란한 그쪽 나라의 축제를 맘껏 영양 섭취하시면서 느긋하게 즐기시고, 고이 편히 쉬십시오.

또 뵙는 날까지 안녕히 계십시오.

순수하고 인간적인 진정한 예술가

김성녀 (연극인, 중앙대 국악학과장)

선생님 지금은 편안하시죠?

병마와의 싸움으로 많은 일들을 접고 지켜만 보시느라 마음 고생이 심하셨을 텐데 이젠 그 좋아하시던 소주도 맘껏 드시며 못다한 일을 원없이 하고 계실지도 모르겠네요!

선생님이 안 계신 연극계의 빈 자리가 너무도 큽니다.

아현동 고갯마루의 극단 민예에서 처음 뵈었을 때 선생님은 탈을 깎고 계셨지요! 구부정한 뒷모습으로 탈을 깎고 계신 선생님의 옆자리엔 어김없이 소주 한 병이 놓여 있었습니다. 사람좋은 이웃집 아저씨 같은 선생님의 모습에선 유명한 연출가의 모습도 극단대표의 권위도 찾아볼 수가 없었습니다. 아무 욕심없이 좋아하는 작업을 순수하게 즐기시던 진정한 예술가의 모습만이 강하게 와 닿았습니다. 그때의 민예 식구들은 꿈을 먹고 사는 사람들, 아니 하늘의 별을 따는 사람들이었고 그 감동은 내 인생을 연극에 몸담게 했습니다.

늘 웃음이 많던 저에게 여자가 웃음이 헤프면 안된다고 걱정해 주시던 선생님, 선생님을 생각하면 떠오르는 일들이 많습니다. 저의 첫 작품인 <한네의 승천>은 승천하는 장면 때문에 매일 높은 곳에서 뛰어내려야 했습니다. 그 충격 때문에

양쪽발의 엄지발톱이 빠지고 피고름이 엉켜 양말과 버선을
수없이 갈아야 했는데 아픈 것보다는 공연을 잘해야 한다는
생각이 앞서 아무도 모르게 버선을 바꿔 신다가 선생님께 들
켰습니다. 선생님께선 한참 바라보시더니 "배우 되겠다!" 딱
한마디 하셨죠. 그 한 말씀이 저에겐 그 어떤 칭찬보다도 큰
힘이 되었습니다. 또 선생님께서 심혈을 기울이셨던 작품 중
의 하나인 <물도리동>의 기억도 새롭습니다. 그때 저는 큰
아이를 임신한 중이었는데 공연 일정이 애를 놓고도 두세 달
후라 작품에 참여하기로 하고 출산일만 기다리고 있었죠. 그
런데 도무지 애가 나올 기미가 없이 시간만 흘러 공연이 임
박해졌고 선생님께선 매일 전화로 상황을 물어보시며 애달아
하셨죠. 공연 한 달 전에 큰딸 지원이를 낳고 산후조리 보름,
보름 연습 그렇게 해서 막이 오른 <물도리동>이 제 1회 대
한민국 연극제에서 대통령상을 타며 기염을 토했습니다. 끝까
지 저를 기다리시며 기회를 주신 선생님께 다시 한번 고마운
마음을 전합니다.

선생님! 이 말씀 기억하세요? "제발 공연을 쫑파티만큼만
해봐라" 하시며 걱정하시던 말씀! 정말 민예의 쫑파티는 공연
보다도 더 인기가 많았죠. 광대들이 둘째 가라면 서러워할 연
기자들이 펼치는 놀이판에는 언제나 많은 지인들이 모여 즐
거워했습니다. 선생님도 한몫 하셨죠. "나무도 바아아이 돌고
도오오오~" 그 굵고도 멋진 가곡, 그리고 정열적으로 부르시던
'파리아치!'가 귓가에 맴돕니다.

선생님! 늘 북채를 양복 안주머니에 넣고 다니시며 우리 소
리 사랑을 몸소 실천하신 선생님! 선생님께서 창극의 정립을
위하여 얼마나 애쓰셨는지 그리고 끼치신 공이 얼마나 큰지

아는 사람은 다 압니다. 선생님께서 국립극장에 계실 때 이루어 놓은 많은 업적, 정말 귀합니다. 그러나 선생님의 가장 귀한 건강과 맞바꾸지나 않았는지 많은 사람들이 아쉬워하고 있습니다. 예술 행정이 아닌 예술가로서의 길만 가셨다면 지금도 건강히 많은 일들을 하고 계실 거라고 믿고 있습니다. 그만큼 선생님께선 순수하고 인간적인 면모를 갖춘 진정한 예술가이시니까요.

북촌 창우극장의 개관공연인 <돼지와 오토바이>가 선생님과의 마지막 작품이 되었습니다. 연극에의 끝없는 애정으로 몸이 아프신 것도 아랑곳 않으시고 정열을 불태우시던 선생님! 선생님의 제자들은 그 정신을 이어가려고 노력하고 있습니다. 부족하지만 열심히 하고 있습니다. 각자 위치에서 선생님께 누를 끼치지 않는 제자가 되겠습니다.

선생님! 사모님께서 전화하실 때마다 건강에 대한 염려를 하십니다. 그 안타까운 마음이 정말 가슴에 와 닿습니다. 이제 오십 중반에 있는 제자들이 해야 할 일은 건강을 돌보며 선생님의 예술 맥을 이어가는 일이라고 생각합니다. 너무도 일찍 가신 선생님의 몫을 다하기 위해서라도 정말 건강에 유의하겠습니다. 그리고 열심히 살다 선생님 계신 곳으로 다시 모여 못다한 많은 작업을 같이 해야지요.

선생님! 사모님께서 끓여주시던 너무도 맛있는 명란알 찌개가 갑자기 그리워집니다. 선생님 가신 이후 바쁘다는 핑계로 너무 소원했던 것 같습니다. 너무 죄송합니다. 선생님이 보고 싶을 때마다 찾아뵙고 끓여달라고 응석 부리며 미안한 마음을 대신할까 합니다.

저 세상에는 더 아름다운 예술이 살아 있지요?

김송희(시인)

추억은 시도때도 없이 마음속에 파고들어와 흔들어 놓고 살그머니 사라진다.

현령 언니는 오늘이 원고 최종 마감일이라고, 오후에는 출판사에 가야 한다는 것이다.

왜 하필이면 오늘 아침부터 이토록 눈이 쏟아 부어내리는가.

"언니, 운전 조심해."

나는 전화선을 통해 걱정스러운 마음을 겨우 이렇게 밖엔 표현하지 못했다. 그러나 오히려 언니는 나에게 눈이 오니 꼼짝말고 집에 있으라고 다정한 목소리로 말하는 것이다. 잔디 위에서도 가끔씩 넘어지는 나는 저 엄청난 눈길을 걸어나갈 자신이 전혀 없다. 이럴 때야말로 함께 있어주면 언니의 외로움에 조금이라도 위로가 될 수 있었을 텐데 하는 마음뿐이다.

대학시절부터 공연을 좋아했던 나는 드라마센터 등 연극을 많이 보러 다녔다. 60년 초, 대학 졸업 후 첫 직장이었던 여성교양지 『女像』 편집기자를 지내면서 그 당시 실험극장 연극을 많이 보게 되었다. 어떤 계기였는지는 기억이 흐릿하지

만 젊은 연출가 허규 선생님과 김의경 선생님을 먼 빛에서
알게 되었다. 연극에 한동안 빠져있던 나는 가끔씩 퇴근 후에
사이다와 김밥을 사들고 연습장에 찾아가 연출하시던 두 선
생님의 모습을 보기도 했다. 참 멋이 있었다. 그 후 허규 선
생님은 나와 함께 여류시 동인이었던 시인 박현령 언니와 결
혼을 하고 비원 옆 한옥에서 신혼 살림을 차렸다. 나는 종종
연출가와 시인이 살고 있는 집에 놀러가곤 했다.

나는 67년 뉴욕으로 떠났고, 서울과 뉴욕을 오가면서 언니
의 집을 방문했는데 언니의 집은 온통 다른 곳에서 찾아볼
수 없는 우리 문화재로 가득했다. 거문고가 있고, 가야금, 장
구, 북 등 외국생활에 젖어있던 나에게는 박물관에서나 볼 수
있는 신기한 우리 문화가 그곳에 있었다. 90년엔가 내가 수필
집을 내고 잡지, 신문에 인터뷰 기사 사진이 필요하다고 했더
니 언니는 비원과 언니집으로 데리고 간 적이 있다. 그곳에서
나는 보물처럼 놓여 있는 거문고를 연주하는 사진을 찍기도
했다. 이 또한 모두 허규 선생님의 흔적이 남아 있는 추억이
되고 있다.

벌써 1년이라는 세월이 흐르고 있다. 전화를 걸면 현령 언
니의 밝은 목소리를, 아니면 때론 힘없는 목소리를 들으면서
나는 허선생님의 건강을 진단할 수 있었다. 목소리에 힘이 없
으시면 서둘러 수화기를 놓고 어쩌다 힘있는 목소리가 들리
면 이런저런 이야기를 한동안 나누기도 했다.

"언니, 오늘은 선생님 기분이 좋으신가 봐."

"그래, 음식도 좀 드시고 잘 주무셨어."

언니의 표정도 시시각각으로 선생님의 건강에 따라 밝아지
기도 하고 흐려지기도 했다. 술 담배를 버리지 못하고 투병하

시던 모습을 지켜보면서 언니는 때론 화내고, 애원도 해보고, 체념도 하면서 온갖 건강에 좋다는 세계 각국의 건강식품은 다 구해다가 드렸다. 뿐만 아니라 수퍼마켓에라도 함께 가는 날이면 온통 선생님을 위한 메뉴로만 가득 사서 허둥지둥 집으로 달려가던 언니의 모습을 잊을 수가 없다.

"잘 웃지도 않으시는 분이 재익(외손자)이가 와서 재롱을 부리면 웃고 좋아하신다. 그뿐인 줄 아니, 담배도 나가서 피우고 들어오셔."

이 또한 언니의 간절한 희망이었고 잠깐의 행복이었다.

나는 그 애달픈 언니의 정성을 오랫동안 지켜보면서 그래도 언젠가는 병마에서 훌훌 털고 일어나 다시 불같은 정열로 연출을 해주실 거라고 믿었다.

그러나 선생님은 가셨다. 육신의 고통을 멀리하시고 이제야말로 아픔도 고독도 없는 오직 평화로운 세상에서 살고 계실 것이다.

외손자 재익이 말고는 얼마 전에 세상에 나온 친손자, 외손녀가 귀엽게 자라는 모습을 볼 수 없게 된 일이 안타깝다. 특히 피아노 대신 거문고 배우길 강력히 원하셨다는 따님 윤정이의 거문고 연주를 늘 멋진 한복차림으로 객석에 앉아 자랑스럽게 바라보시던 그 눈빛을 이젠 다시 만날 수 없어 슬프다.

그 동안 언니는 이 추모집을 준비하면서 무슨 생각을 하고 있었을까. 아직도 꿈꾸듯 실감나지 않은 세월을 가슴에 적시며 오늘처럼 눈보라치는 하얀 세상에서 허선생님의 목소리를 꿈속에서 들을 수 있겠지.

육신으론 다시 만날 수 없지만 현실과 타협하시지 않고 오직 예술만을 위해 열정을 불태우시던 허선생님, 참 예술인으로서의 선생님의 정신과 가르침은 영원히 남게 될 것이다.

헌사

김연갑(아리랑연합회 이사)

  "1926년 엄동의 시절, 민족영화 <아리랑>으로 사그러들던 민족정신을 일깨워 준 영화인 나운규 선생, 세계 지식인들에게 <Song of Arirang>을 통해 당시 한국이 결코 '바닷물에 녹아 없어지는 소금' 같은 약소국이 아님과 아리랑이 고난을 극복해 낸 이들의 노래임을 역설한 김산 선생, 1941년 광복군 창설과 함께 '광복군아리랑'을 공식 군가로 채택, 아리랑의 민족사적 위상을 담보해 준 지도자 김구 선생, 그리고 1988년 제 1회 아리랑축제를 발의하고 주관하여 민족축제 발현에 씨앗을 뿌려준 연극인 허규 선생. 이 네 분께 이 <아리랑환타지>를 바친다."

  위의 글은 지난해 11월 2일에서 5일까지 4일에 걸쳐 전남 진도에서 있었던 <'00아리랑축제> 첫 순서인 칸타타 <아리랑환타지> 초앞에서 낭송된 헌사다. 이 작품은 '역사의 노래'로서의 아리랑과 '노래의 역사'로서의 아리랑을 칸타타 형식으로 구성한 작품으로 아리랑축제 열 번째를 기념하여 무대에 올린 것이다. 그래서 그 의미를 더하기 위해 아리랑 근 백년사에서 뚜렷한 업적을 남긴 네 분께 헌사를 드린 것이다.
  허규 선생님, 선생님의 해적이에 1988년 아리랑축제를 발

의하고 주관한 사실과 (사)아리랑연합회 고문으로 계셨음이
예사로 넘길 수 있을런지도 모르지만 아리랑 역사에서는 결
코 선생님의 존재가 예사가 아니다. 제대로 된 민족축제 개발
에 대한 열정과 아리랑연합회의 위상을 높여 주셨음은 결코
지나칠 수 없기 때문이다.

사실, 1988년은 <국풍 '81> 이후 수많은 축제와 대규모
문화 행사가 절정을 이루었던 시기였다. 그럼에도 외국인들에
게 구체적으로 어필될 수 있는 명칭을 갖고 우리 것다운 요
소를 담아낼 수 있는 축제가 없었다. 그 필요성이 여러 측면
에서 연구되고 제기되었음에도 말이다. 바로 그런 시기에 선
생님은 축제문화진흥회 식구들과 시인 고은, 작곡가 나운영,
그리고 필자가 함께한 자리에서 아리랑축제란 명칭으로 진정
한 민족축제로 발굴·육성·발전시키자는 제안을 했던 것이다.
이에 누구도 이의를 제기하지 못했음은 물론이고 선생님의
제안에 적극 동참한다는 합의를 했다.

그래서 드디어 4월 30일 선생님의 주관하에 학술세미나·자
료 전시회·그림자극 그리고 8도아리랑마당, 이렇게 네 종목을
중심으로 국립중앙극장 놀이마당에서 이틀에 걸쳐 첫 번째
행사를 개최했고, 두 번째 아리랑축제는 이듬해 10월 11일부
터 13일까지 올림픽공원에서 장소현 작 '총체극 아리랑' 등을
보완하여 확대, 개최했다. 이후 모임아리랑과 아리랑보존회가
아리랑연합회로 통합, 재탄생되면서 선생님은 고문 자격으로
단체 운영을 도와주셨고 축제 진행을 지도해 주셨다. 뿐만 아
니라 1995년 단체의 사단법인화에도 도움을 주서 축제가 규
모있게 개최될 수 있도록 계기를 마련해 주시기도 했다.

돌이켜 보면 선생님은 아리랑축제의 산파이셨고 아리랑연

합회의 어르신으로 주축이셨다. 그럼에도 그 동안 넉넉한 자리에서 편히 한번 모시지 못했다. 그리고 서운함을 남긴 채 보내드리고 말았다. 자문을 얻거나 우연히 모임에서 뵙게 되면 늘 넉넉한 미소로 응대해 주시던 모습이 새삼 그리워진다.

이제 선생님께 은혜를 갚는 길은 선생님이 구상하셨던 대로 '아리랑축제'를 민족축제로 발전, 정착시키는 일이고 그런 축제의 초앞에서 선생님께 떳떳이 헌사를 올리는 것이리라. 벌써 금년으로 아리랑축제가 통산 11회째를 맞게 되고 2억 규모의 행사로 되었으니 큰 발전을 했음은 사실이다. 이제 정착단계에 있다. 그러니 떳떳하게 헌사를 드릴 수 있게 되었다.

"선생님, 흡족한 미소로 저희들의 헌사를 받아주십시오."

연극 후원의 일념으로

김용원 (도서출판 삶과꿈 대표)

허규(許圭) 형은 늘 빙그레 웃는 얼굴로 다가왔다. "그 동안 어떻게 지냈수…" 구수한 목소리로 내 손을 덥석 잡고는 했다. 요즘도 연극 공연장에 가면 허름한 카키색 옷차림의 허규 형이 어디에선가 걸어올 것만 같다.

60년대 초 실험극장 초창기에 우리는 만났다. 친구 김의경(金義卿)을 따라서 연극 연습장에 가곤 하던 때이다. 그 무렵 자연스레 자주 어울렸던 것으로 기억된다.

실험극장은 몹시 가난하게 운영되었다. 서울대·연대 등 대학에서 연극을 했던 비슷한 또래들이 주축으로 모였지만 극단 운영에는 맹탕들 같았다. 아마추어 학생연극활동의 틀을 크게 벗어나지 못했다. 공연 자체를 동국대학교 강당에서 시작했고, 기존 극단의 통념적 연극을 뒤따르기보다는 아카데믹한 실험정신을 바탕으로 새로운 연극을 들고 나왔기 때문에 애초부터 흥행과는 거리가 멀었다. '우리들 하고 싶은 연극을 한다'는 젊은 혈기의 의기투합으로 볼 수도 있었다. 의기는 충천(衝天)했으나 일반관객을 끌어모으는 데는 아주 약했다. 객석은 언제나 텅텅 비었다. 어떤 때는 10명이나 될까 말까 한 사람들을 놓고 막을 올려야만 하는 딱한 때도 있었다.

당시 조선일보 경제부 기자로, 돈 있는 사람들에게 이따금 희떠운 소리도 하고 다니던 내 눈에는 도저히 이해가 안 되는 계산이었다. '무엇 때문에 연극을 하는가, 무얼 바라고 저 고생들을 하는가, 밥은 제때 먹고들 다니나' 하는 생각들이 줄을 이었다.

그러나 그들은 전혀 개의치 않는 듯했다. 돈에 쪼들리면서도 돈 얘기들은 하지 않았다. 있으면 같이 먹고 없으면 굶는다는 그런 생활을 하는 것 같았다. 때 되면 모여서 웃고 떠들며 연습에 열중했다. 언젠가는 돈을 내고 연극을 보러 오는 일반관객이 구름처럼 몰려와 줄 것이라는 말들만을 했다.

연출의 허규 형은 직책상으로도 연습장의 중심이었다. 성격은 부드러웠으나 고정하고 엄격했다. 연습을 누군가 적당히 하고 넘어가려 하면 벼락같은 소리가 떨어졌다. 연기가 만족스럽지 않을 때면 연기자가 누구이건 몇 번이고 다시 시켰다. 잘못 제작된 레코드판이 계속 헛돌듯 되풀이되고 되풀이됐다. 옆에서 지켜보다가 나도 모르게 대사가 외어져 혼자 길을 가며 흥얼거려 볼 때도 있었다. 어쩌다 저녁에 막걸리나 소주를 같이할 경우에도 허규 형은 연극에 관한 얘기만 했다. '어떻게 하면 좋은 연극을 할 수 있는가' 한국의 비참한 연극풍토를 일일이 지적하며 좋아질 날을 기다리는 표정이었다.

"영국과 같은 연극학교 시스템이 있었으면 좋겠어. 기본을 철저히 가르쳐야 해. 배우가 무대에 등장할 때는 무엇 때문에 왜 나오는 것이냐는 것을 관객이 금방 느낄 수 있게 해야 돼. 표정, 걸음걸이 하다못해 바람을 등에 졌는지 안았는지 물통 하나를 들었을 때에도 통에 물이 가득한지 반쯤 들었는지가 한눈에 전달돼야 해. 그냥 무대에 들락거리는 것이 아니야.

발성법도 따로 익혀서 객석 맨 뒤에 앉아 있는 사람이 대사 한 마디 한 마디를 정확하게 알아들을 수 있게 해주어야 진짜 연극이 되는 것이지.”

허규 형을 만난 후 그의 영향을 받아서인지 실험극장 주변에서 한동안 놀아서 그런지 알 수 없지만 차츰 연극이 재미있어졌다. 실험극장 연극을 보다가 이 좋은 것을 왜들 안 보는가 하는 안타까움에 우선 관객을 늘리자는 후원회 운동을 자진해서 발의하기에 이르렀다. 한발 더 들어가 김의경 대표가 미국 유학을 떠날 때는 허규 형의 강한 권유로 실험극장 대표직을 맞게 되었다. 지금 돌아보면 가당치 않았던 일이다. 주제파악을 잘못한 만용 같기도 하고, 삼천포로 빠진 케이스 같기도 하다. 연극에 전혀 문외한(門外漢)인 내가 2년 8개월간이나 실험극장 대표의 일을 한 것이다.

주로 명동(明洞) 국립극장으로 공연장을 옮기고, 좋은 레퍼토리를 선정해서 모두 열심히 한 결과 일반관객들이 차츰 많아졌다. 표가 매진되어 극장 앞에 ‘만원사례 봉투’를 위세좋게 돌린 일도 있다. 실험극장의 사람들은 누구 할 것 없이 신나게 뛰었고, 연출을 맡은 허규 형도 특유의 미소를 지으며 내 손을 꽉 잡았다.

사실 허규 형은 나의 연극 선생님이었다. 그가 하는 많은 것을 보고 배웠다. 요즘도 다른 연극을 볼 때면 허규 형이 나에게 해준 말들이 떠오른다. 어떻게 보면 허규 형의 시각으로 지금 내가 연극을 보고 있는지도 모른다.

김의경이 미국에서 귀국하자 나는 대표직을 그에게 돌려주고, 내 본업인 신문사 일에만 몰두했다. 가끔 허규 형의 소식이 신문사로 전해졌다. 극단 민예를 창단해서 전통극을 재창조하는 작업에 바쁘다고 하더니 곧이어 국립극장장이 돼서 우리 나라 창극의 개혁과 축제문화에 열중하고 있다고, 극단 민예 때부터 허규 형은 일관되게 전통연희를 계승, 재창조, 현대화하는 노력을 했다.

<고려인 떡쇠>, <물도리동>, <다시라기> 등의 작품이 대표적인 예(例)이다. 민초(民草)에 뿌리를 둔 마음으로 우리 나라 고유의 탈춤·굿·민요·노동요·판소리 등 다양한 전통연희의 요소를 가무극 형식으로 묶어갔다. 우리의 것을 찾아 살리는 대장정(大長征)의 시작이라고 볼 수 있다.

'논두렁길 저편으로 흰 두루마기 입은 시골 사람이 휘이적 휘이적 걸어가는 모습이 참 멋있다'고 허규 형이 실험극장 시절 나에게 말한 적이 있다. 연극 외길에 자기 에너지를 불태우고 우리 시골 논두렁길 저편으로 허규 형 자신이 휘이적 휘이적 걸어가고 있는 듯한 느낌이 이따금씩 가슴을 파고든다.

선생님을 그리워하며

김유광(김유광 신경정신과의원 원장)

훤출하신 큰 키에 까만 안경 속의 깊고도 인자하시며 겸손하시면서도 연극에 관한 일에 대해서는 엄하시면서도 절대적 존재로서 우리 나라 창작극에 초석이셨던 선생님께서 우리 곁을 떠나신 지가 벌써 1주년이 되었다.

내가 허규 선생님을 처음 뵌 것은 1960년 5월 초 서울 만리동에 있는 양정고등학교 2학년 연극반 시절이다. (지금은 서울시민 공원이자 손기정 옹의 기념관이다.)

그 당시는 전국 남녀 중고등학교 연극 경연대회가 매년 열리고 있었고, 양정고등학교 연극반도 차범석 작, 최상현 연출 허규 조연출 <유태인의 거리> 작품을 갖고 경연에 참여했다. 그때 나는 전당포 주인이고 수전노이면서 앞 못 보는 장님 역할을 맡았다.

그 당시 나는 고등학교 2학년이었고 아들 역은 최홍규(수원 유류유통업), 하녀 역은 탤런트 이정섭(그 당시 중3)이 맡았다. 연극연습은 방과후에 교장선생님께서(고 엄경섭) 특별히 배려를 해 주셔서 교장실에서 했다.

　연출을 맡으신 최상현 선생님은 평소에는 인자하시다가도 일단 연습에 들어가서 꾀를 피며 연습을 게을리하고 장난을 치면 학생들을 호되게 야단치셨다. 나도 꾀를 피며 대충 대사 연습을 하다가 눈앞에 불이 번쩍하며 뺨이 얼얼하도록 혼이 났다. 죄송스럽고 부끄럽고 창피해서 고개를 떨구고 있는데 그때 허규 선생님께서 저를 밖으로 불러내신 뒤 어깨를 잡아주시며 "유광아, 너는 가능성이 있는데 왜 장난만 치냐 열심히 해야지, 후배들 보기에도 부끄럽지 않냐, 자 이제부터 열심히 해봐, 오죽하면 연출선생님께서 화를 내셨을까, 자! 힘내."하고 말씀하셨다.

　여름 방학 기간에 우리는 동해안에 있는 후진리, 설악산에서의 연습을 포함하여 총 6개월간 연극 연습을 마치고, 진명여고 삼일당에서 열리는 연극경연대회에 참가하게 되었다.

　총연습을 하는 날 극의 장면에서 눈먼 장님이자 수전노 역할을 맡은 나는, 가발을 쓰고 수염을 붙이고, 유태인의 매부리코를 만들기 위해 껌 서너 개를 씹어서 코에다 붙이고, 눈언저리는 움푹 패여 보이게끔 시커멓게 만들었다. 가끔 샛눈을 뜨고 있다가 "야! 장님이 눈떴다" 하는 소리가 객석에서 들리면 등에서는 땀이 흘렀다. 게다가 아들이 하녀를 데리고 사랑과 자유를 찾아 가출을 하기 위해 무대 우측 상단의 계단에 서서 아버지를 향해 이별을 고하고 떠나는 극의 마지막 장면에서는 이를 말리려고 계단을 향하여 뛰어가다 계단에 부딪쳐 굴러 떨어지면서 절규를 해야 하는데, 계단까지는 더듬거리며 잘 갔으나 계단에 뛰어오르는 순간 그만 샛눈을 살짝 뜨고 성큼성큼 올라가 버리고 말았다.

　객석에서는 폭소가 터져 나오고 마무리 독백을 하는 둥 마는 둥 퇴장을 했다.

그 순간, 또 한차례 눈앞에 불이 번쩍거렸고 예상했던 대로 최상현 선생님께서 화가 나신 눈으로 보고 계셨다.

그때 얼른 허규 선생님께서 무대 뒤쪽으로 나를 데리고 간 다음, "아, 유광아 장님이 어떻게 계단을 그렇게 잘 올라가, 너 또 장난하는 거냐, 너 때문에 리허설이 엉망이 됐잖아. 이제 한 시간 후면 공연인데…" 그러시면서 소주 한잔을 구해다가 나에게 주셨다. 눈물이 흘렀다. 그리고 우리는 경연대회에서 최우수상, 최우수 개인연기상을 받았다.

허규 선생님께 다시 한번 진심으로 감사를 드린다.

그후 필자는 의과대학 연극반에서 공연계획이 있을 때마다 허규 선생님을 쫓아다니며 연극수업을 쌓았고, 허규 선생님께서는 민예극단을 만드시고 정동에 있는 경향신문(예전 문화방송국) 옆 건물 2층에서 창작극에 몰두하셨다. (1973년경) 직접 북을 치시며 판소리를 들려 주셨고 목각 인형 탈을 깎아서 만드시는 등 우리 나라 전통극 발전에 틀을 짜고 계셨던 것 같다.

연습이 끝나면 소주잔을 주시면서 인생을 가르쳐 주셨다.

"유광이 연극 한번 해야지!"

"네."

대답은 시원스럽게 했으나 선생님과의 약속을 지키지 못해 죄송스럽다. 선생님 용서해 주십시오.

1975년 국립서울정신병원에서 사이코 드라마를 처음 하는 날 선생님께서 오셔서 많은 조언과 격려를 해 주셨다. 환자들이 대본 없이 극을 잘 이끌어 나가는 것을 보시고 "그래 즉 흥극에서 사람들이 흥에 겨워 신명나게 놀거나 마음놓고 실컷 울고나면 속이 후련해지지. 좋은 치료방법이 될 거야."

그 후 지금까지 매월 마지막 목요일 오후 3시면 환우들과 사이코 드라마를 하고 있다.

허규 선생님께서 국립극장장으로 계실 때 '직장인들의 정신건강'이라는 주제로 강연을 하라고 하셔서 국립극장 무대에 오를 수 있는 기회를 가졌던 일.

내가 1993년 서교동에 소극장 '예'를 만들면서 귀찮아하실 정도로 찾아가서 조언을 해달라고 졸라대도 싫은 기색 한번도 보이시지 않고 무대, 객석, 조명 등 일일이 세심하게 조언해주시던 일.

같은 해 선생님께서 비원 옆에 북촌 창우소극장을 만드시고 너무나 좋아하시던 모습까지 눈에 선하다.

그후 자주 찾아뵙지 못하고 차일피일 하다가 아드님 결혼식장에서 몰라볼 정도로 수척해지신 선생님을 보고 마음속으로 울었던 일.

지금도 하늘나라에서 또 다른 창작활동을 하고 계실 선생님을 생각합니다.

선생님 부디 하늘 나라에서 선생님께서 바라시던 연출, 마음껏 하시고 항상 선생님의 분신이신 박현령 사모님과 자녀, 제자들 그리고 선생님을 사랑하고 존경하는 모든 이들에게 선생님 특유의 따뜻하고 포근한 미소를 보내주시기 바라오며 감히 1주기 추모집에 글을 바칩니다.

허규 선배와 민예극장의 작업

김의경 (희곡작가, 전 서울시립극단 단장)

허규 선배를 만난 것은 정확하게 1956년 봄이다.

한국연극학회(회장:유치진)가 주최하는 제4회 전국대학생연극경연대회에 서울대 연극반이 참가하기로 하였다. 지정작품은 유치진의 <조국>.

이 해에 우리는 '서울대 연극회'를 재건하였다. '재건'이라고 하는 것은 전전 해에 서울대 연극반이 해체되었기 때문이었다. 소문으로는 오상원 작 <지하실>을 가지고 제 2회 연극경연대회에 참가했던 서울대 연극반이 계산착오로, 하루에 한 사람 당 30개의 계란을 먹은 것으로 되어서 학생처에서 연극반 해산명령을 내렸다는 것이다. 생각해 보면 우습기만 하다. 아무리 어린 학생이기로 하루에 계란을 30개나 먹은 것으로 계산착오를 하다니. 또 어린 학생들의 그런 계산법을 너그러이 보아주지 못하고서 해산명령을 하다니. 요새 돈으로 계란 1개 2백원, 연극반원 20명에다 연습일 20일로 치면 8만원의 착오인데 말이다.

하여튼 나는 한 학년 위의 이순재와 함께 서울대 연극반의 '재건'에 착수했던 것이다. 우리는 당시 이미 연극활동을 열심히 하고 있었던 사대 연극반을 찾아가 재건을 건의했던 것

이다. 이리하여 회장에 권오일, 부회장에 이순재·박병오 하는
식으로 서울대 연극반의 재건을 이뤄냈던 것이다.

<조국>은 서울사대 기숙사의 방 하나를 얻어 연습을 하게
되었다. 문리대, 사대, 수의대에서 20여 명 남짓이 방을 메우
고 있었다.

"여기, 농대에서 오신 분이 계십니까?"

그러자 비쩍 마르고 키 크고 얼굴이 거무스름한 한 사나이
가 손을 들었다.

"접니다. 허귭니다."

연극연습이 시작된다는 대학신문의 기사를 보고 왔다고 했
다.

"연출공부를 합니다."

프로듀서는 권오일, 연출 오사량 선생, 주요 출연진은 박병
도 역에 박병오(사대, 재미) 어머니 역에 조재숙(사대, 작고)
방물장수 역에 김조응(수의대, 사업), 병도 친구 역에 유달훈
(수의대, 전 울산 MBC 사장)의 면면이었다.

이렇게 나와 허규 선배의 우정은 시작되었다. 전 해에 그는
2학기 등록금으로 <사랑은 죽음과 함께(John Patrick:HASTY
HEART)>의 막을 올린 덕분에, 휴학을 하고 있던 중 영장이
나와 군대로 가버렸다.

서울대 연극회가 <Arthur Miller: ALL MY SONS>를 연
습하고 있었던 1958년 5월, 수송부대의 트럭운전병이 되어
있던 그가 휴가를 나왔다. 그는 참지 못하고 이 공연에 뛰어
들었다. 내가 연출이었지만 어느 새인가 그가 연출이 되어 있
었다. 이로 인해 군대에 복귀를 하지 않아 나중에 어찌되었는

지 잊어버렸지만, 그만큼 그의 연극에 대한 정열은 물불을 안 가리는 것이었다.

60년대는 우리 연극계에 새로운 맹아(萌芽＝순)가 살아 숨쉬기 시작하던 때였다. 직업연극은 당시의 경제상황이 허락하지 않았다. 일년에 두세 편의 연극이 시공관(市公館) 무대(뒤에 국립극장)에 오르는 시절이었다. 신협과 민극이라는 두 국립극단이 겨우 그들의 존재를 드러내었다. 웬만한 기성연기자들은 영화계에 발을 들여놓고 있었다. 여기에 20대의 연극 풋내기들이 끼여들 틈은 없었다.

50년대 끝 무렵에 제작극회(制作劇會) 출범이 30대 연극인들의 외침이었다면 60년대 초 동인극장과 실험극장은 20대 젊은이들의 몸짓이었다. 그곳에 우리들이 있었다는 것은 극히 자연스런 일이었다.

나와 허규들이 할 수 있었던 것은 몇 분 안되는 선배들을 따라 배우며 미래를 꿈꾸는 일뿐이었다. 돈은 별로 필요하지도 않았고 생기지도 않았다. 우리들은 노동력을 제공하여 소품도 만들고 장치도 세우며 신문사를 돌았다. 허규와 유달훈은 제작극회 일을 많이 도왔다. 배운다는 것과 최소한 밥 한 끼는 떼울 수 있었던 것이다. 61년 제작극회는 차범석의 <껍질이 째지는 아픔 없이는>을 공연하였는데, 이것은 4·19 기념공연이었고, 뜻밖에도 허규 선배에게는 연출이라는 영광이 주어졌다. 29살의 젊은 나이에 연출 데뷔 작품이었다.

허규 선배는 머리도 영민하지만 대단한 노력가였다. 요즘은 한 작품을 연습하는데 4, 5주 또는 그 이상의 시간을 들여 막을 올리지만, 옛날에는 2주일 내외가 고작이었다. 우리들은 집에서 쌀을 퍼 가지고 나와 합숙을 하면서 밤낮을 불구하고 연습했다. 그럴 때에 잠을 안 자고 연습에 붙어있는 사람은 허규 선배뿐이었다.

그는 부지런히 책을 읽었다. 우리들 중 제일 먼저 브레히트를 모조리 읽은 사람도 허규 선배였다. 그는 그 가난하던 시절에 브레히트 일본어판을 사서 이들을 독파하였다. 때문에 60년대의 그의 연출은 브레히트의 이론을 차용한 것이었다. 극단 실험의 창립공연 <수업>이나 64년 셰익스피어 4백주년 기념축제 때의 <리어왕>, 국립극단의 <순교자> 등은 그의 브레히트에 대한 경도(傾倒)를 증명한다.

70년대 초 그는 우리들과 결별하고 극단 민예를 창단하였다. 그는 스스로의 방향을 개척하기로 마음을 굳게 먹은 것이었다. 현대연극과 전통예술의 접목이라는 그의 방법론을 시도하기 위한 대선회였다. <고려인 떡쇠>를 비롯하여 자작 연출인 <물도리동>, <다시라기> 들은 우리 연극계의 새로운 길을 제시한 것이었다. 이 작품들이 대통령상을 받으면서 주목을 받은 것은 당연한 것이었다. 이어 그는 창극에 정열을 쏟기 시작하였다.

그는 탈춤, 인형극, 창극 등 우리 나라의 전통연희양식에 깊이 빠져들었다. 그리고 그 전통적 양식을 우리의 현대극에 수용하는 실험을 계속하였다. 그것은 결코 하루아침에 끝나는 작업은 아니었다. 더군다나 연출가 개인의 노력만으로 될 수 있는 일이 아니었다. 그가 극단 민예를 창단하여 같은 생각을 가진 젊은이들과 힘을 합쳐 정력적으로 작업한 일련의 작품들은 이후 한국연극의 길잡이 노릇을 톡톡히 해내었다.

허규 선배는 지난 97년 연극원에서의 강의를 통해 자신의 작업을 재검증하고자 했을 때, 많은 학생들이 30년 전에 이런 작업을 했던가 하며 놀라워했다고 기록하고 있다. 학생들의 놀라움을 보고 그도 놀라워했고, 그 얘기를 전해듣는 우리도 놀라워한다…라는 것은 우리 연극계의 현실을 잘 이해하게 해주는 대목이기도 한 까닭이다. 연극학자들에 의해 그의 작업들이 좀 더 학문적으로 정리되어 그의 업적이 분명히 기록되지 않았던 것은 아닌지, 아니면 이미 정리는 되어 있었으나 요즘의 학생들이 관심을 가지고 있지 않아 그의 예술작업이 전혀 이해되지 않았거나—하는, 이들 양자 모두가 우리에게 만족스럽지 못한 현실이 아닐까 생각되어진다.

외국에서는 하나의 극단이 시동될 때에 Archivist가 참여한다. 새로운 시도들에 대한 이론적 정리를 그가 담당한다. 그는 현장 밖에서가 아닌 현장 안에서 공동작업자로서 참여하는 것이다. 그는 예술가를 적당히 바라보는 것이 아니다. 만들어진 '작업'을 비판하지 않고 만들어가는 '과정'을 기록한다. 이런 맥락에서 허규 씨의 작업이 상세하게 '기록'되지 못한 것에 대해 새삼 안타까움을 느낀다. 그것이 우리의 여건이다.

거기에 그의 이러한 일련의 작업들이 버려지지 않고 후학들에 의해 이어졌더라면 하는 아쉬움이 있다.

요즘 나는 젊은이들에게 몇 번이나 놀림을 받았다.

"그건 선생님 감각이죠."

포스터 한 장, 디자인 한 컷, 모두가 저들의 감각이어야 한다는 것이다. 그러면 우리같이 나이 든 관객은 없다는 말인가? 나이 든 관객에 맞는 연극은 없어야 한다는 말인가? Nicoll은 "연극은 그 사회의 전 계층에 의해 지지받아야 한다"고 피력한 바 있다. 하나의 sex나 한 sect, 또는 한 generation에 의해서 지지받는 연극은 우리들이 이상(理想)하는 바가 아니다.

허규 선배는 너무 일찍 생을 마감하였다. 그의 뒤를 이을 제자가 있으리라고 보지만, 만일 그렇지 못하다 하더라도 우리 연극이 그의 연극적 성취를 깊은 밑거름으로 하여 더욱 풍요로워질 것을 기대한다.

친애하는 허규 형님

김재형(TV 사극 전문연출가, 전 KBS-TV 드라마 연출가)

1961년, 당시 KBS는 라디오 프로그램만 송출되고 있었다. 박정희 대통령 당시, 우리 나라에서 최초로 TV방송을 시작하게 되었는데, 당시 개도국 중에서는 TV방송국의 개국이 좀 앞선 셈이었다.

소리를 통해서만 드라마와 음악 개그와 토크쇼 등을 접하고 있던 청취자들에게 TV와의 만남은 획기적인 충격이었고, 또한 프로그램을 만들어 내어야 하는 우리 PD들에게도 낯설고, 선진문명과 피부를 맞대는 듯한 이질적인 작업이었다.

즉 소리로만 프로그램을 제작하는 라디오에 비해서 열 배가량 일이 더 늘어나는 화면 구성의 작업에 우리는 많은 준비를 해야 했고 사고방식마저 바꿔가야만 했었다. 당시 드라마 쪽은 황무지였는데, 드라마 연출가로 허규 형이 있고, 그 밖에 이기하, 황운진 등 세 사람이 TV 드라마 연출가로서 유일한 분들이었고, 후배들도 그들에게 배울 수밖에 없었다.

그밖에도 대학을 갓 나온 젊은 PD들이 수습생으로 들어와서, 그야말로 방송국엔 또래의 젊은이들로 득실거리고 있었다.

성인드라마 연출을 하기 전에 허규 형님은 <어린이극장>이라는 어린이극을 연출하고 있었다. 나는 허규 씨를 형님이라고 불렀다. 나에겐 형님도 없었고, 허규 형은 마치 내게는 친형 같이 포근함을 주는 부드러운 분이었다.

나와 허규 형님은 <어린이극장>을 연출하면서 매일 많은 어린이들과 생활하고 있었다. 그들에게 연기 지도를 하고 대사를 가르치는 허규 형님은 마치 어린이처럼 순진무구하고 선량해 보이기도 했다. 당시 장수 프로였던 일기드라마 <영이의 일기>를 같이 연출했고, 그후 내가 <영이의 일기>를 도맡았고, 허규 형님은 <어린이극장>을 혼자 맡아했는데, 그 유명한 안성기, 안인숙 등이 당시 KBS <어린이극장> 출신들이다.

허규 형님과 나는 당시 남산에서 유명했던 '산길다방'을 자주 드나들었고 차도 마시고 담소하며 점심도 자주 했던 사람 중 하나였다. 그는 드라마 작업만 끝나면 그냥 사무실을 떠나버렸고, 교양 파트인 우리는 계속 사무실을 지키면서 다음 프로그램을 기획하곤 했으니, 그래도 내가 허규 형님과 가까이 지낸 PD 중 하나였다.

평소 허규 형님은 속을 잘 내보이지 않는 과묵한 분이었으나 내게는 속을 털어내 보였고 몽타쥬 기법이라든가, 드라마 콘티 짜는 것 등을 내게 가르쳐 주기도 했었다.

그러다가 어느 날 문득, 결혼 얘기를 꺼내 놓는 게 아닌가.

"야, 재형아, 미스 박 PD 어떠냐? 네가 좀 잘 관찰해 보아라."

"그래요? 박현령 PD 말예요?"

"그래, 내가 요즘 좀 만나고 있거든."

그는 당시 방송을 하면서도, 연극계에 깊숙이 발을 담고 있었다. 각 대학에서 대학극을 많이 연출했고, 극단 실험극장의

동인으로서, <안티고네>라는 번역극을 연출해서 국립극장
(당시 명동 국립극장)에서 공연하고 있었다.

<안티고네>의 초대권을 미스 박에서 주어서 연극 구경을
오게 했다고 나에게 말하는 것이었다. 은근히 미스 박을 결혼
상대로 점찍고, 만나고 있는 모양이었다. (두 분은 결혼했는
데, 부인인 박현령 씨는 KBS-TV PD 1기생 출신이다.)

나도 대찬성을 했고, 그들이 만나고 있던 일년 여의 기간
동안 허규 형님은 한편으로는 연극 연출을 하고 한편으로는
TV 드라마 연출을 하는 등, 바쁜 일상을 살고 있었는데, 그
바쁜 나날은 그 이후로도 평생 동안 팔자소관이 아니었나 싶
기도 했다.

드디어 허규 형님은 성인 드라마 연출을 시작해서 당시 기
라성 같은 연기자들을 진두지휘하며, 꼼꼼하고 세련된 연출이
라는 평을 듣고 있었다. 시청율을 높이는 데도 성공적이었다.
그러면서도 그는 이따금 내게 "번역극만 판치는 세상이 되어
선 안 되는데… 우리 창작극을 해야 된단 말이야. 그리고 나
는 TV가 적성에 맞지 않다. 연극무대에만 전념하고 싶다. 연
극의 삼대 요소에는 관객이 들어있지, 관객의 수준도 높이고
우리 연극의 수준도 높여야 해. 재형아, 우리 방송국 나가서
연극만 하자" 라고 말하기도 했었다.

나는 대답하기를 "우리 같이 나갑시다. 나가서 연극합시다"
라고 그에게 맞장구를 치면서 소주잔을 기울이거나, 중국집에
가서 식사를 하며 술을 마시기도 했다. 어떤 때는 곱창구이집
같은 데 가서 허심탄회하게 친형님한테 하듯이 괴로움을 털
어놓거나 하소연을 하면서 의논을 하면, "모른다는 것은 부끄
러운 일이 아니다. 모르면서도 아는 척 하는 것이 바보다. 모

를 때는 솔직히 털어놓고 배우고, 노력하는 것이 더 지혜로운
사람 아닌가?"라고 심지가 깊은 어른스러움을 보였지만, 지금
생각해 보면 그때 우리 나이는 내가 이십대 후반이고 허규
형이 겨우 서른 살이었다.

그럭저럭 그 해를 보낸 가을, 허규 형은 박현령 PD와 드디
어 결혼을 하게 되었다. 당시로서는 사내결혼이요, 여 PD와
드라마 연출가의 결혼으로서 우리 방송국 동료들의 관심을
모았고, 연극계에서도 그들의 결혼이 화제가 되었었다.

이후, KBS-TV국에서는 사내 커플들이 속속 탄생했었다.
보도국의 유인목 기자와 교양 PD였던 진용환 PD의 결혼에,
연기자로 강부자·이묵원 커플, 박병호와 정혜선의 결혼 등이
계속 이어지고 있었다.

허규 형님은 현실 문제엔 전혀 문외한이었다. "재형아, 결
혼 전 날 함을 보내는 거냐? 결혼 예물로 무엇무엇을 하지?"
그래서 나는 허규 형은 부모형제도 없는 고독한 분인 줄 알
았다.

그러나 허규 형은 농장주이신 아버님께서 같이 농장 경영
(목장)을 하기 위해 농대(서울 농대)를 보냈으나 연극계로 선
회하는 바람에 아버님한테서 쫓겨나 혼자 동생들에게 얹혀서
살아가고 있는 처지였다.

게다가 할아버지, 할머님에 아버님, 어머님, 팔 남매 중 장
남인 경기도 고양시의 유복한 과수원집의 장남인 줄 나중에
알고는 정말 기절할 정도로 놀라고 말았었다.

그러나 허규 형님의 고집은 그후로도 나를 몇 번이나 놀라
게 했었다. 그는 결혼 후, 얼마 안 있어. KBS-TV를 떠나
당시 개국했던 TBC-TV 드라마 연출자로 직장을 옮겨서, 당

시 TV 드라마의 금자탑이라고 칭송받았던 <탑>이라는 작품을 연출했고, TBC-TV를 떠나 MBC-TV로 옮겨서 드라마 파트 부장까지 오르는 등, 직장에서의 상당한 지위와 부를 누리고 걱정없는 현실을 살 수도 있었으나, 그는 끝내 '우리 연극을 찾아' 그 모든 것을 뿌리치고 연극계로 돌아가고 말았다.

내 쪽에서 볼 때는 그가 '연극계'로 되돌아간 셈이었다. 나는 계속 TV 사극 연출에 열정을 쏟고 있었고 그는 국립극장장에, 창극연출에, 판소리학회장까지 지내면서 <'86아시안 게임>, <'88 서울올림픽 개막식> 연출, <거리축제 상감마마 행차> 등등의 제작 연출로 신문 지면에 오르내리고 TV화면에 얼굴을 보이는 등 고집스럽게도 꿋꿋하게 자기 길을 가고 있었다.

밖에서 나같은 사람이 보기에, 그는 하고 싶은 일에 돌진하면서 자신의 몸을 내던져 소진해 버리는 듯했다.

'소주를 그토록 좋아하시던 허규 형님, 좀더 안주를 많이 먹도록 내가 권했더라면…'

'건강을 위해, 운동도 하고, 가끔 쉬기도 하면서 소주를 즐기도록 강력하게 권했더라면…'

허규 형님, 그는 원래 강단이 있고 건강한 분이셨다. 자신의 건강을 너무 믿었던 것일까? 앞으로 10년쯤만 더 살았더라면 그는 또 어떤 것을 개척하고 내달렸을까?

그의 말대로, 나는 지금도 실감하고 있다. '개척이란 어려운 것이다. 또한 앞서서 내달리는 선각자, 선구자란 몇 배의 괴로움을 겪게 마련이야.'

나중에 그의 부인인 박현령 여사에게서 들은 얘기가 생각난다. 창극 연출에, 땀 흘리며 매달려 있는 그에게 좀, 웬만큼 하라고 말렸더니, 그는 '나 같은 놈이 안 하면 누가 창극 연출을 해주겠는가' 라고 하면서 쓸쓸해 했다고 한다. 국립극장장 시절 후반부엔 판소리와 창극에 온 힘을 쏟는 그를 보면서, 박여사는 마음속으로 '더 이상 나로서는 어쩔 수 없다' 라며 마음껏 내달리게 내버려둘 수밖에 없었다고 한다.

허규 형님, 방송국 TV 드라마 연출을 끝발 있게 했더라면, 현실적으로 안정된 생활과 또 그런대로 방송의 재미를 만끽할 수도 있었을 텐데….

"MBC - TV에 사표를 냈을 때, 큰아들이 초등학교 1학년, 그 밑의 딸이 4살이었어요. 나는 친정 어머님께 아이들을 맡겨 놓고, 직업전선에 뛰어들었죠. 그를 믿고 있다가는 밥을 굶어야 했으니까요. 그래서 내가 다시 통신사 기자로 취직해서 10여 년, 그 동안 그는 민예극단을 창단해서 신나게 전통극에 매달렸고, 80년 언론통폐합 때 나는 다시 통신사 부장직을 사표내고 KBS 작가실에 가서 매일 방송원고 구성에 매달렸고, 그는 81년에 국립극장장에 발탁되었으나, 극장장 봉급이 공무원 월급이라 생활이 안 됐어요. 나는 계속 KBS에서 일했고. 대학에서 강의도 하면서, 시집도 내고, 문학에 전념했었죠."

박현령 여사의 애기를 들으며, '정말 바쁜 부부가 결혼을 해서, 아이들을 길러내었구나' 하는 생각이 들었다.

허규 형님, 그래도 큰아들 윤무가 형님의 뒤를 이어서 SBS - TV에서 방송 PD를 하고 있고, 따님은 형님이 좋아하던 국악을 전공해서 거문고 연주자로 두각을 나타내고 있으니, 형

님의 꿈을 자녀들이 이어가고 있지 않습니까. 허규 형님은 행
복한 분이구려. 저승에서도 북을 치면서 신나는 판을 벌이시
구려. 형님, 만날 때까지 평안히 계시구려.

정열적인 연출가 허규

김정옥(연출가, 예술원 회원, 문예진흥원 원장)

허규 선생의 연극대본 출판기념 모임에 참가한 것이 어제와 같은데 추모의 글을 쓰게 되니 감개무량합니다.

나는 그때 문인으로서 희곡을 쓴 작가보다도 무대 작업을 직접 하면서 희곡을 쓴 작가, 이를테면 셰익스피어나 몰리에르, 최근에는 다리오 포 같은 작가와 같이 허규 선생의 연극대본은 독보적 가치를 지니고 있다고 말했었습니다.

물론 허규 선생의 본령은 연출작가임에 틀림없습니다만 무대작업, 극장운영, 전통연희의 현대적 재현 등 공연예술의 모든 분야에 관여한 진정한 총체적 연극인이었다는 생각이 듭니다.

허규 선생과 교분을 가진 지는 40년이 넘는다고 할 수 있는데 1963년 겨울에는 민중극장 기획으로 싸롱 드라마 공연을 가진 적이 있습니다. 그때 허규 선생은 프랑스 작가 사샤 기트리의 <별장 팝니다>를, 나는 이오네스코의 <대머리 여가수>의 연출을 했습니다.

당시에 우리 연극계는 무겁고 심각한 연극에 너무 얽매여 있는 시대였다고 할 수 있는데 당시로는 젊은 신인 연출가였던 허규 선생과 나는 풍자와 희화적 무대 또는 부조리한 세계를 희화화한 무대에 도전한 셈이었습니다.

이 점에 있어 우리는 처음부터 많은 점에서 유사한 생각을 가지고 연극을 시작했다고 할 수 있으며 그후에도 나는 언제나 허규 선생을 거울 삼아 연극을 하려 했다고 할 수 있습니다.

그러나 나로서는 도저히 미칠 수 없는 분이 허규 선생이었습니다. 우선 연출작업에 임할 때의 그의 정열과 열의를 따라갈 수 없었습니다. 같은 방향, 같은 길을 걸어가면서도 우리는 전혀 달랐다고 할 수 있습니다.

웃음을 추구하더라도 허규 선생에게는 성실성과 진지함이 있었다면 나에게는 건달기가 있었습니다. 어쩐지 불성실하고 멋대로인 나에게 그는 "김형, 그게 아닌데…" 하고 충고를 한 적도 있습니다.

진지함과 성실성 그리고 정열이 그의 작품에 힘을 주었다고 생각하며 또한 그에게는 강인한 체력을 배경으로 한 실천력이 있었다고 생각합니다.

이를테면 연출가란 한국적 정서와 리듬을 몸으로 터득하기 위해 소리북을 어느 정도 칠 수 있어야 한다는데 우리는 인식을 같이 했지만 허규 선생은 그것을 실천에 옮긴 반면, 나는 계속 관심만 갖고 맴돌다 끝나고 만 느낌을 갖게 됩니다.

그래서 나는 언제나 그의 강력한 실천력을 부럽게 생각했습니다. 그가 소극장을 지을 때도 그러한 강인한 의지와 실천력이 밑받침되었다고 할 수 있습니다.

다만 그의 꿈과 이상이 현실적으로 뒷받침을 받지 못한 것은 현실적 계산과 타협을 모르는 예술가적 순수성 때문일지도 모릅니다.

훤출하게 큰 키에 깡마른 체구, 그러면서 거기에서 퍼져나

오는 저력있는 음성 그리고 단호한 몸짓, 난감해 하면서도 서
슴지 않고 털어놓는 충고와 비판, 연출가는 저래야 하는데 하
고 나는 언제나 부러워했습니다.
　위대한 우리 시대의 연출가는 떠나가고 나처럼 흐리멍텅한
연출가가 여전히 흐리멍텅하게 살아가는 것이 어쩐지 죄송하
고 부끄럽게 생각됩니다.
　허규 선생이 우리 연극계에 남긴 큰 발자취를 기리며 명복
을 빕니다.

저승서도 우리 것 내보이느라 그리 바쁘시오?

김종규(삼성출판사회장, 한국출판박물관협회장)

그리운 인연

허규 선생! 그간, 훌쩍 가본― 그래, 한 해 동안 살아본 그쪽 저승의 생활은 또 재미가 어떠시오? 이승보다 더 신나고 재미가 있으시오?

선생은 그럴지 모르나, 그 동안 알고 지냈던 이승의 우리는 선생 없는 한 해 동안 무척이나 심심하고 맥 빠져 쓸쓸히 지내, 길 가다가도 저 쪽 멀리에서 선생이 손들며 웃으면서 허허로이 다가오는 것 같아 반색 먼저 하다가 아―아―! 맘 짠하고 만 게 한두 번 아니오.

다들 그러오. 그쪽 세상서도 선생은 그 걸쭉한 입심으로 좌중을 휘잡으며 끌어 앉히고는, 그리 흥겨운 우리 마당판 벌려 (귀신들) 살판나게 만들고 있을 거라고 말이오. 좀이 쑤셔 가만히 앉아 있을 엉덩이가 아니라고 말이오.

70년대 후반, 이화여대 앞에서 선생이 운영하는 그 민예극단에서 스스로 중모리~ 휘모리 북장단 잡고 걸판진 마당, 우리 민학회 회원에게 보여준 자리에서 인연을 맺은 뒤로 언제나 이 몸을 챙겨 주셨던 선생 덕으로 우리 것, 곧 우리 민족의 곰삭은 대중적 끈끈한 삶과 질펀한 판을 알고 가까이하게 되었지요.

뿐만 아니라 선생의 뜻을 잘 이어, 오늘날 모르는 이가 없는 마당놀이 대명사의 존재로 우뚝 서 있는 극단 미추의 손진책·김성녀(부부)를 잘 지켜보라며 소개해준 덕으로 선생 안 계신 오늘날, 언제나 선생 보듯 해준 것도 다 선생의 사려 깊은 애정임을 알게 되었지요.

끝까지 최선을 다함

최초의 민간인 국립극장장이 되어 그 동안의 딱딱한 고정틀을 깨는, 활력과 신선한 바람을 불어넣어 관객이 몰려오게 하고 그들과 더불어 함께하느라 몸과 맘 다 바쳐 애쓰며, "잘하고 있는 것 같소?" 하며 어깨 무거워한 모습이 새삼 눈에 선하오.

그러다 나와서는 한우물을 파는 작업 계속하느라 다시 (조선 때의) 북촌 어귀에다 '극장 북촌창우'를 또 세웠지요. 왜 하필이면 그 곳 북촌 들머리였을까 생각하면, 그 기발함과 깊은 사려에 의함이었음이 또 나를 놀라게 하는 선생이오.

정말이지 북촌이 어떤 데입니까? 바로, 당시(조선) 서울 임금의 거처 경복궁과 창덕궁 사이인 중심인 곳, 외척·세도가 지역 아닙니까! 양지 바른 좋은 땅, 그들 모든 집이 궁궐같이 감히 남향했다는 곳, 가마·말 타고 드나들도록 우뚝 솟은 대문, 화려히 꽃담―화담을 친 높은 담이 곧 북촌 아니었습니까.

그러니, 이 북촌의 턱에다 극장을 세워 그와 대가 되는 우리 민중(민초)의 한 서린 예와 예인이 제 자리에 제 대접을 받게 하려는 굳센 염원과 의도가 끝내 선생에게 도사리고 있었음을 뉘 알았으리오.

후진 돌보는 본 잇는 풍토되길

돌아보면, 그 누구보다 우리 민중의 혼 어린 우리 소리 우리 가락 우리 춤 우리 극 우리 흥을 먼저, 또 제대로 알았기에 이를 바로 잇고 세우고 알리려는 그 사명감 하나로 갖은 정열을 사루었던 선생. 나아가 이를 위해 과감히 틀을 깰 건 깨고 바꿀 건 바꾸며, 현대화의 접근성을 꾀한 선생.

그리고는 그 예와 그 예인이 제대로 아니 높은 대접을 받게 하려 했던 선생의 공로를 우리는 결코 잊을 수가 없다오.

그만 병자리에 들어 힘든 투병 속에서도 멀리 백석에 자리한 극단 미추의 연극학교(마당놀이 연극학교)에까지 우정 와 입학·졸업 공연을 지켜보며 치사를 하고 또 함께 즐거워하며, 나아가 우리 것(의 앞날)을 그리고 후배와 후진을 걱정하고 살피며 아끼던 그 아름다운 모습을 보이던 선생.

그렇게 몸 바쳐 사랑하고 아끼며 선각자의 길을 도도히 또한 외로이 걷던 선생이 어느 날 훌쩍 우리를 버리고 갈 줄이야!

벌써 가신 지 한 해를 맞아 참으로 우리 예술 아니 우리네의 모든 분야가 선생처럼 치열하게 열정적으로 일하면서 후배를 키우고 끌어주며 염려하는 훈훈하고 높은 뜻을 먼저 본받아 그런 풍토가 이룩되었으면 하는 바램이라오.

누가 뭐래도 우리의 송글 땀방울과 더운 숨소리가 보이고 느껴지는 진한 마당예술, 마당놀이로 다시 짜고, 이를 실제

질펀하게 펼쳐 우리 몸과 맘에 그리 가까이 다가오게 한 선생.

다같이 손뼉치며 함께 웃고 울며 즐기게 하여 우리 겨레의 멋과 맛을 느끼고 알게 한 허규 선생의 업적은 바로 한국전통공연사에 현대화의 뚜렷한 틀을 일으켜 세운 시조로서 길이 기억되어야 하리라.

저승서도 여전히 판 벌려놓은 신명나는 우리 마당 공연·행사 일정들로 바쁘시리라, 그 삶 길이 영원하시라.

나와 허규 선생님

김종엽 (극단 미추 단원)

벼룩이 한 마리 껑충 뛰니 문전모기가 왜왱하누나
에라 대신이야 대활연으로 설설이 나리소서

허규 선생님으로부터 처음 듣고 감동받은 노래이다.
"벼룩이 한 마리 껑충 뛰니 문전모기가 왱왱하더라— 그거 참!
쩡쩡한 사람이 껄렁한 목소리로 썰렁하던 분위기를 펄펄하고 질펀하게 만들었던 허규 선생님. 내가 드라마센터에서 처음으로 허규 선생을 만났을 때의 첫 인상은 영락없이 삶아놓은 영덕게 그 자체였다. 헐렁한 가방을 옆에 끼고 훌쭉하니 긴 키는 걷는다기보다 오히려 출렁거렸고, 연신 추켜 올리던 밤색 테안경은 우리 할아버지께서 즐겨 쓰시던 돋보기 안경테였으며, 곧추선 머리칼을 쓸어 올릴 때의 손가락은 마치 타작마당의 대갈퀴 같았고, 유난히 돋보였던 구두는 신발이라기보다 차라리 나룻배 두 개를 엎어놓은 것 같았다.

그런데 어느 날부터 나는 그분의 파트너가 되기 시작했다. 내가 국립창극단 재직 시, 그분도 한참 북가락에 맛을 들이기

시작했던 때라 나만 나오면 "어이, 종엽이" 불러놓고 우선 북
채부터 잡으시는 것이다. 식탁에서는 젓가락을 꼬나 잡고 책
상에선 볼펜을 거꾸로 붙잡고 시도 때도 없이 날보고 소리를
하랍신다. 장단 연습의 파트너가 된 것이다. 북가락에 한번
미치면 부모를 몰라본다는 말을 들은 적이 있다. 옛날 어떤
이가 북가락에 미쳐 가사 전폐하고 북가락에 빠져있을 때 모
친께서 돌아가셨다는 전갈을 듣고도 "얼씨구 좋다. 죽은 사람
은 죽은 사람이고, 자진모리로 돌려라. 얼쑤! 뚱탁!…" 했다는
얘기다.

　근대 최고의 명인이었던 김명환(북 인간문화재) 옹께서도
천석꾼의 자제였다. 북가락 하나에 그 많은 재산을 날렸다고
하더니… 하여튼 선생께서는 당신이 직접 깎고 다듬어 만든
북채 두어 개를 안주머니에 상주시켜 놓으시고는 "어이 종엽
이" 뚱탁! "어이 성녀" 덩쿵! 그렇게 북치기를 좋아하셨던 선
생님, 유유상종이라 했던가 창극단의 병아리 신입단원 시절
청중 반응 무시하고 관객 무서운 줄 모르고 겁 없이 소리할
때 그분과 나는 항상 단짝이었다.
　소리꾼이 박자를 삐면 장단꾼이 따라오고, 장단꾼이 박을
삐면 소리꾼이 따라가고… 오죽했으면 고 김동애 명창이 이
러한 우리를 보고 '천생연분이 아니라 고생연분'이라고 했을
까? 그러나 그때가 정말 좋았습니다. 선생님, 기억나십니까?
장충동 골목 족발집 구석방을 말입니다. 아마 창극단 <춘향
전> 공연 때였을 겁니다. 저를 비롯해서 은희진, 강형주, 왕
기창 등 젊은 단원들과 저녁 무렵 간단하게 한잔으로 시작했
던 그 모임이 새벽 3시를 넘기며 한국창극사를 재조명하는

열띤 토론과 강연의 장으로 이어지던 그때를 말입니다.

그날 선생께서는 유난히도 민족의 혼과 예술인 자질을 강조하셨습니다. 흉내만으로 만족하지 말아라. 감동시킬 자신이 없으면 즐거움이라도 주어라. 그것이 광대의 본분이다. 은희진의 연기가 천박하면 안된다고 사대부의 내력을 조목조목 설명하던 중 강형주가 끼어들어 어차피 상놈들이 하던 판소리인데 그렇게 밖에 할 수 없지 않느냐고 거들다 그날 개피 대박 터졌지요.

선생님! 천박스럽게 날리지 말라고 당부하시던 은희진 명창도 얼마 전 선생님 곁으로 갔습니다. 대박 터졌던 강형주도 가고 왕기창도 갔습니다. 선생님께서 그렇게 아껴주시던 김동애 명창도 함께 계실 터이니 중량의 대추나무 북채를 고집하지 마시고 가벼운 탱자나무나 오동나무 북채로 그들과 잘 지내고 계실 줄로 믿습니다.

우리 것만이 세계화가 될 수 있다

김흥기 (극단 민예극장 창립동인)

선생님을 생각하노라면 지금도 두어 가지가 자꾸 떠오릅니다.

정동 '허규 스튜디오' 시절 연극 연습 끝나고 구멍가게에서 떡라면과 멸치로 소주병을 비우던 때(그 소주맛은 왜 그렇게 맛있었는지)와 학처럼 긴 손가락으로 북가락을 잡으시곤 "두둥딱" "얼쑤" 하시며 추임새를 하시던 모습이.

허선생님을 처음 만난 것은 1967년도이나 1968년 실험극장에 입단하고부터 많은 가르침을 받았고, 연출하시는 작품에 출연도 했습니다.

그 중에서 잊지 못할 것이 67년도 <돈키호테>를 연출하셨던 때, 배우로서의 '끼'도 있으셨는지 대사 한 마디 없는 죄수로 출연해서 예의 그 꾸부정한 모습으로 무대에 서 계시던 자태는 추운 날 온갖 풍상을 혼자서 감내하려는 당산나무처럼 제게 각인되었습니다.

60년대 말~70년대 초는 각 극단이 재정적으로 무척이나 어려웠던 것으로 기억됩니다. 어떤 극단은 정기공연도 제대로 하지 못했고, 또 어떤 극단에서는 그 와중에도 대표문제로 시끌시끌한 적도 있었으니까요.

71년도라고 기억이 됩니다만 연극이 하도 하고 싶어 이 책 저 책 보고 있는 중에 최인훈 작 『놀부뎐』이 눈에 들어왔습니다.

당장 구자홍 씨와 오승명 씨 등이 모여 공연을 하기로 하고 연습에 들어갔습니다. 연습을 하려고 해도 연습할 장소가 없던 차에 예의 그 '허규 스튜디오'가 떠올라, 말씀을 드리고 그곳에서 밤낮을 가리지 않고 연습에 매달렸습니다.

바로 이때가 저를 포함한 몇몇 사람들에게는 연극(창작극, 번역극)의 전환점이 되었지 않나 싶고, 우리 연극계도 새로운 운동으로 전환·발전했다고 봅니다.

<놀부뎐>은 소극장 운동(소극장 연극)이 활발하게 진행되던 60년대 중반에서 70년대에 이르러서 한번도 시도되지 않았던 우리의 몸짓, 우리의 가락을 연기로 끌어들였다는 것입니다.

좀더 세부적으로 말씀드린다면 해설부분을 아니리 창법으로 연극의 중요동작을 강령탈춤과 송파산대, 북청사자춤으로 표현했고, 등장인물들에게는 각 인물의 개성에 맞는 탈을 씌워, 탈이 갖고 있는 역동성을 표현했는데 얼굴 전체 탈을 쓰면 대사전달이 잘 안되는 것을 막기 위해 '반탈'을 썼습니다.

공연도 지금은 없어진 명동 '까페 떼아뜨르'에서 했는데, 대성공이었습니다.

이 모든 것이 정동 '허규 스튜디오'에서 당신이 '우리 연극이 가야 될 길', '우리 연극이 사는 길'이라고 우리에게 가르치신 것이고, 저희들 몇몇 역시 밤낮으로 북치고 장구치고 탈춤 추고 노래했습니다. 저는 감히 이런 말씀을 드리고 싶습니다. <놀부뎐>은 우리 연극사에 마당놀이(마당놀이 연극)의 효시라고!

극단 민예극장의 탄생은 이래서 이루어졌습니다.

우리 나라 사람이면서도 우리 것에 목말라했던 사람, 우리 것이라면 짚신 한 짝까지도 좋아한 사람. 우리 것만이 세계화가 될 수 있다고 한 사람 허규!

그분은 지금도 하늘나라에서 먼저 가신 김동애 님과 만정 김소희 선생님 등과 더불어 "두둥딱, 얼쑤" 하고 계시리라 믿습니다.

천하대장군 장승처럼

노경식 (극작가)

오래오래 기억되어야 할 연극인생 허규 선생이 타계하신 지 어느새 1주년이 가까워 온다.

그는 익히 알다시피 서울대 농과대학을 수학하고 있던 학창시절부터 학생극 운동에 뛰어든 이래 한국연극의 좌표는 "연극을 통한 인간성 회복과 민족 전통예술의 현대적 조화"라는 신념과 의지를 가지고 오로지 북치고 무대에서 살고 연구하고 공부하고 창조하고자 노력하면서 뜨겁게 살다간 우리들 동시대의 빼어난 연극인이었다.

나와 허선생과의 연극 인연은 별로 내세울 것이 없다. 다만 나는 연극인생의 후배작가로서 실험극장의 명동 시절이나 극단 민예극장의 신촌 시절이라든지 또는 장충동의 국립극장(장) 시절에 오며가며 먼발치에서 빙그레 웃고 손잡아 보는 것이 고작이라면 고작이었으며 어쩌다가 독대(?)라도 할 짬이 생기면—특히 극장장 시절에—"노형, 소주나 하고 점심합시다" 하는 것이 허선생 당신과의 전부였다.

그런데, 곰곰이 돌이켜보니 허선생과 나와의 연극 인연이 전혀 무위였던 것도 아니다. 때에 극단 민예극장은 아현동 고개 마루턱의 초라한 소극장에서 이화여대 앞의 신촌 바닥으로 번듯하게 상설공연장 하나를 마련하고 전통연희의 현대적 창조를 위한 실험실이라는 큰 가치를 내걸고 열심히 작업하던 시절이었다.

그리하여 정확하게 1979년 10월의 일— 그곳에서 그 두 번째 기획공연으로 105인의 연극애호인이 선정한 "6개의 단막극" 무대가 마련된 적이 있었다. 장소현의 <서울 말뚝이>, 이강백 <셋>, 이근삼 <거룩한 직업>, 박조열 <모가지가 긴 두 사람의 대화>, 윤대성 <출발> 게다가 노경식의 <父子Ⅱ> 등등.

그리고 매 작품마다 연출가와 연기자들도 각양각색이어서 연출로는 손진책과 강영걸, 김도훈, 이윤영, 김영열 등 촉망받는 젊은이들이 망라되고 출연배우들 또한 그 시절로서는 어슷비슷한 젊은이들로 20여 년이 흘러서 오늘에 와서 돌아보면 모두가 중견 연극인들이다.

그 가운데서 내 작품 <부자>의 연출은 허규 선생이 맡았으며 출연자로는 당시에 국립극단의 소장배우였던 권성덕 씨와 정상철 씨 딱 두 사람뿐…… 그 시절 <6개의 단막극> 기획공연은 흥행면이나 공연성과에 있어서 매우 성공적이었던 것으로 생각하는데, 특히 작가인 나로서는 잊을 수 없는 좋은 공연의 하나로서 지금도 생생하게 기억하고 있다.

술주정뱅이 아버지 목수(권성덕)를 낡은 사닥다리 위에 걸터앉게 하고 그 얼간이 아들 목수(정상철)를 아래쪽에 대각선으로 배치한 탁월한 연출구도와 두 젊은 배우의 빛나는 연기는 극적 앙상블을 이뤄내는 데 부족함이 없었다는 생각이다. 더구나 단막극을 별로 생산하지 못하고 있는 내 처지에서는 더 말할 나위가 없었다. 그 때 연출자에게 내가 한 말—"작품에도 없는 낡은 사닥다리는 어떻게 생각해 내셨어요?”

그러자 허선생은 빙그레 웃으면서 간단히 대답했다.

“그 시내 변두리에 있는 허름한 목공소에 가보면 헌 사다리가 한쪽에 놓여있지 않습니까? 허허.”

그때 그 일이 연분이 되어서였던지 그 이후로 나는 극단 민예극장과 <정읍사>와 <오돌또기>등 장막극을 무대에 올리게 되었고 허선생이 국립극장으로 옮긴 뒤로도 <불타는 여울>과 <침묵의 바다> 두 편을 국립극장 무대에서 선을 보이게 되었다.

국립극장 그 시절의 일이다. 어느 날엔가 내가 작품 때문에 국립극장을 찾아 올라가는데 극장 입구의 샛길 앞에서 허규 선생과 맞닥뜨렸다. 때에 허선생은 어디서 구해 왔는지 집채만큼이나 큰 ‘천하대장군’과 ‘지하여장군’의 석상 두 개를 샛길 입구에다 세우느라고 공사를 벌이고 있었다. 인부 몇 사람과 함께 쇠줄 도르래로 잡아올리고 끌어당기고 땀을 흘리면서…

‘저 양반 전통 귀신에 홀려도 단단히 홀렸구마!…’

나는 속으로 웃으면서 그렇게 생각했는데 그 장대한 석상은 지금도 샛길입구에 버티고 서 있다. 이 나라의 연극예술을 당당히 보호하고 면면히 빛내고자―

‘전통연희의 현대적 창조’라는 허규 선생의 이념과 정신은 그 뿌린 씨앗이 너무 막중하고 깊고 크다는 생각이다.

오늘날에도 국립극장 입구의 ‘천하대장군’ 장승처럼 언제나 버티고 서서 지켜보면서……

만남과 헤어짐
－그의 1주기에 부쳐

박현숙(희곡작가 예술원 회원)

1949년 제 1회 전국남녀대학 연극경연대회 때 두각을 나타 냈던 각 대학 연극부 대표격인 몇 동지들이 모여 신극운동을 벌리기로 의견을 모았다.

당시 명동 동방살롱 이반 찻집이 집합소였으며 얼마 안돼 서 6·25가 터지자 우리 모두는 각각 흩어졌고 전반이 끝난 폐허를 딛고 신협(新協)만이 신극(新劇)의 명맥을 잇고 있던 때 다시 모인 우리들도 무엇인가 새로운 연극을 해야 하지 않겠느냐는 합의가 이루어져 장황한 선언(宣言)문으로 출발했 던 것이 제작극회(制作劇會)였다.

그때 나는 처음으로 군인복을 입은 키 큰 대학생 허규 씨 를 만났다. 그때 그는 서울대학교 농과대학생으로 나보다 한 참 후배였던 걸로 기억된다. 앞에서 말했듯 그는 멋적게 큰 키에 깡마른 체격, 도저히 무대 배우로는 적합할 것 같지 않 은 청년이었다.

그때 멤버의 선두자가 연세대 출신의 차범석(車凡錫, 예술 원 회장), 이용찬(李容璨, 작곡가) 고려대 출신의 김경옥(金京 鈺, 연극평론가), 최창봉(崔彰鳳, 한국 방송진흥원 이사장), 노희엽(전 고려대 물리대 학장), 최상현(崔相鉉, 전 KBS 심의

위원), 안평선(安平善, 전 KBS 라디오 제작위원), 서울대 출신의 조동화(趙東華, 춤 잡지 발행인), 이두현(李杜鉉, 전 서울대 교수, 민속학), 허규(고인), 김의경(金義卿, 전 시립극단 대표) 등이었다.

그 외에도 오사랑(吳史郎, 서울 예술전문대 교수), 유달훈(柳達勳, 전 MBC 울산 방송국 사장), 김자림(고, 희곡작가), 김혜경(金惠卿, 전 인형극회 회장), 박양경(朴洋慶, 음악가), 그 외 남자 연기진에는 최명수, 지명, 박웅, 오영수, 여성 연기진에는 김소원, 장미자, 김용림, 연운경, 홍여진, 선우용녀 등 그 외에도 많은 동인들이 있었으나 다 외울 수가 없다.

1986년 5월 제작극회 30주년 기념공연 때 우리 나라 극계 원로이신 고 이해랑(李海浪) 선생님께서 "제작극회는 현대극의 씨앗으로 그 정신의 투철함이 타 극단의 추종을 불허할 만하다. 그것은 새 인재들을 자꾸 길러냈기 때문에 가능했을 것이다. 여하간 한국 근대연극사로부터 현대 연극운동으로 전환토록 분기점을 만든 자랑스러운 극단이다" 라고 하셨던 말씀, 아직도 기억에 생생하다.

그때 허규 씨는 군복차림으로 가끔 연극 연습장소에 오면 열심히 소도구부터 온갖 일을 꼼꼼이 챙겼고 희곡 대본을 들고 다니며 열심히 메모를 하고 있었고 유난히 연출에 흥미를 갖고 작품분석을 하던 열성학생이었다.

그리고 1962년 원각사에서 내 작품 <사랑을 찾아서> 공연시에 한 마디 대사도 없이 나왔다 들어가는 간수 역에 자진해서 출연해 주었던 고마움, 아직도 잊혀지지 않는 추억으로 남아있다. 그의 성실한 인간성. 그는 배우가 희망이 아니라 연출가가 되고자 직접 무대 위에 출연한 것이었음을 그가 유명한 연출가가 된 다음에야 꾸준한 집념의 성공을 알아차린 것이다.

그러다 희곡도 몇 편 써서 공연했었고, 희곡집도 냈었고 국립극장장 직책도 맡아 열심히 뛰었다. 올림픽 축제도 맡아 성과가 대단했던 걸로 알고 있다. 그의 연극 예술에 대한 강인한 정열 우직하리만큼 강한 집념, 그것이 그를 큰 일꾼으로 만들었을 것이라고 생각하며 나는 먼 발치에서 뿌듯함을 느꼈다.

그리고 그가 잊지 않고 보내주는 국립극장 초대권을 받을 때면 고마움과 더불어 관람 차 가면 계단 아래로 내려와 반겨주던 그 소탈함, 나는 지금도 잊을 수가 없다. 연극학도였을 때나 출세해서 높은 자리에 있을 때나 표정 하나 변함없던 순수성.

그를 알던 주변의 모든 분들은 그가 떠난 지금에도 그를 잊지 못하고 연극계에 오래도록 큰 별로 남아줬으면 기대할 것이다. 또한 여전히 떠나 보내기 싫은 아쉬움으로 남아 있을 것이다.

허규님 타계 1주기를 맞으며

백성희(전 국립극단 연극원로배우)

인생 70 고래희라 했던가… 고작 100년도 어려운 일생 동안에 우리에게는 고운정 미운정, 사람이기에 간직되는 많은 감상의 흔적들이 남겨진다.

돌아보면 내가 허규 씨를 처음 만난 것이 1964년 명동 국립극장에서 공연된 김은국 작 허규 연출의 <순교자> 공연 때다.

물론 그 전부터 허규 씨를 보아오기는 했지만 연기자와 연출자로서 작품을 함께하는 만남은 그때가 처음이었다. 김기팔 각색으로 된 김은국의 소설 「순교자」의 연출자 허규 씨는 브레히트 식의 형태로 작품을 형상화하겠다는 연출의 의도를 들고 나왔다.

당시만 해도 우리 나라에서는 브레히트의 작품성향으로 해서 그의 작품 상연이 허용되지 않았던 시기의 연장선상에서 벗어나지 못한 때라 허규 씨의 파격적인 연출 콘셉은 전 출연진들의 호기심을 자아내기에 충분했고 그만큼 기대도 컸었다.

그랬는데 연습날이 갈수록 연극은 진전없이 답보상태이고

브레히트의 형식이 어떤 것인지 윤곽조차 보이지 않는 오리무중이었다. '반연극'이라는 명제로 브레히트의 연극을 설명하는 연출은 그것을 표현하는 독특한 방식이 있는 것으로 연기자들에게 요구했지만 연기자들은 혼란스러웠을 뿐이었고 연출의 설득력은 구체성이 없었다.

결과 순교자의 공연은 관객에게 혼란스럽고 난해한 연극으로 전달된 실패작이 되고 말았다ㅡ예술인의 생명은 생각(창의력)이다. 끊임없이 생각하고 농축된 하나를 만들어 낸다. 그 과정에서는 갈등, 시행착오, 외부로부터의 빈축 등등의 우여곡절을 겪기도 한다ㅡ이렇게 보면 당시의 허규 씨는 시행착오 과정을 넘어서지 못한, 의욕만이 앞선 시기였다.

그리고 몇 년 후 내가 세실극장에서 공연하는 <다시라기>라는 작품을 보러갔을 때 그 작품의 연출자인 허규 씨는 무대 앞 객석에 앉아 연극진행 일체의 효과를 북소리로 하는 고수(鼓手)가 되어 있었다. 허규 씨는 그 무렵에 우리의 소리와 가락에 심취되어 있었다는 사실을 알게 되었다. 허규 씨 의욕의 또 하나의 단면이었다.

그리고 시간이 흐르면서,

1967년 <밤과 같이 높은 벽> 국립극단
1968년 <동트는 새벽에 서다> 국립극단
1970년 <손달 씨의 하루> 국립극단
1973년 <성웅 이순신> 국립극단
1979년 <무녀도> 국립극단
1981년 <세종대왕> 국립극단
1983년 <나래섬> 국립극단 등

여러 편의 연극을 함께 해오는 동안 허규 씨가 1981년 국립극장 제 21대 극장장으로 취임했고, 1989년까지 7년 반을 한지붕 밑에서 일을 하게 되었다. 하지만 극장장이 된 허규 씨는 주로 창극을 연출했고 연극은 <세종대왕>과 <나래섬> 두 편뿐이었다.

국립극장장을 마친 후 허규 씨는 다양한 일들을 하면서 '북촌 창우극장'을 신설했고 병약한 몸으로 그 극장 운영에 전념했다. 그밖에도 다양한 일을 해온 허규 씨의 흔적들이 여기저기에 남겨져 있다. 그 중에서 허규 씨 하면 내게 제일 먼저 떠오르는 것이 있는데, 바로 김동리 원작의 <무녀도>다.

79년 늦은 여름 무녀도 공연작업을 시작하게 된 어느 날 국립극단 전 단원은 당시 주기적으로 했던 등산을 했다. 산 정상에서 하루를 보낸 저녁 무렵 산을 내려오는 도중에 단장이었던 장민호 씨가 내게 이번 <무녀도>의 모화 역을 맡아 달라고 했다.

연출자 허규 씨가 내정한 캐스팅보트를 내게 먼저 보인 것이다. 그 당시에 알려져 있는 사실로 <무녀도>는 연극으로 영화로 여러 차례 상연됐지만 한번도 성공을 못 거둔 작품이다. 그런 전례도 있고 해서 "왜 하필 무녀도를…" 하면서 나는 탐탁치 않은 반응을 보였다.

그러나 이미 한달 남짓 앞으로 공연 날짜가 정해져 있는 그 시점에서 작품을 바꾼다는 것은 불가능한 일이었다. 나는 어물어물 그야말로 마음 내키지 않는 승낙을 했다. 이유야 어찌 됐던 승낙을 한 이상 그것은 농담이 아니다.

나는 팔을 걷어 부치고 그 동안 연출 허규 씨가 쌓아온 우리 민속 지식에 매달릴 수밖에 없다는 각오로 출발을 했다. 그러나 아는 것과 실천의 차이는 엄연했다.

연극의 배경이 경상도, 따라서 경상도 무당인 모화의 굿 역시 경상도의 굿이며 소리, 춤… 모두가 들은 적도 본 적도 없는 서울토박이 나에게는 연출의 강의나 문헌으로 해결될 문제가 아니었다.

신영희 씨에게 소리를 배우고 최희선 씨에게 춤을 배웠지만 소화의 근간인 경상도 굿의 형태조차 모르는 나에게는 그냥 소리이고 춤일 뿐이었다. 하루하루가 고민의 연속이었다.

그런 때에 마침 문예진흥원에서 보존용 채록을 위해 경상도의 유명한 무속인들을 초청, 부산 동래의 어느 동산에서 굿판을 펼친다고 하여, 허규 씨와 나는 곧장 달려갔다.

늦은 여름 뙤약볕 아래 펼쳐진 굿판, 야단법석이 그런 것이 아닐지.

인산인해로 와글거리는 군중들 속에서 이리 밀리고 저리 뚫고 들어가며 녹음하랴 구석구석의 굿 진행보랴 의상과 소품들에까지 신경을 곤두세우고 하루종일 안간힘을 다한 하루가 끝나면 허규 씨는 주최측과 어울렸고, 피로에 지쳐버린 나는 좁은 시골방에서 모기와 싸우느라 잠까지 설치고, 그러기를 꼬박 2박 3일간… 피로가 겹친 나는 몸살이 났다. 몸살! 불덩이같은 고열에 발뒤꿈치까지 쑤신다는 말만 듣던 몸살! 서울에 돌아온 나는 그 말을 실감한 정말 지독한 몸살을 3일간 앓았다.

4일만에 연습장에 나갔더니 연기진들 모두가 긴장된 표정으로 나를 맞았고 연습도 조심조심 순서만 밟을 뿐 열기가 없었다. 그날의 허규 씨, 갑자기 연습중지를 선언하더니 소주

를 사오라고 지시한다. 응??? 모두가 어리둥절해 있는데-이
런 분위기의 연습은 비능률적이지요. 피로만 가중됩니다. 그
러니 긴장들 풀고 앉아서 작품얘기 하면서 분위기를 좀 바꾸
십시다-한다.

<무녀도>는 연출 허규 씨가 금주구역인 연습실에서 소주
병을 땄던 기상천외한 일로 밉지 않은 빈축을 산 일화도 낳
았지만 개막 첫날부터 매일 매회 객석 의자 사이 통로까지
매운 관객 수가 국립극장 개관이래 신기록을 세운 공연으로
도 기록되었다.

10일간의 공연을 마친 이른바 쫑파티에서 많은 사람들의
박수를 받으며 소주잔을 부딪칠 때 허규 씨와 나는 탈진해
버린 서로의 모습을 위로하며 마냥 즐거워했다. 지금도 그 현
장이 선명하게 보이고 그때 내가 한숨을 쉬면서 "아이구 이
번 공연은 10년 감수했네요. 아마 죽을 때까지 무녀도는 잊지
못할 거예요" 했던 말도 기억에 살아있다.

언제나 국립극단에 있었기에 나는 연극에 관한 한 허규 씨
의 모든 국립극장 활동을 함께 했다. 즐거움보다는 많은 갈등
과 우여곡절들을 겪었건만 타계 1주기가 된 지금 좋았던 일
들만이 생생하게 떠오르는 것은 고운정 미운정 많은 세월 속
에 쌓여진 정이라는 감정의 덕택이라 여겨지며 식을 줄 모르
는 의욕의 삶을 살다 가신 고인의 빈자리에 손을 모으고 명
복을 빈다.

고인이시여 편히 쉬소서.

백성희 합장

한국적 총체극의 꿈

서연호(고려대 교수, 연극평론가)

연극인 허규가 이승을 떠난 지 벌써 일년, 그 소탈하고 인자하던 모습이 눈에 선하다. 나는 그를, 사석에서는 '허선배'로 공석에서는 '허선생님'으로 부르곤 했다. 선배의 곁에는 언제나 관련 단원들, 사회 인사들 혹은 제자들이 함께 하는 경우가 많아서, 그들이 부르는 대로 자연스럽게 '선생님'이 된 셈이다. 비평가의 소임을 짊어진 나로서는 작품에 대해서만큼은 어느 누구에게도 예외가 없었듯이, 허선배에게도 객관적 거리를 유지하려 노력했다. 그 덕분에 지금은 허선배에게 어느 누구보다도 듣기 싫은 소리를 많이 한 사람으로 자처할 수 있게 되었다. 그러나 작품을 떠난 사생활이나 우정의 측면에서는 매우 다정한 선후배 사이였다. 그는 나에게 믿음직한 선배였고, 나는 그를 존경하는 후배였으며, 우리는 연극이라는 한길에 의기투합한 평생의 동료였다.

허선배의 1960년대는 시간적으로 '실험극장시기', 연극적으로 '모색기'라고 할 수 있다. 당시 나는 연극을 몹시 좋아하는 대학생으로서 허선배의 연출작품을 비교적 자주 관람하였다. 실험극장 연출작으로는 이근삼 작 <위대한 실종>(63. 1), 막스 프리쉬 작 <안도라>(65. 11), 오영진 작 <허생전

>(70) 등이 인상 깊다. 명동 국립극장의 연출작으로는 김은
국 작 <순교자>(64. 9), 전지호 작 <밤과 같이 높은 벽
>(67. 3), 김용락 작 <동트는 새벽에 서다>(68. 10), 이일룡
작 <손달 씨의 하루>(70. 9) 등이 특히 기억에 남는다.

이 작품들은 연출가의 대표작이자 당대의 대표작이었다. 이
작품들을 통해서 허선배는 연출가로서 여러 가지 모색을 할
수 있었고, 연극인으로서 자리를 확고히 할 수 있었다. 소극
장 연출은 물론, 특히 대극장 연출에 능숙한 대표적인 연극인
으로 지목되었다. 그는 이 기간 동안 리얼리즘은 물론, 시사
극·부조리극·실화극·희극 등 다양한 방법을 수용하고 실험했
다. 내가 이런 작품의 연출에서 발견한 사실은 그가 한국적인
웃음·익살·풍자·비판에 대하여 몹시 관심을 쏟고 있으며 아
울러 그에게 서민적인 사고와 감각이 생태적으로 잠재해 있
다는 점이었다.

허선배의 1970년대는 '민예극장시기' 혹은 '아현동소극장시
기'라고 할 수 있다. 연극적으로는 '마당극시기'라고 할 수 있
다. 민예극장은 1973년 12월 허선배에 의해 창단되었고, <고
려인 떡쇠>로 창립공연을 올렸다. 이후 민예의 연출은 허선
배와 신진 손진책에 의해 전개되었다. 이 시기 허선배의 연출
은 강용훈 작 <궁정에서의 살인>(74. 3), 최인훈 작 <놀부
뎐>(74. 5), 신명순 작 <우보시의 어느 해 겨울>(74. 9), 무
로체크 작 <탱고>(74. 10), 민예극장 편 <심청가>(74. 11),
이언호 작 <허풍쟁이>(75. 2), 장소현 작 <덜덜다리>(75.
3), 김희창 작 <고대상사모양도>(75. 9), 이언호 작 <코주부
구세평전>(75. 12), 김희창 작 <바보와 울보>(76. 9), 장소
현 작 <서울말뚝이>(77. 6), 장소현 작 <춤추는 말뚝이

>(80. 2), 박성재 작 <80배뱅이굿>(80. 5) 등으로 이어졌다.

실험극장을 떠나서 민예극장을 창단한 것은 자기의 연극세계를 추구하고 정립시키려는 의도였다. 때마침 전통극의 복원운동이 일어났다. 소년시절의 체험을 바탕으로 민속과 전통에 소양을 지니고 있던 그는 종래의 서양극에서 벗어나 민중친화력을 지닌 마당극, 나아가서는 총체극을 개발하는 데 역점을 두었다. 그간의 연출과정에서 익힌 다양한 방법들은 마당극 개발에 큰 도움을 주었다. 한국적인 연극·개방적인 연극·민중적인 연극을 만드는 것이 그의 목표이자 꿈이었다. 그는 마당극의 선구자가 되었다.

당시 마당극은 두 가지 방식이 공존했다. 하나는 군사독재 체제에 저항하는 극장 밖에서 활동한 '정치극운동'이었고, 다른 하나는 실내극장에서 전통적 요소와 서구적인 방법을 절충하여 새로운 작품을 만들려는 '극장주의 연극운동'이었다. 허선배는 손진책과 더불어 후자를 대표하는 연출가였다. 그는 자신의 의지를 펴기 위해 아현동 언덕에 소극장을 개설했다. 민예가 공연한 작품에서 이러한 성격을 단정지을 수 있다.

'아현동소극장시기'에 나는 허선배와 각별한 사이가 되었다. 내가 대학의 연극강좌를 맡고, 연극비평활동을 시작한 것이 바로 이 시기였다. 극장 밖이든 안이든, 마당극운동에 관심이 많았던 나는 자연 민예를 자주 찾게 되었다. 강의가 없는 날에는 퇴계로에 있던 심우성 선배의 '한국민속극연구소'에서 독서를 하거나 글을 쓰다가 저녁이 되면 이곳저곳 극장을 찾곤 했다. 갈 만한 곳이 별로 많지 않던 당시로서는 심선배(허선배와 동갑)와 함께 자연 아현동으로 발길이 잦아졌다. 당연히 작품을 수차 보는 경우가 허다했다.

어느 해 겨울인가 공연이 끝나고 아현동 대포집에서 한잔씩 걸친 민예단원들은 작품 이야기에 몰입해서 귀가하기를 싫어했다. 모두들 '어디로 가자'는 의기투합이 이루어졌다. 내가 제의했다. "응암동 내 집으로 가자" 이렇게 해서 허선배를 비롯한 민예단원들은 비좁은 내 서재로 자리를 옮겼다. 눕기는커녕 모두 앉기에도 협소한 방안에서 담배를 피우랴 술을 마시랴 토론을 벌이랴 밤새도록 소란을 피웠다. 아마도 응암동이 생긴 이래 가장 시끄러운 밤이 아니었을까 한다.

어떻게 하면 한국적인 연극을 만들어낼 수 있을까 하는 것이 그날의 주제였던 것으로 기억한다. 최태현(중앙대 한국음악교수)은 들고 다니던 해금을 연주했다. 순수한 열정, 그 자체만이 빛나는 밤이었다. 내 아내는 새벽까지 북어국을 끓이고 안주를 준비하고 술을 공급하느라 이만저만 고생이 아니었다. 내 아내는 이대 문리대 연극반 뒷스태프 출신이어서 대학연극을 지도한 허선배를 이미 알고 있다고 했다. 일찍 깨어보니 일행은 모두 뒤엉켜서 깊은 잠에 빠져있었다. 내 눈에는 자고 있는 그들이 몹시 소중하게 느껴졌다.

허선배는 1981년부터 89년까지 중앙국립극장장을 역임했다. 민간인 출신으로서 최장수한 극장장이었다. 그의 생애 중에서 이 기간을 '국립극장시기'라고 할 수 있다. 극장장 취임으로 손진책이 민예를 이끌게 되었고, 1986년 8월에 손진책이 극단 미추를 창단함에 따라 허선배의 인맥은 미추와 민예로 갈려서 새 길을 걷게 되었다.

＜강릉 매화진＞(78. 5), ＜광대가＞(79. 3), ＜가루지기＞(79. 10), ＜최방두타령＞(80. 10), ＜춘향전＞(81. 9), ＜흥보전＞(82. 9), ＜완찬 춘향전＞(82. 11), ＜토선생과 별주부

>(83. 4), <부마사랑>(87. 9), <배비장전>(88. 4), <춘풍전
>(89. 3), <홍범도>(89. 12) 등의 연출이 그것이다. 그의 마
당극운동은 이렇게 '창극운동'으로 이어졌다.

허선배의 창극은 박진·이원경·이진순의 리얼리즘에 기초한
연출방향에서 완전히 선회하여, 판소리가 본래 몸담았던 판굿
놀이를 재창조하려는 방향으로 나아갔다. 광대와 관중과 연희
가 하나로 어우러지는 '판의 창출'이 그가 추구하는 창극의
목표이자 실천이었다.

그는 판소리 명창의 맛과 멋을 즐길 수 있을 뿐만 아니라
민속예능이 지닌 잠재적 예술성을 유감없이 생동시킬 수 있
는 창극을 만들어냈다. 일부 연극인들은 국립극장장으로서 창
극운동에 지나치게 집착하는 것을 못마땅하게 여겼다. 그러나
현재의 시점에서 볼 때 그의 창극운동은 우리 연극사에서 가
장 괄목할 만한 성과로 평가되어야 한다는 것이 나의 소견이
다.

허선배는 극장장을 은퇴하자 연출가로서보다는 축제운동가
로서 활약했다. 1989년부터 작고할 때까지 그는 축제문화진
흥회라는 조직을 이끌었다. 이 시기를 이름하여 '축제운동시
기'라고 할 수 있다. 88올림픽의 예술축전기획위원·상감마마
행차의 감독(86)·서울거리축제의 총감독(88, 89)·아리랑축제의
총감독(89)·오사카 사천왕사축제의 총감독(90) 같은 역할은
그의 축제에 관한 집념과 전문성을 웅변한다.

그는 원서동의 구옥을 헐어내고 손수 고층건물을 세웠는데,
지하층에는 평생의 소원인 소극장을 꾸몄다. '북촌 창우극장
시기'가 열린 것이다. 1993년 3월 개관공연으로 <돼지와 오
토바이>를 연출했다. 실로 오랜만에 현대극 연출이었다. 대

표적인 연출가답게 원숙한 무대를 만들어 높은 평가를 받았
다. 이후 <놀부타령> 같은 작품을 편극·연출하면서 '북촌
창우극장'을 이끌던 도중, 결국 그의 사인이 된 당뇨가 합병
증을 선고받았다. 말년에 그는 건강문제로 몹시 시달렸다. 98
년 9월에는 희곡집 『물도리동』(평민사)을 출간했다.

지난 해 3월 28일 아침, 나는 막 강의에 들어가려다 허선
배의 작고 소식을 들었다. 장기간의 투병생활을 옆에서 지켜
본 나로서는 개인적으로 뿐만 아니라, 우리 연극계를 위해서
좀더 살아서 활동해 주지 못한 선배가 원망스럽고 아쉽게 느
껴졌다. 우리 연극계의 한 거인이 사라진 시점에서 쏟아지는
비감과 통한은, 어찌보면 당연한 일이라 하겠다.

연극인 허규 선배는 일생 우리의 전통적인 재담·노래·춤·
몸짓을 효과적으로 활용한 총체극을 창조하고자 했다. 그가
평소에 즐겨 사용한 가무극이라는 개념은 아직은 총체극에
미달한 경우도 있었다. 그렇기는 해도, 그는 어디까지나 총체
극에 본심을 두고 심혈을 경주했음을 그 누구도 부인할 수
없을 것이다. 양식적 탐구를 통해 광대의 개념을 재정립하고
그 역할을 새롭게 확장하고자 한 시도는, 너무도 훌륭하고 값
진 실천이었다.

연극정신과 관련하여 그가 실화적인 소재나 본질적인 의미
에 집착한 것은 역시 시대적으로 중요한 착안이었다. 한국 사
회에서 도덕성이 황폐해지고 인간성을 찾기 어려운 상황 속
에서, 그리고 연출가 허규에게 가해지는 다소 퇴영적인 인상
이나 반응을 감내해 가면서도 그는 '우리적인 것과 우리적인
사고'를 고집스럽게 발굴하고 재창조해 냈다. <물도리동
>(77. 9)과 <다시라기>(79. 10)에서 보여준 인간적 원형성

에 대한 탐구는 오늘을 사는 우리에게 훌륭한 연극창조의 귀감이 되었다.

오늘날의 시점에서 일평생 허규 선배가 꿈꾸고 시도해 온 한국적인 총체극, 총체극정신을 지속적으로 계승하고 실천적으로 발전시키는 젊은 연극인들의 창조적 노력을 기대해 본다. 생자필멸(生者必滅)이라고 했던가, 그러나 정신은 불멸이리라. 저 훌륭한 연극사와 예술사의 뒤에는 정신불멸의 실천적 계승과 창조적 투쟁이 끊이지 않았음을 새삼 상기해야 할 것이다. 허선배와 함께 막걸리나 한잔 나누고 싶다.

판소리 정립 중흥을 이룬 허규 선생님 영전에

성창순(인간문화재 판소리 보유자, 광주시립국극단장)

그렇게도 판소리를 사랑하신 허규 선생님!

그렇게도 창극을 사랑하신 허규 선생님!

가신 지가 벌써 해를 넘기었다니 참으로 송구한 생각이 먼저 듭니다.

신간에 쫓기어 광주에 오고가느라 정신없이 지내노라니 선생님 영정에서 마음먹었던 일을 하나도 실천 못한 죄책감이 들어 차마 붓을 들 수가 없습니다.

슬픔 속에서도 흐트러진 모습 하나 없이 빈소를 지킨 사모님과 윤정, 그리고 아들 윤무를 보고 상이 끝나면 선생님의 은혜를 생각하여 자주 뵙고 위로의 시간을 가져야겠다는 생각을 한번도 실천하지 못한 자신을 돌이켜 볼 때 참으로 부끄러움을 느낍니다.

선생님은 몸을 던져 판소리를 사랑하셨건만 아니 목숨을 걸었다고 표현해야 마땅하리 만치 열정을 쏟아놓아 주신 덕으로 판소리와 창극이 이만치 발전하였건만 선생님 가신 후로 저는 선생님 가족을 위하여 무엇을 했는지 자책하는 마음뿐입니다.

판소리는 8·15 광복 후 생각지도 않던 서양문명(西洋文明)

의 홍수로 인하여 거의 질식 상태에 놓이게 되었습니다.

설상가상으로 TV의 출현으로 인하여 속수무책에 빠져 국악인들은 발을 구르며 안간힘을 써봐도 소용없는 시대가 50년대에서 60년대까지 계속되었습니다.

여성국극단을 위시하여 창극의 전성시대가 와서 이제야 일제의 해방과 더불어 우리의 예술을 만끽하는가 보다 하는 순간 된서리를 맞은 판소리는 정신없이 빈사상태에 빠져버리고 말았습니다.

전통문화의 혼돈기에 처한 판소리꾼들은 모진 생활고와 사회의 냉소에 부딪쳐 갈 바를 찾지 못했고 심지어는 이런 판소리를 내가 왜 배웠는가 하는 회의에 빠져버린 시대입니다.

국립창극단 1기 단원으로 입단하여 선생님을 처음 뵙게 되었습니다.

판소리에 대한 뜨거운 열정을 지니신 허규 선생님을 처음 뵙고는 지옥에서 부처님을 만난 기분이었습니다.

저는 사정이 있어 오래 있지 못하고 국립창극단을 사직하였습니다마는 선생님은 9년 동안에 걸쳐 판소리와 창극을 완전히 정립하는데 성공하셨습니다.

허규 선생님!

선생님의 공적을 이루다 어찌 열거하겠습니까마는 가장 중요한 것 몇 개만 열거하겠습니다.

첫째는 '완창 판소리 발표'입니다.

그 동안 무대를 상실한 소리꾼에게 설자리를 제공해 준 것입니다.

거기다가 동아일보와 공동주최로 창자(唱者)를 대서특필하여 소개함으로써 자존심을 세워주셨습니다. 예술가는 배는 고

파도 살 수 있지만 자존심을 짓밟혀서는 살 수 없습니다.

그때만 해도 판소리꾼들은 토막소리로 안위하다가 완창 발표라야 자격이 있다는 바람에 큰바람이 불기 시작하여 명창소리를 들으려면 완창 무대를 서야 한다는 불문율이 정착하게 된 것입니다.

돌이켜보면 국립극장 완창 발표무대야말로 판소리 중흥의 기틀을 세운 큰 계기라고 확신합니다.

허선생님 참으로 수고 많으셨습니다.

그 두 번째는 완판 춘향전 6시간 반을 고집하여 역사상 처음으로 전판 춘향전을 창극화한 것입니다.

창극도 인기가 없는 터에 춘향전 전판을 하나도 빼지 않고 원형 그대로 창극화한다는 것이 얼마나 어려운 작업입니까?

당시 거의 모든 사람들은 하는 사람도 문제지만 청중들의 고통도 헤아려야 되지 않느냐고 하며 이구동성으로 반대했지만 5바탕 판소리를 창극화하는 작업이야말로 전통문화의 기틀이 된다는 선생의 명분 앞에 다 승복하고 말았습니다.

당시 극장장(이름 미상)이 적극 선생의 명분론에 찬동하여 막을 올린 결과 대성공을 거두었습니다. 또 하나의 획기적인 후원은 KBS-TV에서(당시 사장 이원홍) 춘향전 전판 5시간 공연을 전국에 생중계한 사실일 것입니다. 이후 KBS 1TV에서는 웬만한 창극이면 다 생중계 해주는 후원을 아끼지 않고 전파를 타게 해서 창극 대중화를 이끌도록 해주신 사실입니다.

이후 모든 사람들이 선생의 통찰력에 감동한 사실은 창극사에 크나큰 사건으로 기록될 것입니다.

허규 선생님!

참으로 선생님은 본질적인 판소리와 창극의 핵심만을 골라서 중점적으로 큰일을 하셨습니다.

옷깃을 여미고 삼가 영전에 감사를 드립니다.

저는 선생님을 생각할 때 쓴웃음을 웃을 수밖에 없는 일들을 회상합니다.

하루는 극장장실에 가보니까 응접세트가 몽땅 없어지고 큰북과 작은북으로 대체된 것을 보고 경악하지 않을 수 없었습니다.

아무리 북을 좋아하고 사랑한다기로 이럴 수가 있을까, 국가기관의 응접실에 이래도 되겠는가 하는 저의 의아함에 오히려 태연자색하는 선생의 의연함에 지금도 쓴웃음을 짓곤 합니다.

정화영 씨(국립창극단원, 현 국립국악원 지도의원)의 회고에 의하면 허선생의 북에 대한 열성은 상상을 초월할 정도였다고 합니다.

극장의 직원들이 창극단에서 북 치시는 극장장 결재를 받아가는 모습을 수없이 보아온 터고 저에게도 판소리를 이해하려면 북 장단을 알아야 하신다며 그렇게도 열심히 북을 치신 선생님!

지금도 저 하늘 그곳에서 북 장단을 치며 창극을 연출하고 계신지요?

그렇게도 사랑하신 북!

북에 대한 남다른 애정으로 북의 수집에 남다른 열의를 가지고 계신 줄 알고 사모님께 물어봤더니 40여 개의 대·소북과 임금님 행차 이벤트에 사용한 대북 3개의 보관이 어려워 고심중이란 말을 듣고 가슴 뭉클함을 금할 수 없습니다.

선생님 기념관쯤은 정부나 독지가의 배려로 세워져야 되지 않겠느냐 하는 생각을 해봅니다.

북촌 창우극장을 짓고 경영이 어려워진 때 저의 내외를 청하여 하소연하시며 그 대책을 의논하신 때가 선생의 건강이 가장 심각한 때인 것으로 회고됩니다.

그 동안 금주 상태였는데 몇 달만에 소주 한잔을 드신다며 웃으시는 선생의 모습은 지금도 삼삼합니다.

예술가의 마지막 소원을 북촌 창우극장을 통하여 이룩하겠다는 생각으로 건축을 하셨는데 선생의 뜻대로 되었으면 얼마나 좋았을까?

창우극장! 광대란 말이 아니겠습니까?

광대의 놀음판, 창우극장!

광대를 좋아했고, 광대를 통하여 전통문화를 정립시키고자 하는 영원한 광대 허규 선생님!

광대의 명예를 위하여 혼신의 힘을 기울여 일생을 바친 선생님!

이 시대를 사는 후예들이 선생의 뜻을 헤아려 선생의 꿈을 이룰 날이 반드시 오고야 말 것입니다.

고이 잠드소서.

허규 선생님과 저의 인연은 참으로 기이한 인연으로 25~6년을 이어왔습니다.

70년대 후반 MBC 문화방송에서 판소리 강의를 청탁 받은 일이 있는데, 가서 보니 PD, 작가 등 전혀 낯설은 사람들이었고 당시로서는 아주 드문 생소한 모임이라 긴장상태에서 끝낸 기억이 있는데 후일에 알고보니 허선생이 MBC의 드라마 제작부장으로서 동남아 시찰 후 홀연히 한국 전통문화의 확립을 위하여 판소리의 발전을 이루겠다는 결심을 굳히고 저의 강의를 수소문하여 개설하게 된 것이었습니다.

극장장으로 부임하여 이 사실을 토론하시면서 그때에 받은 성선생의 인상이 지금도 역력하다고 말씀하셨고 대작을 기획하실 때마다 항상 저와 의논해 오셨습니다.

판소리 완성을 위해서는 창극의 두 가지 일을 할 수 없는 저의 소신으로 창극단을 일찍이 그만두었지마는 1999년 제가 광주시립국극단장으로 부임할 때도 허규 선생님의 적극적인 추천으로 부임하게 된 것입니다.

영원히 기록될 판소리 중흥의 지도자이신 허규 선생님!

선생님이 가신 후 이렇게 거대한 일을 누가 감히 감당할 것인가 참으로 염려됩니다.

판소리나 창극이 조금씩 자리잡아 간다니까 이제는 이것을 상업주의로 이용하여 자신의 이익을 챙기고 입신양명의 수단으로 삼고 있는 작금의 상황을 보니까 더욱 더 선생님의 생각이 간절해집니다.

저는 임방울 선생이 돌아가실 때 눈시울을 적시었고 박헌봉 선생이 타계하실 때 울었습니다.

그리고 허규 선생의 영전에서 눈물을 흘렸는데 진정한 국악의 지도자를 위하여 눈물지을 인물이 나올런지!

선생님 고이 잠드소서.

허규 선생님을 회상하며

손 숙(연극인, 전 환경부 장관)

1963년 내가 고려대에 입학하던 해는 고려대학 개교 60주년이 되는 해였다.

전통과 역사를 자랑하던 고려대학교 연극부는 개교 60주년을 맞아 선후배 합동 공연을 준비중이었고 그 당시 기성 연극계에서 이미 이름을 날리던 선배들은 모두 합류했다.

대학교 햇병아리였던 나는 어느 날 느닷없이 연극부 선배한테 납치 당하다시피 끌려갔고 얼떨결에 합동공연에 동참하게 되었다.

스페인의 유명한 작품인 <삼각모자>가 작품으로 채택되었고 며칠간 선배들 틈에 끼어 앉아 책읽기를 했는데 드디어 연출가가 결정되었다는 것이다. 고려대 연극반 출신들은 배우가 많았고 역시 연출가는 서울대 출신이 뛰어나다는 얘기들을 선배들한테 들었고, 그래서 이번 연출도 서울대 출신의 가장 실력있는 연출가를 초빙했다고 했다. 드디어 기다리던 연출가가 나타났다. 굉장히 마르고 키가 큰 분이구나 생각했다.

나는 이미 기라성 같은 선배들 사이에서 주눅이 들대로 들어 있었기 때문에 뒷구석에 숨도 안 쉬고 앉아 있었다.

그분은 별로 말이 없었다.

안경 너머로 한번씩 대본을 읽는 재학생들을 훑어볼 뿐 거의 우리 같은 신입생은 안중에도 없어 보였다.

나는 그저 구석에 앉아서 저 연출가는 참 키도 크고 손도 크고 발도 크구나 그런 쓸데없는 생각만 하고 있었는데, 며칠 대본을 읽기만 하던 어느 날 느닷없이 종이 한 장씩을 나눠 주더니 자기가 하고 싶은 배역을 써내라고 했다.

당황한 나는 갈피를 잡을 수가 없었다. 하고 싶은 배역을 써내면 그 역을 주겠다는 것인지 의도도 잘 알 수 없었고 또 감히 자기가 하고 싶다고 그 배역을 선뜻 써내도 되는지 알 수 없었다.

새파란 후배였던 나는 사실은 여주인공 역이 너무나 하고 싶었지만, 감히 쓰지 못하고 아주 겸손하게 단역 하나를 써내고 말았다.

그런데 그 다음 날 배역 발표 후 나는 거의 기절할 뻔했다.

바로 내게 그 여주인공 역이 돌아온 것이다.

기라성 같은 선배들이 수두룩한데—.

그때부터 그분은 내게 하느님이었다.

나는 밥 먹는 시간도 아꼈고 강의실에도 거의 안 들어갔고 밤도 꼴딱꼴딱 세웠다. 그분의 말 한마디도 놓치지 않으려고 노심초사했다.

그 작품 <삼각모자>는 그분의 탁월한 연출로 대성공을 거두었고 나는 앞날이 유망한 배우가 될 거라는 과분한 칭찬을 받았고 그후로 배우가 되었다.

그분! 그때 눈에도 띄지 않았을 햇병아리 신입생을 발굴해서 배우로 뽑아주신 분이 바로 허규 선생님이다.

그러니까 나는 허규 선생님 때문에 배우가 되어서 지금까지 배우로 살고 있다.

물론 그후 안타깝게도 다시 허규 선생님과 작업할 기회가 별로 없었고 나중에 국립극장에서 다시 만났을 때는 서로 생각이 틀린 부분들도 있었지만 내 연극 인생에서 허규 선생님은 가장 잊을 수 없는 분이란 건 확실하다.

연극 이외의 것엔 한없이 서툰 분, 당신이 추구하는 것에 대한 황소 같은 고집 때문에 때때로 안타까운 적도 있었지만 평생을 연극 하나만 잡고 살아온 허규 선생님을 진심으로 존경한다.

언제인가 평창동 어느 찻집에서 지팡이를 짚고 계신 훌쩍 늙어버린 선생님을 뵙고 가슴이 철렁 내려앉은 적이 있었다.

그리고 무심했던 내 행동을 후회하고 꼭 한번 찾아 뵈어야지 벼르고 있었는데 돌아가셨다는 연락을 듣고 얼마나 놀랐던지ㅡ.

인제 연극계의 어른들도 한 분 두 분 떠나가시고 다음은 우리가 아닌가 생각하니 그렇게 쓸쓸할 수가 없다.

든든한 배경이 다 없어지고 황량한 벌판에 서 있는 것 같은 그런 느낌이다.

나를 일생동안 배우로 살게 해주신 선생님ㅡ.

엎드려서 명복을 빈다.

내 연극의 싹을 틔워주신 선생님

손진책(극단 미추대표, 연출가)

허규 선생님은 내 가슴에 뿌려져 있던 민족연극이라는 씨앗에 싹을 틔워주신 분입니다.

당시 대부분의 연극인이 그러하듯 나 역시 막연한 동경 그리고 연유를 알 수 없는 끌림 때문에 연극을 시작하였습니다.

극단 산하의 막내 연출부 단원으로서 한 편 한 편의 제작 참여는 흥분과 경이의 시간이었습니다. 그러나 민속극이라는 분야가 있다는 사실에 매료되어 탈춤을 배우러 쫓아다니고 녹음기와 카메라를 빌려 메고 굿판을 찾아다니고 남사당의 연회에 빠져 그들과 같이 생활을 하기도 했지만, 우리의 전통 연회와 연극의 접목은 막연하기만 했습니다. 전통예술에 대한 맹목적인 열정과 사랑이 있을 뿐, 뚜렷한 주장도 방향도 없던 그 시절 숙명처럼 선생님을 만나게 되었습니다.

평소 세대 차이가 나는 선배 연출가로 멀리서 뵙기만 했던 선생님을 직접 만나게 된 것은 선생님께서 최인훈의 단편소설 「놀부뎐」을 각색하여 후배 김영열의 연출 데뷔작으로 준비중이었던 71년, 그 작품의 안무, 안무라기보다는 탈춤 동작을 지도하기 위해서였습니다. 당시 '새문화스튜디오'라는 연기학원을 개설하시어 소강 상태에 있던 극단 실험극장 후배들이 선생님의 주위에 몰려들던 때라 자연 한 식구가 되어 밤새 술자리를 같이 하며 우리 연극의 가능성에 대한 열띤 토론으로 곧잘 밤을 새웠습니다.

나만 알고 있다고 흥분해 있던 우리 민속극의 장단과 사위를 선생님께서는 이미 연극과 접목시키는 연출작업을 하셨다는 사실을 알고는 내가 있을 곳은 여기뿐이라는 생각이 들었습니다. 곧 강사의 일원으로 참여하면서 본격적으로 선생님을 옆에서 모시게 되었습니다.

무엇보다도 그 시기에 선생님이 들려주신 '브레히트의 서사극' 이야기는 내 연극의식의 첫 번째 개안이었습니다.

당시 브레히트는 금기시되던 인물로 그의 작품은 물론 그에 대한 이론 한 줄 어디서도 읽을 수 없던 그런 시절이었으니 만일 선생님에게 브레히트에 관한 이야기를 듣지 못했다면 내가 하고자 하는 민족연극은 풀리지 않는 숙제가 되어 오랫동안 방황했을지도 모릅니다.

선생님 서고에 꽂혀 있던 일본어로 된 몇 권의 브레히트 이론서적은 나에게 보물단지처럼 보였고, 그 단지를 열어보고 싶어 일본어를 공부하기 시작했습니다. 구자흥, 정현, 김흥기, 오승명, 공호석, 이도련 등 우리들은 곧바로 새로운, 우리 연극만을 전문으로 하는 극단의 필요성을 역설하기 시작했고 망설이던 선생님을 졸라 극단 민예극장을 창단하고 우리 전통연희의 수많은 자양을 연극에 담는 작업을 했습니다.

그 과정을 통하여 나는 우리의 전통연희를 왜, 어떻게 현대연극과 접목해야 하는가를 깊이 있게 천착하였고 그것이 내 연극의 바탕으로, 그리고 내 연극의 영원한 화두가 되었습니다. 선생님이 곁에 계시다는 믿음으로, 장님이 벽을 향해 달려가듯 나는 마음껏 시행착오를 할 수 있었고 그럴 때마다 선생님의 한 마디 한 마디가 오늘의 내 연극을 가질 수 있던 지침판이 되었습니다.

자연 선생님과는 기쁨도 설움도 함께 하게 되고 잠시도 떨어질 수 없는 선생님의 그림자가 될 수밖에 없었습니다.

어느 해 그러니까 72년을 보내는 섣달 그믐, 쓸쓸히 송년을 맞이하고 있었습니다. 선생님은 종이를 풀로 이겨 그 큰손으로 하회탈을 만드시고 나는 난로 옆에 앉아 만들어진 탈을 말리면서 몇 시간 여를 말 한 마디 나누지 않고 새해를 맞이할 참이었습니다.

그런데 뭔가 모를 서러움이 복받쳐 꾸역꾸역 목으로 울음이 넘어오기 시작했습니다. 울음은 좀처럼 멈춰지지 않고 대성통곡을 하다보니 줄줄이 들어와 같이 통곡들을 하고 있었습니다.

그 당시 연극하는 사람들 모두가 가난하고 힘들던 사정이 그렇게 긴 울음을 울게 하지 않았나 하는 생각이 듭니다.

내가 연극 연수를 위해 영국으로 떠나던 때, 선생님은 국립극장장으로 부임하시면서 나는 잠시 선생님과 떨어져 살게 되었습니다.

그 후 내가 민예의 대표직을 물려받기는 했지만 선생님이 안 계신 민예는 이미 민예가 아니기 시작했습니다. 나는 지금도 당시 선생님이 국립극장장으로 가시지 않고 그냥 재야의 예술가로 남으셨다면 하는 아쉬움을 가지고 있습니다. 그랬다면 무엇보다도 많은 일을 해낸 더욱 존경받는 연출가로 남으셨을 것이고 또한 그렇게 일찍 돌아가시지도 않았을 텐데 하는 생각이 들기 때문입니다.

그리고 나도 선생님이 계신 민예를 떠나지 않았을 것입니다.

말년의 선생님은 당신의 죽음을 예감하시고, 생애를 정리하고 계셨던 것 같습니다. 거동이 불편하셔서 웬만하면 외출을 하지 않으시던 선생님께서 '미추연극학교'의 지난 봄 입학식에 참석하신 것은 그런 연유였다고 생각됩니다.

그때 구자홍 형이 선생님을 미추산방까지 모셔 오고 다시 댁으로 모셔다 드렸는데 선생님은 돌아가는 차 안에서 여러 차례 미추의 오늘을 대견해 하시며 죽기 전에 미추산방을 둘러볼 수 있어서 다행이라고 하셨다는 것입니다. 좀더 살아계셨더라면 보다 발전된 미추, 더 다듬어진 나의 연극을 보여드릴 수 있었을 터인데 하는 생각으로 가슴이 아픕니다.

선생님께서 운명하시는 날 급히 연락을 받고 세브란스병원으로 달려갔을 때 내가 도착한 순간이 생사의 갈림, 바로 그 시간이었습니다. 선생님의 마지막 순간을 지킬 수 있었다는 것이 한가닥 위안이 되긴 했습니다만 이제 내가 그야말로 연극의 부모를 잃어버린 고아가 되는구나 하는 생각에 한없이 가슴이 착잡했습니다.

선생님이 그립습니다. 생전의 '고독한 허리'를 가지신 선생님의 모습이 정말 그립습니다.

여위시고 훤칠하게 크신 키, 조금은 구부정한 어깨로 휘적휘적 걸으시던 그 걸음걸이를 다시 뵙고 싶습니다.

라면으로 때우는 점심에도 소주 한 병을 반주로 비우시던 그 모습도 다시 뵙고 싶고 그 소주도 다시 한잔 받아 마셔보고 싶습니다. 캄캄한 극단 사무실 난로 옆에서 밤새 소품을 만드시고, 색칠하고 다듬으시던 그 모습도 그립습니다. 또 매일밤 연습이 끝나면 밤늦도록 소주잔을 기울이던 그 썰렁한 감자탕집은 얼마나 정겨운 곳이었는지 모릅니다.

선생님은 분명 우리 연극계에 선생님만의 새로운 이정표를 확실하게 세우셨습니다.

우리 연극사에 전통연희를 현대연극에 접목시키는 발단을 이루신 분으로 선생님은 연극사에 길이 남으실 것입니다.

저는 그런 선생님, 허규 연극계보의 중심에 있다고 자부하고 그것을 평생의 자랑으로 여길 것입니다. 그리고 선생님이 싹을 틔워준 제 연극의 목표는 선생님께서 지향하시던 진정한 우리 연극의 완성인 것은 너무나 당연합니다.

저 세상에서도 미추연극을 지켜봐 주시리라 믿습니다.

<내일, 그리고 또 내일>에서의 만남

신선희(서울예술단 총감독)

허규 선생님이 필자를 국립극장에 불러주신 것은 1985년 광복 40주년 기념공연을 올릴 때였다. 이근삼 선생님의 <내일, 그리고 또 내일>이라는 연극이었는데 독립투사로서 죽은 이동섭(장민호 선생님 출연)이 60년만에 제삿날 가족을 만나러 오는 것으로 시작되었다.

이동섭은 두레박을 타고 남산 꼭대기에 내려 케이블카를 타고 시내로 들어오지만 고층건물의 숲에서 방황하다 간신히 집을 찾게 된다. 제사가 끝나서 다시 떠날 때까지 무대는 독립운동을 하던 생전의 시공간으로 뒤바뀌면서 영화처럼 겹쳐지는 장면 전환이 필요하였다. 게다가 부인(백성희 선생님 출연)이 남편의 산소를 찾고 뒤뜰의 나무 밑에서 남편의 환영을 만나는 등 실로 많은 장면이 삽입되었다.

허규 선생님은 이 모든 장면을 생생한 그림으로 만들기를 원하셨다. 물을 뿜은 분수, 땅에서 올라오는 무덤 등 완벽한 사실주의 세트로써 영상적 흐름을 만드는 것은 참으로 어려운 일이었다. 선생님은 또한 두레박의 줄기나 무덤의 풀냄새까지 생생하게 느끼고 계신 것 같았다.

선생님의 한국정서에 대한 애착은 십수 년만에 귀국한 필

자의 향수심을 자극하였고, 더 한층 사실묘사에 열을 올리면
서 나무 한 그루까지도 거대한 입체세트로 짓기에 이르렀다.
그런데 어느 날 선생님은 재료를 너무 많이 쓰는 것은 죄악
이라고 하시면서 국립극장 창고에서 비슷한 물건을 찾아서
쓰라고 말씀하셨다. "연극무대는 기능이 잘 되야지" 하시면서
정서적 인상주의에서 기능주의로 태도를 바꾸시는 것이었다.

　결론적으로 예쁜 무덤의 풀 대신에 플라스틱 바닥깔개가
나왔고, 반들반들한 상석은 돌로 작화한 합판세트로 세워졌
다. 게다가 매일매일 소품이 늘어나, 캄캄한 5층 소품실로 올
라가는 무서운 승강기로 오르내려야 했다. 또 매일 시장에 나
갔는데 직접 사 들일 수가 없었고 무대과를 통해 주문했는데
시간이 너무 걸리거나 같은 재질의 물건이 아닌 적도 많았다.

　또한 제작실에서도 모든 제작기법을 실현하면서 시간을 끄
는 디자이너가 매일 출근하는 것을 달갑게 생각하지 않았다.
막막하고 외롭고 원망투성이었다. 무대의 모든 것은 디자인
개념에 따라 통일감을 가져야지 이것저것 다른 작품에 썼던
것을 모아서 해야 하나 하면서 말이다.

　연출가의 간섭은 아주 심했다. 희곡의 장면이 하도 많아서
프로세움 아치 좌우에 이층 세트까지 세우고, 이층은 현대,
아래층은 과거의 공간으로 분할해서 쓰기로 했다. 선생님은
또한 감옥으로 설정된 아래층 방 앞에 검정 자막을 치고 그
위에 벽돌을 그려놓으라고 하셨다. 그 당시 필자는 "자"니
"식"에 대한 개념이 없어서 선생님이 손수 줄자를 들고 치수
를 결정해 주시곤 했다.

　생각했던 것과는 달리 그 이후 필자는 이처럼 깐깐한 연출
가의 개입을 그리워한 적이 많았다. 이는 어찌 보면 공동작업

에서 중요한 맹목적인 투신이요, 애정이었던 것이다.

필자는 이때부터 작품을 할 때마다 폐차장이나 골동품시장을 뒤지는 습관도 가지게 되었다. 결국 한국연극무대를 제작하는 데 있어 이상과 현실의 숙명적인 괴리를 해결하기 위해 온 힘을 다해 연구하고 노력하는 근본 자세를 갖게 되었다. 연출가로서 선생님은 표현의 충동과 절제를 동시에 종합하려 하셨던 것이며 리얼리즘 무대에 한국의 정서와 해학을 거침없이 불어넣고 싶으셨던 것이다. 당시 필자는 선생님의 요청을 들어드리기에 너무나 부족했었다.

지금쯤 선생님과 작업할 수 있다면 얼마나 좋을까 하는 아쉬움에 눈시울이 뜨거워진다. 선생님과의 만남이 없었다면 필자는 그림만 그려내는 아이디어맨으로 멈추었을지 모른다. 오늘날 필자 자신이 단체를 이끌어 가는 제작자가 되고 보니 선생님에 대한 모든 기억이 되살아나고, 이를 소중한 가르침으로 받들어 일하고 있다. 선생님의 카랑카랑하면서 정겨운 목소리는 따뜻한 체온으로 필자의 마음속에, 또한 우리들의 연극무대에 영원히 머물러 계실 것을 믿으며 오늘도 새로운 각오를 다져본다.

영원한 연극인 허규님 고이 가옵소서

심우성 (공주민속극박물관 관장)

허형! 허규 형! 지금 여기 마로니에 공원에는 형이 떠나시는 길을 애도하며 선배, 동료, 제자들이 머리 숙여 명복을 빌고 있습니다.

언제나처럼, 꾸부정한 걸음새로, 횅한 시선을 던지며 연극을 얘기하던 이곳 마로니에 공원에 연극인들이 모여 당신의 저승길을 애도하고 있습니다.

고집스럽게 우직하게 바보스럽게 연극과 함께 살고 가는 당신의 발자취를 더듬으며 옷깃을 여미는, 살아 남은 연극인들…….

그리고 저기 글썽이는 유족들… 당신의 저 사진은 저렇게 환히 웃고 있는데… 정녕 당신은 가시는가 보군요….

외가닥 줄타기인 양 죽기를 무릅쓰고 '연극'의 인생을 살다 가는 당신이기에 당신의 그 숱한 연극처럼 재생·영생하기를 바라는 심정으로 우리 모두가 이처럼 조아려 서 있는 것인가요.

동갑내기인 우리가 처음 만난 것이 1959년이니 꽤나 됐습니다.

실험극장, 민예극장 만들고, 국립극장을 주재하면서 실상

우리 연극의 흐름을 잡아온 당신이 '북촌 창우극장'을 세우고
는 남모를 고생도 많이 했습니다.

불현듯 지난 사연들이 떠오르는군요. 당신의 기념비적 작품
인 <물도리동>의 현장인 안동의 하회동을 동행했던 기억…
뒤이은 <다시라기>의 현장인 진도에 가서 홍주 마시고 한뎃
잠 잤던 추억… 꼭 엊그제 같은데… 허형 참 허망하군요.

허형!

그런데 여기 모인 당신의 이웃들을 보니 당신은 남처럼 외
롭지 않게 가시는군요. 당신이 뿌린 무대예술의 싱싱한 씨앗
들이 저렇게 싱그러이 서 있지를 않습니까.

평생 당신을 뒷바라지 한 미망인과 당신의 귀여운 자녀들
도 이제 곧 눈물을 삼키며 당신이 걸어온, 아니 당신이 개척
한 예술의 길을 다져 나아갈 것이니 말씀입니다.

허형!

남이야 뭐라 하던 우리 동갑내끼리 마지막 '이바구잔치' 한
판 합시다.

그 어느 날 밤이었던가, 소주잔을 부딪치며 기고만장했던
그 밤처럼 말씀입니다.

"…전통연희를 오늘에 수용하는 민족극의 수립을 이룩해야
해요! 바깥 세상 한바퀴 돌아봤더니 더더욱 그래요! 남의 모
방에서 벗어나야 합니다!"

당신의 그 카랑카랑한 목소리가 이 마로니에 공원 안에 지
금 잔잔한 메아리로 들려오고 있습니다.

허형! 이제 우리는 당신과 헤어져야 하는군요, 그러나 허형!
우리도 곧 뒤따라갈 것이니 너무 섭섭해하지는 마십시오.

참 허형! 당신이 주신 '북' 생각이 나는군요. 박물관 개관을 축하한다며 그 애지중지 하던 귀한 '북'을 주셨었지요. '기증자 허규'를 이제는 '기증자 고 허규'로 바꿔 써야 하겠군요.

소중히 전시하여 많은 사람과 함께 내 가슴에 당신을 아로새기려 합니다.

부디 평안히 가십시오.

유족과 동료와 당신의 씨앗들이 당신을 보내며 당신의 유덕을 마음 깊이 기리고 있습니다.

부디 부디 평안히 눈 감으소서.

2000년 3월 31일

마로니에 공원 연극인 장에서 심우성 드림

허규 선생님을 회상하며

안숙선 (판소리준인간문화재, 한국종합예술학교 전통예술원 교수)

허규 선생님께서는 유난히 키가 크셨다. 옛말에 키 크고 싱겁지 않은 이 드물다고 했는데 선생님께서는 마른 체격에 키가 크셨지만 오히려 그 큰 키만큼의 속멋과 확신있는 자기 철학으로 꽉찬 분이셨다. 국립극장장으로 재직할 당시 바쁘신 와중에도 시간이 나면 창극단에 오셔서 단원들의 소리북을 잡으시곤 했는데 그러다가 공무로 급한 연락이 오면 소극장 계단을 그 크고 마른 몸으로 두세 계단씩 한꺼번에 경충경충 뛰어 내려가시던 모습이 아직도 눈에 선하다.

많은 사람들이 우리의 전통예술을 지나가 버린 시대의 것으로, 아니 이미 사라져 버린 옛것으로 치부하던 1970년대에 선생님께서는 전통예술이야말로 이 시대 문화예술 창조의 무한한 보고라 여기시고, 당신 스스로 후일 회고하셨듯이, 비록 외롭고 고통스러웠지만 마치 도(道)를 닦는 성직자가 고행을 하는 심정으로 우리 문화예술의 정체성확립 작업을 고집스럽게 하셨던 분이었다. 그리하여 각 지방의 탈놀이, 무속예술, 꼭두각시놀음, 판소리, 가곡, 풍물굿, 종교의식예능, 궁중예술 등 수백, 수천 년 동안 우리 민족의 생활과 밀착되어 예술적으로 발전되어온 모든 형태의 전통예술을 망라해 이 시대에 걸맞는 예술양식, 특히 창극양식을 개발하는 데 많은 노력을 기울이셨다.

돌이켜 생각컨대, 선생님께서 우리 판소리와 창극에 기여한 공은 실로 지대하다고 나는 생각한다. 선생님께서는 국립극장장으로 재직하시면서 판소리 다섯 바탕을 정립하고, 그것을 창극으로 발전시키려는 강한 의지를 보이셨고, 그래서 정광수, 박봉술, 정권진, 성우향 등 인간문화재급 선생님들을 초빙하여 창극단 단원들에게 판소리 교육을 시켰으며 소리연마를 게을리하는 사람들을 용납하지 않으셨다. 또 선생님께서는 판소리 완창발표회를 기획하여 창극장 단원들은 물론 전국의 각 명창들이 이 무대를 통하여 자신들의 기량을 대중 앞에서 발표할 수 있는 기회를 만들어 주셨다. 지금까지 그 전통은 이어져 내려와 국립극장의 중요한 레퍼토리의 하나가 되었는데, 나 또한 이 완창무대에 서기 위해 피나는 연습을 하였으며, 각고의 노력 끝에 판소리 다섯 바탕을 완창할 수 있었으며 수많은 명창들이 자기 학습을 다지는 계기가 되고 토막소리가 아닌 바탕소리를 후세대에 올곧게 전수할 수 있게 된 것도 완창발표회로부터 말미암은 바가 크니, 실로 선생님의 선견(先見)에 고마움을 표하지 않을 수 없다.

선생님께서 얼마나 우리의 전통예술을 사랑하고 그것을 창조적으로 계승하려 애쓰셨는지, 그 작업을 위한 끈기와 오기가 어느 정도는 창극 작업과정에서 절실히 느낄 수 있었다. 선생님과 내가 연출자와 배우로서 처음 만난 것은 1979년에 내가 국립창극단에 입단해서였는데 판소리를 집대성한 신재효 선생의 일대기를 창극화한 <광대가>라는 작품을 통해서였다. 이미 창극단에 먼저 들어와 있던 조상현, 김동애, 김성녀

씨가 주역을 맡고, 김소희, 박동진, 박귀희, 강종철, 오정숙, 한동진, 남혜성, 박후성, 허희 씨 등 당대 최고의 명창들이 같이 한 작품이었다. 그 때 나는 특별히 중요한 역할이 아닌 엑스트라에 지나지 않았는데 선생님께서는 나 따위는 안중에도 없는 듯 전혀 관심을 보이지 않으셨다. 나는 섭섭한 감정과 함께 '언젠가는 내가⋯⋯' 하는 심정으로 선생님의 모습을 지켜보았는데, 우리의 정서가 깃든 음악과 극을 한데 결합시키기 위해 사실의 이면을 상기시키고, 연극적인 논리를 설명하며, 직접연기를 해보이면서, 구부정한 큰 키로 겅충겅충 뛰어다니며 창극작업에 열심인 모습을 보고 있노라니 섭섭했던 감정은 어느덧 사라지고 '아 저분이야말로 진정으로 우리 것을 아끼고 사랑하시는 속멋을 아는 분이로구나' 라는 생각이 들었다. 그때부터 선생님의 한마디 한마디를 귀담아 듣고 나의 소리나 연기에 대한 쓴 소리도 기분 나빠하지 않고 달게 받아들이게 되었다.

선생님께서는 연출작업을 할 때 일일이 지도하지 않고 배우들이 자연스럽게 연기하도록 내버려두었다가 결정적일 때 그 대목을 그렇게 할 수밖에 없는 대본의 상황과 이면을 설명하고 '이렇게 한번 해봐요' 라고 하시곤 했다. 그리고는 어느 새 북을 잡고 앉아서 장단을 맞추며 추임새를 던지는, 연출자가 아닌, 연희자가 되어 있었던 때도 많았는데, 그만큼 멋과 흥이 많으셨다.

선생님께서는 일에 빠져들면 오직 그 일에만 취하고 싶으신지 끼니 대신 소주잔을 기울이며 작품을 구상하기도 하셨고 적당히 거나해지시면 우리에게 우리 예술의 멋과 흥에 대한 당신의 생각을 한껏 늘어놓으시곤 하셨다. 당신의 건강을 챙기는 일은 대수롭지 않게 생각하고 오히려 일에 더 열정을 쏟으셨으며, 강한 것 같지만 섬세하고 여린 데가 많은 분이셨다. 언젠가 선생님께서는 이런 말씀을 하셨다.

"안선생, 솔직히 말하면 나는 우리 민속예술, 특히 판소리나 창극을 접하면 마치 고향을 찾았을 때 느낄 법한 그런 정감을 느끼고 천진난만한 소년처럼 즐거워져요."

우리 것에 대한 선생님의 사랑은 바로 이러했다.

서양문화의 새로움에 빠져 우리의 것을 잃어가고 있을 때 우리 문화예술의 횃불을 높이 들고 특히 우리 판소리와 창극에 대한 남다른 애정과 사랑을 쏟으셨던 선생님. 또 나 개인에게는 할 수 있다는 자신감과 해내고야 말겠다는 오기를 심어주셨던 선생님.

이제 선생님은 떠나셨다.

우리 창극계의 산 증인이셨던, 선생님과 함께 작업하며 울고 웃으며 때로는 성도 내고 부딪치기도 했던 선생님! 김연수, 박봉술, 정권진, 김동준, 김소희, 박귀희, 박초월, 강종철, 박후성 등 여러 어르신들도 떠나시고 한 시대를 풍미했던 안향년, 김동애, 강형주, 은희진 등 창극계의 별들도 앞서거니 뒷서거니 저 세상으로 떠나갔다. 아마도 저 세상에 먼저가신 여러 어르신들이 당신들 굿판에 선생님을 모시지 않았나 싶다. 연출도 하시고 장단도 잡으시라고⋯⋯.

부디 그리웠던 임들과 한바탕 북장구치고 소리하고 춤추며 거드렁거리고 노시옵소서.

허규 형을 생각한다

여석기(전 고려대 교수, 한국문예진흥원 원장)

이제는 고인이 된 허규 씨를 생각한다. 나보다도 열살 너머 아래인 그가 먼저 가버렸으니 덧없기도 하지만 사람의 수명은 어찌할 도리가 없는 것인즉 먼저 떠난 그를 그리워하면서 이렇게 추모의 글을 쓰게 되었다. 나이가 무슨 문제인가. '씨'자는 빼버리고 허규 형이라고 부르자.

허규 형을 처음 만난 것이 언제였던가. 아마 '실험극장'이 발족하고서 처음 공연한 외젠 이오네스코의 <수업> 때가 아닌가 싶다.

그는 이 공연의 연출을 맡았었는데 우리 나라에서 처음 소개된 '부조리 연극'의 간판격인 이 작품을 얼마나 잘 소화시켰는지는 기억나지 않는다. 때마침 동인계 극단이 기치를 올리고 각 대학 연극회 출신의 신진기예들이 모여 '겁없이' 새로운 작품에 손대는 때였으니까 오히려 이것저것 얽매여야 할 필요가 없었는지도 모른다. 글자 그대로 '실험무대'였으니까. 성과는 여하튼 그의 연출노트를 보면 포부는 적지 않았던 것 같다.

1. 무대(배우)를 관객과 대립시킨다.
2. 표현수단은 판토마임, 보고형식.

3. 인간이나 인간관계를 이상화시켜 관객의 연구 대상이
   되게 한다.
4. 극 전개 방식은 우연의 연계로 터무니없는 사건이 발
   생하게 한다.
5. 관객의 심리적 신체적 건강을 (긴장) 없애기 위해 극적
   구축을 피했다.
6. 사건의 반복을 강조하여 주술적 효과를 얻으려 했다.

그렇게 해서 "관객이 안이한 가운데 사회 또는 문명의 모
순성을 지적"하려고 한다는 말을 하고 있는데 그의 의도가
결코 만만치 않음을 알 수 있다. 당시 그뿐 아니라 60년대에
닻을 올린 젊은 연극인들의 공통된 약간 과잉한 지적 자세였
다고 볼 수 있는 이런 담론의 과정을 거쳐 다음 한 세대 한
국연극을 짊어지게 되는 인재들이 배출하게 되는데 허규 형
도 바로 그런 사람 중의 하나였다.

그리고 지극히 당연한 귀결이지만 70년대에 들어서면서부
터 그들은 연극 특히 한국연극이 가야할 길에 대한 각자의
견해 자세 태도를 달리하게 되는데 그중 아마 가장 자기 목
소리를 명확하게 낸 극소수의 사람들 가운데 하나가 허규 형
이 아니었던가 생각한다.

그는 60년대에 어디서 그렇게 많은 에너지가 솟아 나왔는
지 연극뿐 아니라 TV 드라마까지 선구자적 정열로 섭렵하지
않은 것이 없을 정도였지만, 그런 활동이 차츰 한곳으로 수렴
되면서 '자기만의 연극'이 무엇이어야 하는가에 대해 고심하
기 시작한 듯하다.

그 결과가 민예극장 창단으로 이어지고 우리 고유의 말투,

몸짓, 춤사위 등으로 연극적 관심이 집중되면서 <물도리동>을 위시한 자기가 직접 희곡을 쓰고 연출하는 이른바 '민족극'(그때만 해도 때묻지 않은 용어였다) 정립에 매진하게 된다. 그 연장선상에서 적지 않은 숫자의 창극에 의욕을 쏟아부었고 뒤에 가서는 놀이의 연극화를 시도하는 데도 열중하였다. 그런 관점에서 본다면 허규 형은 끝까지 '실험정신'을 잃지 않은 사람이었다고 할 수 있으리라. 다만 대상이 서구 직수입의 부조리극 따위에서 우리 전통연회로 옮아갔을 따름이다.

허규 형이 쓴 「내가 걷는 연극의 길」이라는 글을 읽어보면 그 시대에 연극의 길에 들어선 젊은이들에게 여러 가지 우여곡절과 고민 그리고 시행착오가 엿보이는데 그럼에도 불구하고 그는 한국연극의 가시밭길에서 행운을 건져내는 데 비교적 성공한 사람이라는 생각이 든다. 그것은 물론 그의 재능과 노력 그리고 끈질긴 집념이 가져다준 성과라고 해야겠지만 그가 숱하게 접할 수 있었던 연극과의 만남은 남다른 것이었다고 할 수 있다. 어쩌면 그것은 행운이기 이전에 그의 성실한 인품이 가져다 준 값진 선물이었을 것이다.

그에게는 일그러진 재능 대신 남의 신뢰를 저버리지 않는 성실함이 있었고 정체불명의 카리스마 대신 동료와 후배들을 이끌어가는 추진력이 있었다. 그리고 무엇보다도 앞을 보고 연극을 하는 안목이 있었던 사람이다.

그러나 사람이 일하는 데는, 더구나 어떤 기회를 잡고서 그것을 성공으로 이끌어가는 데에는 시운이라는 것이 있다. 허규 형은 1981년부터 9년간 중앙국립극장 일을 맡아 했다. 재

임기간도 길 뿐 아니라 그가 그 자리를 맡기 전까지 국립극
장장은 20년 이상 문공부 공무원의 차지였다.

그렇지 않아도 예산의 영세성과 운영의 경직성으로 해서
제구실을 못해온 국립극장장 자리를 민간인, 그것도 연극의
전문가가 맡게 되었으니 그에 대한 기대는 자못 큰 바가 있
었던 것이 사실이다. 그 점을 가장 잘 이해하고 있었던 사람
이 바로 허규 형 자신이 아닌가 생각한다. 그에게는 넘쳐나는
극장개혁의 의지도 있었을 것이고 그러기 위해서 이런저런
계획도 세워 보았던 것으로 나는 알고 있다.

그러나 근본적인 구조개혁 없이 극장장 한 사람만 민간인
으로 교체했다고 해서 새로 태어나기에는 너무나 문제가 많
았던 국립극장이었기에 연극계의 기대를 업고 그 일을 맡았
던 허규 형의 고민이 얼마나 컸을까… 어쩌다 자문에 응하기
도 한 나로서는 충분히 짐작이 간다. 필경 그에게는 시운이
없었던 것이다.

유난히 키가 큰 사나이, 그렇기 때문인가 약간은 어깨가 꾸
부정한 이 사나이 허규는 누구에게나 다정한 벗이 되고 믿음
직한 친구가 되는데 손색이 없는 사람이었다.

74년 9월 <우보市의 어느 해 겨울>

오승명 (극단 민예 단원, 배우)

　너무도 가난했던 민예극단시절, 세트비가 없어 최연호 선생님(작고)의 무대 디자인을 가지고 전 출연자가 최선생님의 지시에 따라 거의 '니주'(합판무대받침대)만 가지고 무대 설치를 했다.

　첫날 낮 공연이 끝나고 분장실에 모였을 때 허규 선생님께서는 나를 보고 '모든 것은 승명이가 책임져라!'고 웃으시며 농담 반 진담 반 같은 말씀을 하셨다. 오늘 저녁 공연이 마지막 공연이 될지도 모른다는 것이었다.

　이 연극은 군사 정권 하의 이야기를 다룬 것인데 작품 심사에서도 몇 번 반려된 것을 겨우 '우화 같은 이야기'라는 좋은 말로 통과되어 막을 올리게 되었던 것이다. 어쨌거나 이 날 낮 공연 때 정보부 사람이 보고 갔는데, 허규 선생님께서 그런 애기를 들으셨다는 것이었다.

　그러나 저녁 공연은 무사히 넘어갔다. 다음 날 공연도, 마지막 공연까지 조바심 속에 성공리에 마칠 수 있었다. 나중에 들은 애기로는, 공연을 보고 나가는 관객들의 입에서 '요즘 이런 공연도 할 수 있는 거야? 우리가 이런 연극 공연을 관람할 수 있는 자유로운 시대에 사는 모양이지?…' 등등의 말들이 나왔었단다. 그 얘기들을 정보부 사람들이 듣고는 오히려 그냥 공연을 하도록 내버려뒀다는 얘기였다. 역효과를 노렸다고나 할까?

작품 줄거리는, 우보市를 점령한 점령군 사령관(오승명 분)은 교회 종소리를 신호로 여러 가지 반항을 하는 시민들에게 앞으로 종을 치는 자는 누구를 막론하고 광장에서 처형하겠다는 포고문을 내린다. 그럼에도 불구하고 신문팔이를 하는 한 소년이 교회 종지기 할아버지(공효석 분)의 '애야, 저 종소리를 한번만 듣고 죽었으면 좋겠다!'라는 유언에 그만 종을 치고 만다. 아이는 잡혀 눈을 가리운 채 광장에 끌려가 말뚝에 묶이게 된다. 그리고 점령군들은 일제히 총을 겨누고 소년을 향해 지휘관의 명령에 따라 총을 난사한다.

— 소년의 머리는 마치 꽃잎이 떨어지듯 떨어진다. —
(소품 담당을 했던 최현길은 총을 얼마나 잘 만들었던지 실제 총과 똑같았다.)
— 관객들은 한동안 숨을 멈추고 있었다. —

'고독한 등허리' 허규 선생님은 진정 용기 있으신 분이었다.

내 젊은 날의 이정표이시던 선생님을 기리며

원재식 (극단 민예 단원, 연출부)

지난 해 2000년 3월 27일.

오후에 날씨가 몹시 흐려져 비가 내리고 있었다. 밤 10시가 가까워 빗줄기가 굵어지더니 천둥번개가 요란하고 돌풍이 불었다. 이렇게 궂은 날씨에 다음날로 예정된, 성균관 유림 원로들의 중국 곡부 성지 순례가 순조롭게 이뤄질 것인가를 염려하며 몇 가지 준비물을 챙기고 있을 때였다. 후배 최정철로부터 황망한 급보가 날아들었다. 선생님께서 운명하실지 모르니 얼른 와서 뵙고 가라는 소리다.

선생님께서는 수일 전부터 위급한 상황으로 병실에 입원해 계시던 터였다. 그래서 이틀 전에도 병원에 갔었지만 면회시간을 맞추지 못해 사모님만 뵙고 쾌유를 빌면서 되돌아왔었다.

늦게 온 콜택시 기사를 책망하며 병원에 도착하니 오히려 비바람이 잦아들고 있었다. 그러나 가족들과 손진책 선생은 이미 선생님 운명을 받아들인 후였고, 최정철은 나를 보자마자 울음을 터뜨렸다. 자정이 가까운 시각이었던 것 같다. 슬픔은 복받쳤지만 어느 누구도 말이 없는 가운데, 선생님께서는 영안실로 모셔졌고 장례 준비가 이뤄졌다.

연세의료원 영안실은 정결하고 조용했다. 그도 그럴 것이 관리인 말에 따르면, 밤 12시 이후엔 조문객 방문을 자제시키고, 식사 접대 외 음주는 완전히 금지한다는 것이었다. 어쩔 거나! 선생님께서는 생전 평소에 약주를 즐기셨고, 또한 장례는 엄숙함보다는 진도 다시라기를 떠올리시며 마치 축제처럼 지인들의 만남의 장이 되어야 하는 것 아닌가 하는 말씀도 있으셨는데ㅡ. 그러나 서로의 이해로써 그렇게 장례를 치를 수밖에 없었다.

새벽 두 시가 넘어서야 극단 미추 대표 손진책 선생, 심재찬 연극협회 부이사장, 이태훈 민예극단 대표 등이 모여 사모님과 함께 연극인 5일장으로 치를 것을 협의하고 각자의 역할을 논의하였다. 나는 아침 9시경 출국을 해야 하는 터라 송구스럽게도 아무런 대책 없이 네 시쯤 되어 그냥 물러나와야만 했다. 4박 5일로 예정된 중국 유교성지 순례단은 원로유림 120여 명이 참여하는 대규모였기에 진행 스태프로서 출국을 포기할 수 있는 입장도 아니었고, 귀국은 선생님 장례식 다음 날이었다.

어느 때이던가 모 잡지사와의 인터뷰 때 실린 선생님 사진이 아주 환한 웃음을 띠고 계신 소중한 모습이어서 영구보존되었으면 좋겠다는 말씀과 더불어, 선생님 장례식 때는 이를 아주 대형으로 확대하여 여러 제자들과 함께 어깨에 메고 장지로 향하겠노라고 무언의 약속도 드렸었는데ㅡ. 내자가 대신 참석하기로 했지만 나는 정작 무엇 하나 해드릴 것이 없구나 생각하니 한없이 마음이 착잡했다.

귀국하여 임동륜 씨로부터 장례식 날 있었던 여러 가지 얘기를 들었어도, 또한 49제 때 최정철이 일러준 길을 따라 평창동 골목을 헤매다 행사가 다 끝난 다음에 멀쑥이 나타났던 때에도 선생님은 역시 원서동 자택에 계시는 것만 같았다.

이제 1주기가 가까워 오는 때에 선생님과의 인연에 대한 기억을 살펴보려 하니, 전화 드리면 "이 사람아 바빠서 오지 못하겠거든 전화라도 자주 해야지!"하며 나무라시던 음성을 들을 수 있을 것 같던 상념이 이젠 정말 돌이킬 수 없는 체념으로 바뀌어 가고 있음을 느낀다.

그래서 아주 담담한 마음으로 지난 날 선생님과의 만남을 회상해 본다.

내가 처음으로 선생님을 뵙게 된 것은 1974년 12월 친구 허장으로부터 극단 민예에서 민속극 워크샵을 한다는 소리를 들은 후 원근희와 함께 극단을 찾아갔을 때이다.

당시에 나는 유덕형 학장께서 이끄시는 서울예전 연극과 일학년생으로서 <리어왕>, <태> 등 극단 동랑의 연극에 흠뻑 빠져있던 시기였다. 장차 연극연출가가 되리라 희망하였기에 연기론, 희곡론, 연출론을 포괄한 연극론의 탐구에 열성적이었으며, 일반극단에 대한 견문도 얻겠다는 생각에서 워크샵에 참가한 것이다.

극단 민예의 첫 번째 민속극 워크샵으로 한 달 남짓한 짧은 기간이었지만, 양주별산대와 봉산탈춤의 탈춤 기본, 판소리 단가, 시조, 민속무용 기본, 인형극 등을 몸으로 익히며, 선생님과 또한 몇 분의 연극 일반에 대한 강론을 알차게 청강할 수 있었다. 그 이후로도 누차에 걸친 워크샵에 계속 참여하기도 하였는데, 이듬해 동랑 선생님 1주기 추모공연 <한강은 흐른다>에 선생님의 연출 조수로 참여하면서부터 본격적으로 선생님을 따르는 길로 들어서게 되었다.

서울예전을 졸업하게 되자 은사이신 양정현 선생님께서 학교 공부를 계속할 수 있게 도와주겠다는 애정 어린 권고에도 불구하고 나는 민예극단에 입단하고 말았다. 그 이후 심경의 변화로 1979년 5월 사우디아라비아로 출국하기 전까지 선생님과 손진책 선생의 조연출을 도맡아하게 되었다.

선생님께서는 극단 창단 이념으로 '민족 전통예술의 현대적 무대화와 연극을 통한 인간성 존중'을 과제로 삼고 극단을 이끄시면서 독자적 연극론을 연구하셨는데, 바로 민족극 정립에 대한 강한 염원 때문이셨다. 그래서 많은 실험과 연구를 거듭하셨으며 손수 각색, 연출하신 <놀부뎐>과 장소현 작 손진책 연출의 <서울 말뚝이>, <한네의 승천> 그리고 자작, 연출로 제 1회 대한민국 연극제 대통령상을 수상하신 <물도리동> 등에서 적지 않은 결실들을 보시기도 했다.

연출부의 막내로서 나 또한 민족극은 가슴 벅찬 명제이기도 했다. 그래서 연극 제작의 뒷일인 장치, 조명, 음향, 의상, 소품 그리고 기획 일의 뒷바라지까지 하는 그 모든 일이 즐겁기만 하였다. 그러나 한편으로는 대극장 공연에서는 음악과 무용은 물론 장치, 조명, 음향, 의상까지 전문가들의 참여로서 배움과 익힘이 많기도 하였지만 역시 대 소도구의 제작과 조달, 그리고 공연 후의 물품 뒷정리는 정말로 만만치 않은 일이었다.

진정한 연극 연출은 배우들과의 연습과 공연에서 이루어진다. 극본의 선택과 분석으로 극의 윤곽이 어느 정도 설정되어지기도 하지만 완성은 배우들의 공연 결과이다. 그래서 연극은 배우예술이라 하는 것이다. 이러한 연유로 선생님의 연극 강론은 주로 작품연습 중에 있게 마련이었고, 때로는 인간의 보편적 삶에 대한 철학강론으로 이어지기도 하여서 저녁 늦은 시간까지 극단원들의 담론이 계속되기 일쑤였는데, 나는 이런 면에서 극단 민예 식구들에게 쉽게 흠뻑 빠져들었던 것 같다. 그러다가 정신적 방황으로 무작정 중동 취업을 다녀오기도 하였는데, 그 역시 나를 지탱시켜 주지는 못했다.

근 일년 반의 공백을 갖고 다시 민예를 찾았을 때, 선생님께서는 중앙국립극장장으로 봉직하시며 창극제작과 활성화에 정진하고 계시던 때여서 손진책 선생의 조연출을 하게 되었다. MBC 마당놀이 등 대소공연에 참여하며 <놀부던>, <서울말뚝이>, <도깨비만들기>, <탱고> 등 몇 작품을 연출해 보기도 했으나, 역시 소극장 연극 연출 작업은 묘연하기만 했다.

이 시기에 나는 우리민족의 정체성이 서린 전통 연극술을 찾아야 한다는 의무감까지 느끼며 굿판, 탈춤판, 소리판을 또 다시 열심히 쫓아다녔지만, 한편으로는 아서 밀러가 '척도는 인간이다'를 외치며 연극적 이미지를 구축해 가는 신사실주의적 연극에 빠져들고는 하였다.

그래서 연출적 선택의 폭이 넓은 대극장 공연을 갈망했는데, 손진책 선생께서 극단 미추로 독립하면서 지원해 주신 선생님 작품 <가루지기타령>을 <변강쇠 타령>으로 제목을 바꿔 문예회관 대극장에서 공연하게 되었다. 그러나 곧바로 전주 우석대에 편입학할 기회를 얻어 전주에 주로 머물게 된 이후부터 연극과의 연은 점차 멀어지기 시작했다.

그 동안 선생님께서는 판소리 5대가 전작(全作)의 창극화로 5시간이 넘는 공연물을 성공적으로 이끄셨으며, 중앙국립극장이 비록 외진 곳이기는 하나 놀이마당을 조성하여 마당놀이 공연물을 다양한 각도로 실험 및 실현토록 독려하셨고, 세계 공연예술계를 누차 시찰하셨는데, 선생님께서는 우리 민족 전통문화와 공연예술분야의 정체성 확립에 일조하고자 부단히 애쓰셨던 것 같다.

그러다가 1986년 여름에는 창경궁 중건 경축행사의 일환으로 조선조 임금님 행차인 동가 행렬을 연출하셔서 왕실문화 행사에 대한 세인들의 관심과 경탄을 이끌어 내셨는데, 이 일이 선생님으로 하여금 축제에 실천적으로 참여하시게 한 계기가 되었던 것 같다. 중앙국립극장과 성균관대학교 인문과학 연구소가 함께 수차에 걸쳐 축제를 테마로 심포지엄을 하도록 주선하신 것을 봐서도 그렇다.

1987년 초에는 선생님께서 나를 찾으시더니 고양 행주문화제 행사에 무언가 기념적 성격의 행사를 하나 구상해 보라고 말씀하셔서 <권율장군승전행차>라는 길놀이를 꾸몄고, 특징적 공연물의 하나로 행주대첩을 경기민요와 무가조의 사설로 엮은 <행주굿> 구상과 학생 취타대 결성안, 본산대놀이 복원안 등의 기획 안들을 제시했었다. 당시 고양문화원의 형편상 축소된 길놀이만 행사에 접목시킬 수 있었지만 이런 일들을 시작으로 이후로는 선생님과는 연극보다는 오히려 축제 관계 일로 뵙게 되었다.

세계적인 문화예술축전이었다고 자타가 공인하였던 '88서울올림픽이 있던 해에는, 연초부터 우리 나라 북의 다양한 형태와 쓰임새를 모두 모아 창조적인 하나의 총체 공연물로 구성, 연출하여 찬사를 받으신 <북, 소리와 춤의 대향연> 공연을 곁에서 도울 수 있었고, 전통문화를 소재로 한 축제의 모델개발을 목표로 시도한 아리랑축제를 개최할 수도 있었다.

그리고 이듬해에는 선생님께서 중앙국립극장 극장장 직을 사임하시고 차제에 '축제문화진흥회'로 법인등록을 하였고, 서울신문사와 함께 전국 8도의 대표적 축제를 찾아 특징적 거리축제를 계도, 발전시키려는 목적에서 향토문화축제 지원 사업 등을 활발하게 전개할 수도 있었다.

지난 일을 돌이켜 볼 때 선생님과 이룰 수 있었던 최대의 쾌거는 1990년 8월에 있었던 일본 오사카 거리축제인 <사천왕사 왔쇼>의 구성연출과 제작지원을 한 사업이었다. 당시 교포사회의 정신적 지주라 할 이희건 회장님과 대판흥은의 이승재 전무께서 창안발의하고 제작주체가 되어 개최하게 된 것으로서, 교포사회는 물론 일본 4대 축제의 하나로 탄생되었다고 각광받았을 만큼 성격과 정체성이 확고하고 생동감 있는 훌륭한 축제를 이뤄내는 데 일조할 수 있었던 것이다.

<사천왕사 왔쇼> 축제는 일본 고대사회, 문화의 기초를 형성케 하여준 우리의 조상들, 담징과 혜자, 왕인과 아직기, 단양이, 미마지, 무열왕 김춘추 그리고 탐라의 고, 량, 부 등 등의 상징적 인물들(도래인)을 중심으로 삼국시대인들이 배를 타고 마치 조선통신사들처럼 사천왕사에 도착하면 일본측 고관들이 이를 정중하게 맞이하는 형식의 거리축제이다. 즉 교포사회의 확고한 근원확인에서 시작하여 현재와 미래를 연결하는 희망적이고 거룩한 의지를 담은 역동적 축제였던 것이다.

우리 축제문화진흥회는 사실의 고증과 인물들 당시의 풍물, 즉 의상, 음악, 춤 그리고 노부의례에 필요한 의장물과 의식을 전문가들의 자문과 각종자료를 찾아 고증하여 복원하는 한편, 미비점은 추론하여 형상화하는 데 모든 노력을 경주하

였다. 그리고 축제에 참가하는 현지인들의 교육훈련을 위해 양측이 선발대를 구성하여 누차 왕래하였으며, 전세 비행기로 출항할 만큼 많은 전문인들이 행사에 함께 참여했다.

성공적 축제를 이뤄낸 대가는 체험 상으로나 여러모로 엄청난 것이었다. 축제문화진흥회 식구 모두는 한동안 흥분으로 들떠 있었다. 그러나 호사다마라 했던가 점차 시련이 몰려왔다. 그해 서울시 거리축제는 계속된 장마와 물난리로 결국 행사를 하지 못했고, 투입된 막대한 제작비는 물거품이 되었었다.

이후에 나는 비록 회사는 떠났지만, 선생님 서거 전까지 사적인 일과 축제행사관계로 항상 선생님을 뵙게 되었다. 광복 50주년 기념 <3·1문화축전>, 국립민속박물관 일원에서 벌인 <민속종합예술제>, 경복궁 일원의 <궁중문화 재현행사>, 구 조선총독부 건물철거 및 국립중앙박물관 이전 기념 <겨레 얼 되살리기 한마당 축제>, 고양시 <승전거리축제> 등등의 일을 선생님을 모시고 할 수가 있었는데, 지병이 깊어지신 이래로는 외부출입이 불편하시어 나와 최정철이 댁을 방문하여 말씀을 듣고 행사를 실행하기도 했었다.

그러나 몸은 불편하시더라도 정신은 맑으셔서 희곡 작품을 구상하셨고, 새로운 도시축제로서 <만남의 축제> 구상을 말씀하시기도 했는데, 기력마저 쇠잔해지셔서 말씀마저 오래 잇지 못하시게 되었을 때에는 정말이지 뵙기가 민망할 정도로 안타까운 심정만 들 뿐이었다.

이제 선생님 1주기가 가까워 이 글을 쓰려 할 때, 내 아버님께서 지병으로 꼬박 한 달을 병원에서 누워 계신데다 내 아우마저 돌연 세상을 하직하여 어쩔 수 없이 끓어오르는 격

정을, 선생님과의 다사다난했던 지난 시절에의 회상으로 애써
침잠시키면서 이 글을 마치고자 한다.
　선생님 부디 극락왕생 하소서!

인연의 끈을 달고 다닌 선후배

유길촌(영화진흥위원회위원장, 전 MBC제작위원)

허규 형과는 일찍이 20대부터 인연의 줄에 얽혔던 게 아닌가 하는 생각이 든다. 대학극에서 시작해서 방송국에 이르기까지 알게 모르게 형과 나는 인연의 줄을 달고 다녔던 것 같다.

대학극회의 모임에서 처음 만났던 60년대에서부터 70년대의 MBC에 이르기까지 우리는 서로 좋아하면서 무슨 일이 있을 때마다 혹은 필요한 일이 있을 때마다 도와줄 준비가 되어 있는 그런 관계였다.

어느 날인가 서울대극회 멤버와 고려대극회 멤버가 모인 일이 있었다. 당시 번역극 <암야의 집>을 서울 물리대에서 허규 형이 연출해서 공연했는데, 당시 미학과 학생 정일성이 주인공으로 출연했었고 우리 대학극 출신들은 연극에 대한 호기심과 기대에 차서, 우루루 서울대극회의 작품을 관극하기 위해 모여 들었었다.

연극이 끝나고, 그날 저녁 때 빈대떡과 소주와 깍두기를 씹으며 우리는 얼마나 기염을 토했던가. 심지어는 정치상황까지도 개탄하면서 목청을 높이었고, 도저히 든든한 경제적인 뒷받침 (부모님이나 기타 기관의 도움) 없이는 연극할 생각을 해서는 안되는 그런 환경 속에서 농대(수원에 있었던)에서 올라온 허규 형은 깊숙이 빠져 있는 듯 그의 얼굴엔 굳은 결의가 차 있었다. 당시 <암야의 집>에는 정일성을 비롯한 작고한 우리들의 주인공 배우 고 김동훈을 비롯하여 김현일 등등, 후에 성장해서 대배우가 된 대학극회 회원들이(다 기억나지 않지만) 출연하고 있었다. 이후 허규형은 또 대학극회를 순례라도 하듯이 이화여대, 숙명여대, 고려대, 서울치과대, 서울의대 등에서 연출을 했었다.

물론 이때는 밤에 연극연습을 해야 했었다. 전 출연진과 연출자가 낮에는 직장이 있었기 때문에 밤시간 밖에 시간을 낼 수 없었으니까 말이다.

허규 형도 KBS-TV에서 드라마연출을 하면서 밤에 모여서 연극연습을 했었다. 당시 고대극회에서 공연한 <삼각모자>(번역극)에는 졸업생인 김성옥과 후에 대배우로 성장한 손숙(당시 재학생)이 출연해서 대성황을 이루기도 했다.

저녁때 연습이 끝나면 우리는 학교 근처 주막에 모여서 작품에 대한 애기와 연극애기로 밤 늦는 줄을 모르다가 통행금지 사이렌소리를 듣고서야 일어나서 친구의 하숙방을 수소문하거나 낡은 여관방을 찾아서 우루루 몰려가기도 했다.

당시 또 한 가지 특기할 것은 남산의 유치진 선생님께서 '드라마센터'를 개관한 일일 것이다. 마땅한 연극공간이 없던 우리 나라에 개인이 마련한 '드라마센터'는 정말 연극인 모두의 가슴을 설레이게 했었다. 그 개관기념공연 <햄릿>에 나는 조연출을 했었고, 허규 형께서도 이후에 드라마센터 공연작품에 조연출을 맡아 우리는 자주 머리를 맞대게 되었다. 드라마센터 개관공연 이후, 나는 또 호주머니가 비어서 취직을 할까 생각하고 있는데, 하루는 허규 형이 만나자고 해서 갔더니, "얘, 길촌아, 너 <어린이극장>이라고 내가 하는 TV 드라마에 출연하지 않을래? 출연료도 나오고, 어린이들과 하니까 재미있단다." "네 그러죠 뭐." 이렇게 해서 나는 당시 인기 주말드라마였던 <어린이극장>에 할아버지나 아버지, 아저씨, 순경, 선생님 등으로 출연해서 재미있게 얼마간을 지낼 수 있었다. 이것 또한 허규 형이 나로 하여금 출연료를 탈 수 있도록 특별히 배려해 준 것이었음을 알 수 있었다. 이후 <어린이극장>의 단골 배우로는 탤런트 김상순이 거의 독점하다시피 출연을 했고, 김재형같이 나중에 유명해진 TV 드라마 연출자들이 모두 이 프로그램 출신이란 걸 알 수 있었다.

나는 그 후 '예그린'이 생기면서, 그쪽으로 직장을 정했고, 국립극장의 극단에 정일성과 촉탁 조연출로 활동했고, 허규, 이기하, 황운진 씨 등도 함께 번갈아 연출들을 의뢰했는데, 당시 국립극단에는 극단 신협 출신들이 진을 치고 있을 때였다. 하지만 부진을 면치 못하고 있었을 때, 윤길구 극장장이 나를 불러 국립극장의 개혁을 얘기하시면서, 위에 열거한 허규 씨 등 연출가를 불러오라는 분부를 하셨던 것이다. 이렇게 해서 대학극 출신들이 대거 국립극장으로 모여들었고, 당시 31살의 허규 씨(당시 KBS-TV PD였던 박현령 씨와 결혼한 직후였다)는 세계적으로 주목을 받던 영어소설 「순교자」(김은국 원작)를 당시 명동의 국립극장에서 연출하게 되었는데, 문제작이었는지라 '만원사례'로 돈 천 원씩이 든 봉투를 몇 번인가 받았던 것으로 기억이 된다. 대성공이었다.

그럴즈음 동양방송(TBC-TV)이 개국되었고, 허규 형이 그쪽으로 갔다는 소문이 돌더니, 얼마 후 나보고 같이 점심이나 하자고 하길래 형을 만나러 갔다가 그 길로 나도 TBC-TV로 자리를 고쳐 앉아 허규 형과 같이 동양방송에 자리를 잡게 되었고, 이후 형과 나는 MBC-TV 개국 때에도 같이 자리를 옮겼다. 형이 최초로 연출을 맡았던 당시 MBC-TV 장수 다큐멘터리 수사극이었던 <수사반장>은 큰 성공을 거두었고, 이후 수십 회에 걸쳐서 허규 형은 심혈을 기울이면서 <수사반장>을 연출했다. 최불암, 조경환, 김상순, 김영애 등이 대스타로 크는 데 큰 역할을 하지 않았나 싶다.

뿐만 아니라, 허규 형은 탤런트를 키우는 데도 스타메이커 연출가였다. TBC와 KBS에서 연극배우 김혜자를 브라운관으로 끌어내어 크게 성공시켜 MBC-TV의 간판스타로 만들었고, 또한 이정길, 송재호 등등, 자칫 사라질 뻔했던 스타들도 형은 놓치지 않았고, 스카웃해서 키웠던 것이다.

그러나 방송국에서 명연출자로 뛰던 그의 가슴속엔 항상 연극에의 갈망이 꺼지지 않았다.

문화방송에서 밤에 연극연습을 하고 무대에 막을 올리는 허규 형을 불러서, 양립하지 말고 방송연출에만 전념해 달라는 부탁을 했었던 모양이었다.

양자택일! 그는 방송과 (당시 드라마 부장이었다) 연극 중 연극을 택했고, 미련없이 방송국에 사표를 던지고 자신의 꿈이었던 액터스·스튜디오 '새문화스튜디오'를 차리고 독립을 했었던 것이다. 즉, 내 생각으로는 '새문화스튜디오'에서 연기자 훈련프로그램을 하면서, 생활을 해결하고, 또 그 연기자들과 연극활동을 할 계산이었던 것 같다. 그러나, 허규 형은 항상 너무 앞서 걸어갔기 때문에 현실적으로 더 큰 어려움이 따랐고, 연극이라는 필생의 과제는 생활을 해결해 주지는 못했던 모양이었다.

　이후 '새문화스튜디오'는 민예극장 창단의 모태가 되었고, 나는 또 허규 형과 함께 MBC-TV로 옮겨서 함께 드라마를 했으나, 3년인가 함께한 후에 헤어졌고, 형은 그 길로 연극의 길로 깊숙이 빠져들게 되었다. 그 이후의 애기는 또 다른 분들의 애기가 이어질 것으로 알고, 허규 형의 1주기에 형의 명복을 빌면서 여기서 그칠까 한다.

순직과 열정의 타고난 예술가

유민영 (단국대 대중문예대학원장)

내가 허규 씨를 처음 만난 것은 대체로 1964년 경으로 기억된다. 나는 당시 고등학교 교사를 하면서 대학원을 다니고 있었고 그는 실험극장의 신에 연출가로 두각을 나타내고 있었다. 당시 나는 연극에는 막연한 흥미만 느끼면서 문학전반을 공부하고 있던 터라서 그에게 특별한 관심을 갖고 있지는 않았다. 다만, 명동의 국립극장 공연은 거의 빼놓지 않고 구경을 다녔기 때문에 그와 김의경, 김동훈, 나영세 등에 대해서는 나름대로 깊은 인상을 받고 있었다.

그러던 어느 날 아카데미하우스에서 작은 연극인 모임이 있어서 말석에 앉아 연극발전토론회를 경청했고 그 자리에서 허규 씨가 단막극 <제 10층>(이재현 작)을 직접 연기해 보이는 이벤트를 연출해 내는 것을 지켜보면서 그에게 매료되었다. 그가 연극에 얼마나 열정을 갖고 있는가를 새삼스럽게 깨닫게 된 것이다. 그에 대한 새삼스러운 깨달음은 깊은 관심으로 바뀌었고 그것은 애틋한 우정으로 바뀌어 갔다.

그는 우선 키가 껑충하게 크다. 여기서 껑충하다고 표현한 것은 깡마르고 큰 것을 가리키는 말이다. 키 큰 사람 치고 싱겁지 않은 사람 없다는 속어는 적어도 그에게는 맞지 않는다.

그는 싱거운 데라고는 어느 구석에도 없고 언제나 진지하고 매사 탐구적이다. 그는 항상 하다 못해 문고판이라도 갖고 다니면서 읽었다.

그가 방송국에 다닐 때 나는 대학에 있었기 때문에 가장 바빠서 만날 기회가 많지 않았다. 그러다가 그가 방송국을 나오면서부터는 자주 만나게 되었다. 아현동 언덕받이에 2층집 다방을 개조한 극단 사무실을 내고 그는 그곳에서 살다시피 했다. 그는 매일 손수 탈과 인형을 깎고 북과 장구를 치면서 민요를 배우고 단원들에게 가르치기도 했다. 그때 정현, 손진책, 김흥기, 공호석 등 20대 젊은이들이 그 밑에서 연기와 연출을 배우고 있었다.

나는 연구를 더 하기 위하여 유럽으로 떠나 있었기 때문에 그가 극단 민예를 창단하는 것을 보지 못했다. 귀국해 보니 그는 극단 민예 대표로서 정력적으로 연출활동을 벌이고 있었다. 그가 아현동 언덕받이에서 전통을 공부하고 있을 때나 민예를 운영할 때나 우리가 만나면 항상 돼지 뼈다귀가 들어 있는 감자탕과 소주로 회포를 풀곤 했다. 그런데 그는 주석에서 이상스럽게 안주를 잘 먹지 않았다. 그의 소주 안주는 연극얘기였다.

그는 세상 돌아가는 것에는 별 관심이 없었고, 자나깨나 연극이 전부였다. 나는 이따금 혼자 생각으로 저런 사람이 어떻게 농과대학에 가서 삼림학을 공부했을까 되뇌이곤 했었다. 나무처럼 키가 껑충 커서 삼림학에도 어울릴 듯 싶었는데, 그는 엉뚱하게 연극을 한 것 같다.

그는 타고난 예술가였다. 내가 그렇게 본 이유는 그가 항상 새로운 것에 도전하고 실험을 하는 점에서 그렇다. 그가 처음 연출을 할 때는 거의 첨단적인 번역극이었다. 그런데 1960년대 중반에 접어들면서 그의 변화가 감지되기 시작했다. 그것은 오영진의 <허생전> 연출부터였다. 그가 그 동안 습득한 브레히트의 서사극 방법을 창작극에 본격적으로 접목시켜 본 것이었다.

이러한 그의 실험은 민예극장 창단으로 본격화되어 전통의 계승과 현대적 재창조라는 담론을 연극계, 더 나아가 문화예술계에 던진 것이다. 마침 대학가에서 마당극이 조금씩 실험될 때였기 때문에 그의 민예극장 운동은 정치적 암흑기의 중요한 문화담론이 된 것이다.

나는 그의 실험을 지켜보면서 그가 창극연출을 했으면 하는 생각을 하기 시작했다. 때마침 그가 처음으로 유럽여행을 하게 되었다고 기뻐했다. 그것이 1974년인 듯 싶다. 그래서 나는 그에게 모처럼 민속극장의 오페렛타를 보고 오라고 했다. 그가 정통 오페렛타를 보면 창극을 연출하는데 있어서 적잖은 도움을 받을 수 있을 것이란 생각에서였다. 한 달쯤 뒤에 그가 귀국했다고 해서 확인해 보았더니 일정이 짧아서 비엔나에 들르지 못했다면서 아쉬워했다.

여하튼 얼마 뒤부터 그는 창극 연출을 하기 시작했다. 아현동 언덕배기 시절 익힌 북솜씨가 수준급이어서 전통 리듬을 알아야 되는 창극 연출에 안성맞춤이었다. 아닌 게 아니라 그가 연출한 창극은 색달랐다. 동양극장시대에 정립되어 내려온 창극과는 상당한 차이점을 보여준 것이다.

그러던 차에 그가 민간 전문인으로서 국립극장장을 맡게 되었다. 초대와 제 2대의 유치진, 서항석에 이어 세 번째 전문가 극장장이 된 것이다. 극장장이 되면서 그는 창극 진흥에 역점을 두고 직접 연출에 나서기도 했다. 창극의 원형찾기를 목표로 삼아 우선 공연시간을 5시간 내외의 길이로 잡고 앞마당과 뒷마당으로 해서 관객이 마음껏 즐기도록 만든 것이다.

따라서 과거의 판소리 관객이 몰려들었고 공연기간도 2,3일이 아닌 10여 일씩 길게 잡았다. 창극이 40여 년만에 부흥기를 맞는 듯했다. 그는 국립극장을 전통공연예술의 산실로 생각한 듯 싶다.

물론 현대극을 하는 일부 연극인들로부터는 그러한 운영방향이 못마땅하다는 소리도 들었을 것이다. 그러나 그는 그 정도의 비판에 소신을 꺾을 만큼 약한 사람이 아니었다.

그는 외모에서 드러나듯이 우직스런 시골사람 그대로였다. 그는 항상 얍삽한 사람들의 입방아를 귀에 담지 않을 만큼 자기 주장이 강하고 고집불통이었다. 자기 주장과 소신이 옳았는가 그렇지 못했는가는 후세의 문예사가들이 평가할 문제라 보았다. 지금 생각하면 그때 그의 생각이 옳았던 것으로 생각된다.

왜냐하면 그가 시작한 민예극장의 연극은 마당극운동과 오락적인 마당놀이에 절대적인 영향을 미쳤고 오늘의 창극도 그의 주장대로 가고 있는 것 같기 때문이다.

그는 비록 장수하지는 못했지만 자기가 하고 싶었던 연극철학은 충분히 펼친 것이 아닌가 싶다. 다만 자기의 평생소원이었던 소극장 창우극장에서의 꿈을 마음껏 펼치지 못했을 뿐. 사실 그가 짧은 생애에서 너무 많은 일을 한 것이 생명을 단축시킨 요인이 되었을지도 모른다.

그가 생전에 술을 많이 마신 것도 실은 맛이 있어서라기보다는 지나친 열정을 식히느라 그랬는지도 모른다. 쓰디쓴 술을 안주도 먹지 않고 마신 점에서 더 그렇다. 가식과 잔재주를 모르던 그의 우직함이 그의 심신을 소진시킨 것이 아닌가 싶다. 참으로 아까운 친구였다.

우리 시대의 영원한 광대

유용환(전 연극협회 사무국장)

허규 형.

그는 이 시대를 살다간 영원한 광대였다. 그는 이 땅에 광대로 태어나 광대로 살다가 광대로 우리 곁을 떠나갔다.

그는 광대로서 새로운 것을 추구했고 새로운 것에 탐닉했고 새로운 것에 끊임없이 도전했다.

그가 새로운 것에 도전할 때는 그것을 동료에게 설명하느라 말을 길게 하는 버릇이 있었다. 그때 그의 얼굴은 순진한 소년의 얼굴이 되고 재미있어 죽겠다는 표정을 지으면서 그 길다란 손가락 열 개를 모두 움직이면서 동의해 줄 것을 간곡히 요구했다. 그러나 별로 관심이 없는 듣는 이들에게는 가끔 지루할 때도 있었다. 그러나 그의 새로움에의 도전은 그의 인생의 전부였다.

서울농대에 다니던 농학도가 갑자기 연극에 뛰어든 것부터가 도전이었다.

군대를 제대하고 실험극장을 창립하면서 그의 예술적 도전은 시작되었다. 창립공연의 연출을 맡은 그는 이오네스코의 <수업>에 도전하였다. 그때까지 듣도 보도 못했던 반연극(Anti theater)에 도전한 것이다. 그후 브레히트가 연극계에 소개되자 곧바로 브레히트식 연출로 김은국의 <순교자>에 도전했다. 1967년 한국 최초의 본격 뮤지컬 <돈키호테>를 음악적 소양이 거의 없는 배우들을 데리고 무대를 꾸몄다. 연극 첫머리 죄수 신에 아무에게도 알리지 않고 허름한 의상에 분장을 하고 죄수들 사이에 끼어 앉은 그를 발견하고 무대가 온통 웃음바다가 되기도 했다. 69년 실험극장의 <맹진사댁 경사>, <망나니> 등이 전통예술을 간간이 끼워서 공연하자 그는 '전통의 연극접목'이라는 새로운 명제에 도전하였다. 70년 <허생전>을 끝으로 71년 사실주의 연극을 고수하는 실험극장의 동료들과 결별했다. 곧이어 세상 사람들이 모두 부러워하는 MBC-TV의 드라마 부장 자리마저 내던지고 전통의 접목을 위해 극단 민예를 창단하고 MBC 옆에 새문화스튜디오를 개설했다. 그것은 용기였다. 그러나 새문화스튜디오는 오래가지 못했고 이대 정문 앞에 민예소극장을 개관하여 그의 꿈을 펼쳤다. 그곳에서 그는 전통의 현대적 해석과 연극과의 접목을 수없이 반복하다 안동하회탈의 전설을 극화한 <물도리동>으로 제 1회 대한민국연극제 대통령상을 수상했다. 그 다음다음 해에는 진도의 장례절차를 극화한 <다시라기>로 연출상을 수상했다. 이 두 작품 모두 그가 손수 집필한 작품이었다.

81년 국립극장장이 되면서 그의 도전 상대는 매우 다양해졌다. 국립극장마당에 야외극장을 지어 '놀이마당'이라 칭하고 굿, 농악 등 각종 민속을 공연하게 하고 민속무형문화재의 발표도 이곳에 유치했다. 그러면서 그는 창극에 심취하여 창극연출에 열을 돌려 원정이 전해지지 않는 <변강쇠타령>을 손수 쓰고 연출했다. 전국 각지에 숨어있는 춤꾼들을 모아다가 <명무전>을 열기도 했다.

85년 이후 그는 좁은 놀이마당이나 폐쇄된 극장공간 내에 답답함을 느꼈던지 <상감마마행차>, <오오사까 사천왕사 왔쇼> 등 이벤트성 대형공연에 도전했다.

그리고 나서 원서동에 창우극장을 건립하여 그의 도전들을 정리하는 듯하더니 시름시름 앓기 시작하여 그 많은 도전들을 마무리하지 못한 채, 북채도 놓지 못한 채 이 세상을 떠났다.

내가 허규 형을 처음 만난 것은 59년 쯤이라고 기억된다. 돈화문에서 단성사 가는 중간쯤 어느 무용연구소에서 제작극회가 연습하던 장소였다. 그때 형은 군에서 갓 제대했는지 머리가 짧았고 굵은 검은테 안경에 깡마른 체격에 키는 훤출했지만 꾸부정한 모습이었다. 솔직히 그때의 인상으로는 연극을 하는 예술인으로 보기는 어려웠다. 그후 종로 아세아다과점에서 거의 매일 만나 같이 연극 이야기도 하고 술도 같이 하면서 깊은 속을 알게 되었다. 60년 10월 실험극장을 같이 창단하면서 헤어질 수 없는 사이가 되었다.

형에 대한 기억 몇 가지. 61년 봄 버찌가 이화여대 동산을 뒤덮던 때였다. 형은 홍제동 문화촌 뒤에 형제들과 같이 허름한 기와집에 살고 있었다. 이화여대에서 희랍희극 <리지스트라다>를 연습중이었다. 연출부에 있던 형이 소품을 제작하기로 했다. 어느 날 형네 집에 놀러갔는데, 때이른 비가 며칠째 주룩주룩 오고 있었다. 형집에 들어가니 인기척이 없었다. 여느 때와 같이 무작정 안방문을 여니 유달훈 형과 허형이 소품제작에 골몰하고 있었다. 그런데 방 한가운데 연탄난로를 피워 놓고 만든 소품을 말리고 있었다. 연탄냄새가 코를 찌르는데 방 빗자루를 잘라 희랍의 투구를 만드는 중이었다.

공연은 다가오고 풀칠을 여러 번 해서 만든 투구는 비가 와서 말릴 수가 없어 생각해낸 아이디어가 본인의 목숨을 앗아갈 수도 있는 연탄을 방안에 피우는 것이었다. 그만큼 형은 아이디어가 특출하였으나 가끔 이렇게 엉뚱한 때도 있었다.

또 같은 해 찌는 듯한 여름, 5·16 군사쿠데타로 모든 공연 활동이 중지되었던 때였다. 할일 없는 실험식구들은 종로 아세아다과점에 아침부터 모여들었다. 설사 혼자 먹을 수 있는 빵값이 주머니에 있어도 그 십여 명의 식구 앞에서 빵을 사먹을 수가 없어 모두 엽차만 시켜 먹다가 고등학교 수업이 끝나고 나면 영낙없이 주인이 자리를 비워달라고 하여 길바닥으로 쫓겨나던 시절이었다.

가로수 밑에 웅기중기 모여 있다가 물주가 있어 소주라도 살 수 있으면 삼청공원으로 가 해가 뉘엿뉘엿 질 때까지 소주잔을 기울이며 연극 얘기에 꽃을 피웠다. 그러던 어느 땐가 형이 며칠째 아세아다과점에 나타나지를 않았다. 처음에는 아마 능곡 아버님 집에 갔겠거니 하였으나 닷새가 지나고 보니 궁금증이 났다. 그런데 그날 이후 형은 또 새로운 것을 발견했을 때의 그 재미있어 하는 표정으로 아세아다과점에 들어섰다. 설명인즉 인왕산 뒷편에 굴을 하나 발견하여 그곳을 우리들의 쉼터로 만들기 위해 바닥도 고르고 돌도 치우고 풀도 베고 했으니 가보자는 것이었다. 그날은 날이 저물어서 다음날 그곳에서 모이기로 하였다. 다음날 그곳에 가보았다. 세검정에서 문화촌 가는 길옆 개울 건너 바위에 커다란 부처님 그려진 건너 인왕산 자락이라고 했다. 찾아가 보니 굴은 아니고 커다란 바위 두 개가 비스듬히 마주한 밑에 십여 명이 앉

을 만한 공간이 있었다. 이미 형이 말끔히 치워놓았고 물줄기
도 돌려 그 굴 안으로 흐르게 해놓아 쓸만은 했다.

김의경 형이 대뜸 그 굴의 명칭을 삼우암(세 어리석은 굴)
이라고 명명했다. 워낙 외진 곳이라 많은 사람이 모이지는 않
았지만 그래도 매일 4,5명씩 모여 그해 여름을 보냈다.

81년 형이 국립극장장이 되고 얼마 안돼 나를 국립극장 기
획실로 불러 올렸다. 그러나 관공서 체질이 아니어서인지 별
로 도움도 드리지 못한 채 83년에 그곳을 그만둔 것이 형과
의 일로써의 인연은 끝이었다.

그리고 98년 바탕골 빌딩에서 있었던 출판기념회에서 만나
본 것이 생전의 마지막 상면이 되리라고는 상상도 못했다. 작
년 봄 조문을 마치고 형이 누워있던 신촌 세브란스병원을 나
오면서 문득 이런 생각이 떠올랐다.

형은 눈을 감으면서 많은 아쉬움이 있었을 것이라는 생각
이었다. 왜냐하면 이 세상에는 형이 좋아하고 탐닉하고 도전
해 볼 일들이 아직도 많이 남아있기 때문이다.

허규 선생과 나

윤미용 (국립국악원장)

허규 선생은 일평생 우리의 전통예술을 사랑하시고, 또 그것을 몸소 무대화하는 작업을 끝없이 시도하여 오늘날의 격조 높은 공연예술로 만들어내는 데 큰 공헌을 하신 분으로 나는 늘 존경해 왔다.

나는 선생이 우리의 옛 연희를 어떻게 하면 오늘의 무대에 잘 어울리는 작품으로 승화시킬 수 있을까 하는 화두를 항상 염두에 두고 계셨던 분이라는 것을 선생을 뵐 때마다 느끼곤 하였다. 사실 나는 예술계의 후배로서 선생과 동시대를 살아왔지만 선생은 연출에 종사하고, 나는 가야금 전공이어서 함께 무대작업을 할 기회는 없었다. 선생과 조금이나마 가까이 할 수 있었던 계기는 내가 1983년 국립극장 옆에 자리한 국립국악고등학교 교장으로 부임하면서부터였다. 당시에 선생은 이미 국립극장장으로 확고한 명성을 갖고 있을 때이며 한편으로는 선생의 따님인 윤정이가 거문고를 전공하는 학생으로 우리 학교에 입학하여 1학년에 재학하고 있었다. 이때부터 나는 허규 선생을 예술계의 존경하는 선배이자 한 학생의 학부형으로 모시게 되었다.

교장 부임 당시 학교의 교육환경은 열악한 형편이었는데 그를 개선하기 위해서는 교장의 역할이 막중하다고 생각하였다. 그러나 나는 교수경력 9년이 전부인 행정의 경험이 없는 햇병아리 교장에 지나지 않았고, 모교의 교장이 되어 열심히 일하겠다는 열정은 앞섰으나 일의 순서를 모르기 일쑤였다. 국립극장이나 국악고가 당시 문공부와 관련이 많았기 때문에 처음 교장직을 수행하면서 특히 행정 부분에 있어 잘 모를 때에는 선생을 찾아뵙고 자문을 구하곤 했는데, 그때마다 늘 친절하게 가르쳐 주셔서 어려움을 극복해 나갈 수 있었다. 지금 돌이켜보면 선생같은 분이 가까이에 계시지 않았다면 얼마나 어려움이 많았을까 하는 생각이 든다. 1985년에는 국악고 개교 30주년이 되는 해여서 동창회와 함께 국악대공연을 준비하게 되었는데 이 때 선생께서 국립극장 대극장을 사용할 수 있게 배려해 주시고, 공연 준비에도 조언을 주시는 등 물심양면으로 도와주신 덕분에 만족할 만한 공연을 치르었던 것으로 기억한다.

많은 창극 작품을 연출하신 선생은 늘 나에게 "남창 판소리가 부족하니 남학생 좀 키우라"는 주문을 하시던 기억이 지금도 생생하다. 선생께서 극장을 떠나신 후에도 나는 각종 회의나 공연장에서 자주 선생을 뵐 수 있었으며, 늘 작품 연출이나 문화축전행사 기획·연출로 바쁘게 지내시는 모습을 뵐 수 있었다. 지난 1993년 북촌 창우극장을 설립하셔서 개장식에 참석했었는데 그때 선생께서 흐뭇한 표정으로 장래 계획을 설명하시던 모습이 눈에 선하다. 선생을 뵐 때마다 인심 좋은 시골집 이웃 아저씨의 선한 얼굴을 대하는 것 같아 마음이 편안했다. 이제 그런 선생의 모습을 뵙기는 어렵게 되었으나 그 아드님이 방송국에서 연출을 담당하고 있고, 따님인 윤정이가 뛰어난 거문고 연주자로 선생의 예술세계를 잇

고 있으니 선생은 그 얼마나 행복하신 분인가 하는 생각을
해본다.
　고인의 영전에 삼가 명복을 빕니다.

가시거든 또 오소서

이광수(한국민족음악연구원장, 사물놀이 상쇠)

"선생님, 평안히 주무셨습니까? 지난 밤에 선생님 안색이 안 좋아 보여서 봉삼(鳳蔘) 한 뿌리 푹 삶아놓고 좋아하시는 백촌주(百寸酒)도 한두 말 넉넉하게 걸러 놓았습니다. 자리로 나가시지요."

방문을 열고 나서신 선생님께서 멀뚱히 놓여 있던 돌탑을 손짓하신다.

"야, 광수야! 저기 저 돌탑 말이다."

"예, 선생님."

"저건 저렇게 쌓는 게 아니여. 밑둥이 튼튼하게 크고 넓은 놈으로 든든하게 받치고, 차곡차곡 순서 있게 쌓아 올려야 하는 법이지."

"아 예, 선생님. 그건 그렇지요."

뜬금없이 아침부터 웬 돌탑 타령이실꼬? 하다가 옳다 옳아! 내 뒷머리를 치고 지나가는 것을 느끼고 나는 고개를 주억거린다. 선생님 말씀인 즉, 사람 살아가는 순리를 이름이시로다. 그리고 나란 놈이 굿쟁이 인생인지라 내가 이 바닥에서 죽을 때까지 숨쉬고 몸틀임 해나가는 데 있어서 참으로 진득하게 소용되는 말씀이로다. 선생님은 그처럼 선승(禪僧) 같은 한번

손짓을 심심찮게 나에게 행해 주셨고, 나는 그 때마다 어렵지 않게 달을 올려다 볼 수 있었음이다.

이 때가 선생님께서 광덕산(光德山)에 수양 차 오셨을 때이다. 마침 공옥진 선생이 1인 창무극 홍성 공연차 내려오신 김에 내가 머물고 있던 마곡 골짜기를 방문하신 고로 선생님께서는 오랜 지기를 만나 모처럼 흐뭇한 시간을 보내실 수 있기도 했다.

"맛을 알아야 멋을 알지."

두 분께 영광식 토종닭을 백숙으로 삶아 봉삼주로 곁들이시게 하던 자리에서 선생님은 좋은 맛 본 김에 멋 좀 부리신다고 육자배기 가락에, 취흥에 겨워 그 유난히도 훤칠하신 키로 춤까지 덩실덩실 추시기도 했다. 그 선풍도인 같던 모습이 아직도 눈에 선한데… 이제는 그런 선생님의 모습을 더 이상 볼 수가 없으니 그저 울컥증만 토해질 뿐이다. 이제 와서 하는 얘기지만, 우리들이 조금이나마 일찍 눈치를 챘었더라면, 선생님 속 덜 썩혀드리고 좋은 모습만 골라서 보여드렸다면, 그래서 선생님께서 좋은 세상 더 많이 즐기시다 가시게 해드렸다면, 선생님 안 계신 이 세상에 이런 넋두리도 안하고 있었을 터인데 하는 아쉬움이 무궁으로 몰려든다. 게다가 선생님과의 생전 약속을 반도 지키지 못하고 있는 형편에 고개만 더욱 숙여질 뿐이다. 선생님, 나중에 쫓아 올라가 뵙게 될 때 꾸중들을 각오하겠습니다.

1995년, 일제의 잔재로 한민족의 대동맥을 끊고, 버티고 앉아 있던 석조건물, 경복궁미술관 그 해체를 결정하고 마지막 돔(맨 꼭대기에 있는 둥그런 상징물) 해체 이벤트가 있던 날,

선생님께서는 역사적인 마지막 이벤트 연출을 맡으셨죠.

전국에서 광대들을 불러모으고, 전국에서 평생을 한길에 바쳐온 풍물패거리와 소리꾼을 뽑아와서 역사의 한 장을 만드는 그야말로 역사의 장이, 광화문 경복궁 마당에 큰판으로 만들어졌을 때였죠.

그때도 건강이 썩 좋지않던 선생님은 그 마지막 역사의 장을 연출하느라 연신 목마름을 생수병으로 채우며, 이리 뛰고 저리 뛰면서 지시하고 계셨죠.

나는 걱정스레 선생님의 약과 간식을 챙겨오신 사모님께,

"선생님께서 과로하시는 거 아닐까요?"

했더니, 사모님께서는

"글쎄요, 일을 하시면서 기분이 좋아지면 투병에 더 도움이 되지 않을까 하는 생각이 들어서 말리지 않았어요.

집에만 들어앉아 있으면 더 갑갑하고 스트레스가 쌓이니, 기분전환도 되시고, 일을 해야 더 좋아질 것 같은 생각도 들고요."

하시길래 저도 공감을 했죠.

당시 저는 사실 심한 침체감에 빠져서 매일매일이 지루하고 무의미할 때였습니다.

'과연, 내가 평생을 바쳐온 이 일이 내게 큰 의미가 있는 것일까?'

또한 10살 이전부터 손에 꽹과리와 북을 잡고 두드리고 비나리를 외워온 나의 일들이 내 생애 전부를 회자할 만한 일이었나 하구요.

그런 딜레마에 빠져있을 때, 허규 선생님께서 저를 불러내어 경복궁 미술관을 해체하고 마지막 마무리를 하는 자리에

빛나게 세워주셨습니다.

저는 맘속으로 "그렇지, 비나리를 해야지, 뭔가 액을 물리치고 행운을 불러내는 자리이니, 내가 가서 비나리를 해야지?" 하고 되뇌이며 저를 확인해야 하는 순간을 위해 눈이 번쩍 뜨이는 듯한 생동감에 차서 비나리 옷을 맞추고, 다시 밤낮의 연습에 들어갔습니다.

그 유명한 한복전문디자이너 허영 씨(지난 7월 타계하셨다) 옷을 주문했었고, 허영 씨는 무대가 가득 찰 만큼 멋진 옷을 만들어 주셨습니다.

눈처럼 흰 갑사천으로 양쪽 날개가 달린 듯 겹겹이 소매를 달아 마치 궁중복 같은 느낌을 주면서도 무대가 꽉 찬 비나리옷을 입고, 저는 스포트라이트를 받으면서 경복궁 석조건물의 해체에 액을 쫓고 행운을 비는 비나리를 읊었습니다. 저 혼자의 독무대에서요!

선생님, 저 혼자 화려한 조명 속에서 전국에 생중계되는 그 거창한 의식 속에서 비나리를 하고 있을 때만 해도, 바로 무대 아래에서 총감독이신 선생님의 안경알이 번쩍이고 있었고, 만족의 미소가 선생님 입가에 떠오르고 있는 것을 얼핏 보고야 전 안심하고 소리 높여 비나리를 할 수 있었습니다.

"옳지, 허규 총감독님께서 어느 정도 나를 인정하고 계시는구나!" 하는 안도감으로 저는 자신감을 더욱 드높일 수 있었습니다.

경복궁 석조 박물관 마지막 해체식 때의 출연은 제게 있어 커다란 의미를 갖게 되었고 의기침체, 의욕상실감에 빠져있던 저에게 새바람이 되었던 것을 저는 의심할 수 없습니다.

저의 재능을 인정해 주시고, 저를 그 대단한 자리에 불러주

신 선생님께 전 평생토록 뭔가 해드리고 싶었지만, 이후 저의
부족함은 때때로 선생님께 실망을 불러 일으켰고, 제가 선생
님을 모실 기회도 주시지 않고 그만 훌쩍 먼저 가버리신 선
생님.

우리의 전통문화를 누구보다도 사랑하시고 아끼셨던 분. 손
짓, 발짓, 몸짓으로 이리저리 우리를 일깨워 주시다가도 못내
답답하시면 스스로 떨치고 일어나 한바탕 용틀임을 보여주시
곤 했던 분. 한 시대 우리 것이 망각되어 가려던 시대에 주변
의 질시와 비난 같은 것은 안중에도 두지 않으시고 홀로 고
행의 길을 가시며 분연히 우리 것을 지켜내셨던 분.

선생님은 우리들에게 영원한 선각자(先覺者)요, 사표(師表)
이십니다. 미력하나마 선생님! 저희들이 21세기 원년의 마당
에 즈음해서 전통문화의 창조적 계승에 대한 선생님의 가르
침을 바탕으로 더욱 굳은 마음을 다잡아 최선을 다해서 우리
문화가 세계 속에 우뚝 솟아 자손만대 살아 숨쉴 수 있도록
하겠습니다. 지켜보아 주십시오.

세상에서 아름답고 중요한 것은 영원하듯 선생님께서 들려
주신 말씀 중에 이 한 말씀이 내내 제 가슴에 채워져 있습니
다.

"재주와 예술은 이뻐도 사람이 미우면 안 된다."

가시거든 오소서.
가시거든 또 오소서.
명년 삼월 돌아올 적 꽃이 되어 오소서.
녹음방초 만화방창 꽃나들이로 오소서.

구시월 천리명산 단풍으로 오소서.
길고 긴 동짓날 밤 홰소리로 오소서.
청사초롱에 불 밝히고 우리 님 어진 님네
대제 봉등 옥등 달고
아미타불에 염불 달고 지장보살에 함양 받아
대신대왕 찾으시고 부디 부디 극락 가소서.
나무아미타불 나무아미타불
부디부디 극락 가서 인도환생 되어지이다.
나무아미타불 나무아미타불 원앙생 원앙생…

합장 배례

연극이 무엇이기에…

이근삼(극작가, 예술원 회원)

“하루 자는 시간만 빼놓고 연극만을 생각하는데 굶어죽기야 하겠습니까.”

필동, 동국대학교 밑에서 살고 있던 그 옛날 우리집에 찾아와 허규 씨가 나한테 한 말이다. 내가 미국 공부를 끝내고 돌아온 지 얼마 안되었을 때 허규 씨는 아무 예고도 없이 우리집에 나타났다. 앞으로 연극을 할 생각인데 인사차 찾아왔다는 것이다. 한국 남자로서는 큰 키였던 나보다도 좀더 키다리였고 몸은 마른 명태처럼 빼빼였다. 첫눈에 이 사람은 연기하고는 거리가 멀다는 인상을 받았다. 대학 농과 학생이라는 말을 들으니 그의 앞날이 더욱 한심하게 느껴졌다.

일단 대학을 나와 직장을 구하고 서서히 연극을 생각하면 어떤가 하는 나의 소심한 충고에 그는 그렇게 대답했던 것이다. 젊었을 때, 혈기가 왕성할 때야 무슨 말을 못하겠는가 하는 정도로 생각했지만, 사실 허규 씨는 마지막 순간까지 자는 시간을 빼놓고는 연극만을 생각한 사람이다. 한동안 TV에서 연출을 맡아 나와의 만남이 뜸했지만 그래도 가끔 만나면 TV는 저리 가고 연극 이야기만 했다.

한때는 어떤 지방대학 연극과에서 강의를 해 달란다며 그

싫은 이력서를 써야겠다고 하더니 며칠 뒤 만나니 강의를 포기했다고 했다. 자기 하고 싶은 연극을 못하고 따분하게 훈도질하는 것이 부담스럽다는 것이다. 그는 스스로 하고 싶은 일을 붙들고 뛰지 않으면 못 배기는 성미였다. 스스로 안주하기를 거부하는 성미라고 표현하는 편이 낫겠다. 속되게 말하면 일단 일을 저질러 놓고 보자는 저돌적인 성미였다. 그래서 숱한 일을 해냈는지 모른다.

연극사를 공부하는 사람들이 앞으로 그가 한 일을 평가하겠지만 허규 씨처럼 연극을 다방면으로 관찰하고 독특하게 시도한 사람은 없을 것이다. 연극계에 뛰어들어 연출가로서 인정을 받을 때까지 그는 서구연극을 섭취하고 이해하는데 열성을 다했다. 이럴 때 그는 내가 필요했던 모양이다. 자주 찾아왔고 밤새워 토론도 많이 했다.

민예극단을 창단한 뒤부터 그는 우리 것에 눈을 돌려 무당이라는 별명까지 받으며 우리 것을 찾고 정착시키고 발전시키는 데 미친 듯이 뛰었다. 창작에도 손을 댔다. 국립극장장 시절에는 극장 주변을 굿판으로 만들었다는 비난도 받을 정도로 우리 것에 집착했다.

사람이 한 가지 일에 찰떡같은 집념으로 매달리다 보면 주위에 눈을 돌릴 틈이 없어 오해도 받는다. 그러나 그를 오해한 사람들도 연극을 위해 쏟은 그의 정열에는 너나 할 것 없이 감탄했다. 그러면서도 사람들은 그에게 좀 쉬어라, 띄엄띄엄 일하라는 충고를 잊지 않았다.

그러나 허규 씨는 주위의 이런 충고를 무시했다. 할 일이 태산 같은데 쉴 틈이 어디 있는가 하는 태도였는지 모른다. 그의 빈소에서 부인 박현령 씨도 나에게 말했다. 너무나 무리를 했고 특히 국립극장장 시절에는 과로에 심신이 지칠대로 지쳤다고 했다. 그는 스스로 자기 몸에 불을 지른 사람이다. 연극이 얼마나 좋았고 소중했었기에.

내가 남산 중턱 판자집 같은 데서 살고 있을 때 허규 씨는 젊고 애띠게 보이는 여인과 함께 찾아왔다. 여자하고는 관계가 있을 리 없는 그였는데… 그는 나하고 술만 마셨지 정확히 그 여인이 자기와 무슨 관계인지 한 마디도 안 했다. 나도 묻지 않았다. 얼마 있다 두 사람은 결혼했고 부인은 그후 나와 오랜 문우(文友)의 관계를 맺고 있다.

그의 아들 윤무 군은 서강대학교의 나의 제자가 되었다. 연극실습 시간에 키가 휘청한 학생이 연기를 하도 능숙하게 하기에 불러 물었더니 아버지가 허규요 어머니는 박현령이라고 했다. 부전자전이란 이 경우를 두고 말하는 모양이다. 얼마 전 나는 윤무 군 결혼식 때 주례를 맡는 팔자가 되었다. 결혼식장에 한복을 걸치고 나온 허규 씨는 무척 건강하게 보였다. 건강도 회복된 것 같고 며느리도 얻었으니 허규 씨도 이제는 편안한 마음으로 지낼 것이라 생각했는데, 세상에….

허규 씨는 나의 작품이나 번역작품을 비교적 많이 무대에 올려 주었다. <거룩한 직업>, <위대한 실종>, <꿈먹고 물 마시고>, <내일 그리고 또 내일>, <이런 사람>을 비롯 <사원에서의 살인> 등, 번역극도 몇 편 연출했다. 그는 가끔 내 작품을 연출하는 후배들에게 내 작품의 버릇이나 허점을 지적해 주기도 했다. 스스로 그는 이근삼 통이라고도 했다. 그는 이승규 씨 다음에 내 작품을 많이 연출한 사람일 것이다. 고마운 연출가였다.

나는 예술계의 줄서기 풍토를 가장 싫어한다. 줄을 서지 않는다고 미움도 많이 샀다. 뜻이 통하는 사람들끼리 서로 만나고 선배들에게 공손해야 하는 것은 당연하다. 그러나 그 치사한 힘을 과시하고 기득권을 움켜쥐고 계승하고자 하는 줄서기는 봐줄 수가 없다. 이것은 또한 허규 씨의 생각이기도 했다. 그는 가끔 나에게 연극계의 줄서기 풍토를 개탄했다. 그래서 그는 독불장군이라고 불리우면서도 의연하게 홀로 살아왔는지 모른다.

그는 술을 좋아했다. 좋아했다기보다는 술을 사랑했다. 그는 사랑에도 등급을 매겼다. 연극, 술 그 다음이 마누라를 사랑한다고 했다. 취중에 한 말이지만 그는 이처럼 술을 좋아했다. 술이라면 나도 빠질 수 없다는 것이 나의 생각이지만 그 질이나 양에 있어 나는 허규 씨보다는 늘 저 밑에 있었다. 술이 들어가면 그의 말은 일품이다. 그에게 있어 술은 생활의 불가피한 일부요, 대화의 촉진제다.

그는 술이 건강을 해친다는 말을 거부했다. 사람은 죽을 때가 되어서 죽는 거지, 술을 몇 잔 더 마신다고 일찍 죽는다는 건 말도 안된다는 것이 그의 지론이었다. 그 증거로 그는 나를 치켜올렸다. 누구누구하고 같은 나이인데 술 좋아하는 선생님은 이렇게 더 건강하지 않습니까 하며 그는 나에게 술잔을 권하곤 했다.

허규 씨가 병석에 누웠다는 소식을 듣고 한참 후, 우연히 그 5층집에 들렀더니 그날이 마침 허규 씨의 생일이었다. 만나자 그의 첫마디가 "아이구, 오실 줄 알았으면 술을 준비할걸 제가 요새는 술을 못해서요"였다. 그렇게 좋아하던 술인

데, 허규 씨는 지금 무슨 술을 누구하고 마시고 있을까? 금주
를 했을 리는 없을 것이다.

　그의 고집은 알아줘야 했다. 그러나 그 고집에 이쪽이 당하
지만 그가 미워지지는 않는다. 언제인가 외국여행서 돌아와
짐도 풀지 못한 상태에서 나는 허규 씨에게 강제 납치된 적
이 있었다. 타워호텔 방으로 끌려가 국립극장 직원 감시 하에
작품을 마무리한 경험이 있다. 내일까지 책이 나와 모레부터
읽기에 들어가는데 내가 써주고 떠난 작품 군데군데가 걸리
니 고쳐달라는 것이다. 이런 법이 어딨냐고 항의했더니 그는
대신 수고비를 더 얹어주겠다고 조건을 내세웠다. 한잠 못 자
고 고쳐주었는데 오늘날까지도 나는 그 수고비를 받지 못했
다.

　오죽하면 그런 거짓말을 했을까 하는 생각도 들지만 지금
생각하면 귀여운 거짓말이다. 그는 홍도에 놀러갔다 땅 200
평을 그때 돈 2만원을 주고 계약했는데 나한테 100평을 주겠
다고 약속도 했다. 허규 씨, 그 땅 어떻게 됐소? 그 땅 사서
관광객을 위해 횟집 지어 보자고 했는데…….

　먼저 우리 곁을 떠나는 사람은 아쉬운 법. 특히 연극을 위
해 온몸을 불태워 업적을 쌓은 사람의 타계는 더욱 아쉽다.
그러나 그가 남긴 그 숱한 일, 그 숱한 일화는 영원히 우리
마음속에 남아, 늘 당신을 생각하니 이제는 편히 쉬세요. 당
신의 박현령 씨, 그리고 자식들은 열심히 살고 있느니.

허규 선생님을 추모하며

이도련 (연극배우, 탤런트)

선생님!

허규 선생님! 그 동안 안녕하셨습니까?

운명을 달리하신 지 해가 넘어서야 펜을 들게 된 이 못난 제자를 용서하시옵소서. 선생님을 처음 뵙게 된 것은 30년도 훨씬 넘은 69년 MBC 탤런트 1기 입사 시절이었습니다. 평생을 연기자로 인생을 마감하겠다는 커다란 신념을 안고 선생님을 뵈온 지가 어느덧 제 아들녀석이 벌써 그 시절 제 나이를 훌쩍 넘었을 정도로 오래 전 일이 되었습니다.

연기자가 되겠다는 꿈만 있었지 연기를 해보지 못한 저에게 선생님은 곧 하느님과 같은 은사이셨습니다. 연기의 기초는 물론 걸음마에서부터 시작해서 말을 하게 되고 걷고 뛰고 자연 속을 마음껏 뛰어 놀게 될 때까지 저는 오직 선생님에게서만 배웠습니다.

그 때 대학교에선 거의 깡패라 불리우리 만큼 과격했고 불량기가 넘치다 못해 무기까지 들고 싸움질만 일삼던 시절, 자칫 악동으로 낙인찍힐 뻔했던 저는 운명인지 숙명인지 연기자의 길을 택해 선생님과 만남의 인연을 맺었습니다. 그 때 선생님의 절대적인 가르침, 그것은 곧 "배우가 되기 이전에 먼저 인간이 되어야 한다"는 이 한 마디 말씀으로 저를 인간으로 만들어 주셨던 선생님이셨습니다.

북창동 허규 연구실, 정동 새문화스튜디오, 아현동, 이화여대 정문 앞 민예극장… 등, 그렇게 저는 선생님의 품안에서만 자랐습니다.

그 중 특히 기억나는 선생님의 말씀 한 마디, "모름지기 극작가가 토씨나 어미 한 마디를 쓰기 위해 얼마나 많이 생각하고 고민하고 글을 쓰는데, 배우들이 마음대로 고쳐서 외우는 습관은 아주 좋지 않다"는 말씀 때문에 지금도 TV연기를 주로 해오던 저로서는 대충 뜻만 틀리지 않으면 쉽게 외워 연기를 하던 여느 일반 TV 연기자들보다 대사를 늦게 외우는 습관이 들어 어찌보면 자연스럽지 못한 연기처럼 보일 정도로 안타까울 때도 여러 번 있었습니다.

선생님의 가르침은 그 외에도 너무도 많았습니다.

"한번 했던 작품은 빨리 잊어버려야 매너리즘에 빠지지 않고 새롭고 창조적인 연기를 할 수 있다."

"우주만큼 느끼고 별만큼 표현하라."

"연습은 공연처럼 공연은 연습처럼 하라."

"인기 있는 탤런트가 되기보다는 훌륭한 연기자가 되라."

"너 자신을 알라"는 등등 수많은 가르침을 주셨던 저의 선생님이셨습니다. 그러던 선생님께서 어느 날 국립극장장으로 부임하시고 난 뒤 급기야 극단 민예극장은 위기를 맞았으며 선생님과 저와의 고리도 느슨해지기 시작했고, 더구나 저는 건강은 물론 경제적인 문제까지 겹쳐 선생님을 찾아뵐 용기조차 잃기 시작했습니다.

선생님!

선생님이 아니 계신 지금에야 이 못난 제자가 무어라 드릴 말씀이 있겠습니까? 제발 이 제자가 열심히 노력하여 선생님의 가르치심을 만천하에 백분 발휘하여 훌륭한 연기자가 되어 선생님을 찾아뵈올 것을 두 손 모아 기원하옵나니, 그 때까지 부디 지켜보아 주시옵고 구천에서나마 평안히 광명세계를 누리시옵소서.

신사년 이월 초여드레
제자 이도련 올림

배비장 알비장 공연과 허규 형님

이동진(작가, 전직 대사, 해누리기획 편집인)

내가 허규 형님(평소에 형님이라고 불러온 탓에 선생이라는 호칭이 내 귀에 너무 생소하니 너그럽게 양해해 주시기 바랍니다)을 언제 어디서 처음 만났는지는 지금도 기억이 가물가물하다.

아마도 장소현, 오종우, 문호근, 심양홍, 최종률, 김윤철, 백승규, 송지헌, 김민기, 이상우, 김영철, 윤성학 등과 함께 극단 '상설무대'를 창설한 다음, 동숭동과 아현동의 카톨릭 학생회관에서 연극을 한답시고(!) 빈속에 깡소주를 마셔가며, 째지게 가난했지만 태평양보다 더 넓고 싱싱한 가슴으로 우리의 청춘을 노래하던 1970년대 초가 아닌가 한다.

허규 형님은 큰 키와 후리후리한 체격뿐만 아니라, 형식에 구애를 받지 않고 고리타분한 체면 따위를 그다지 중요시하지 않는 성격 등 나와 비슷한 데가 많았기 때문에, 나는 첫눈에 대단한 친화력을 느꼈다. 이제는 옛 추억으로 퇴색하긴 했지만, 그때만 해도 소주 한잔 위로 얼마나 많은 사연과 울분이 흘러갔으며, 얼마나 수많은 밤이 속절없이 새벽으로 변했던가!

나는 동경의 주일대사관에서 4년간 근무한 뒤 1976년 봄에 귀국했고, 그 이듬해 3월 나의 첫 희곡집 『독신자 아파트』를 출간했다. 이화여대 정문 근처에 허규 형님이 개설한 민예극단의 소극장에도 여러 차례 기웃거렸다. 그러다가 1979년 봄에 나는 주 이탈리아 대사관의 참사관으로 출국할 예정이었는데, 연초에 허규 형님으로부터 연락이 왔다. 희곡집 『독신자 아파트』에 수록된 희곡인 「배비장 알비장」을 민예극단에서 공연하겠다는 것이었다. 내가 대뜸 수화기에다가 농담을 던졌다.

"원고료는 주는 거죠?"

"허허, 이참사관! 요새 극단들이 다 어렵다는 거 알잖아?"

"그래도 쐬주 값은 주셔야 공연이 성공할 겁니다!"

"알았어. 맥주 값 줄게."

첫 공연의 막이 오르던 날, 토요일 낮 12시에 민예소극장에서 허규 형님을 만났다. 그랬더니 놀랍게도(!) 거금 3만 5천원을 주는 것이 아닌가! 당시 서기관 월급이 20여만 원이었으니까 적은 원고료가 아니었다. 얼마나 황송하고 고마웠던지! 다음날 나는 로마로 떠나게 되어 있었기 때문에, 송별 겸해서 내가 형님에게 불고기를 한턱 내겠다고 제의했다.

우리는 단 둘이서, 그러니까 부러운 시선으로 바라보는 배고픈 단원들을 매정하게 따돌린 채(?), 용감하게 근처 불고기 집으로 돌진했다. 소주는 내가 떠난 뒤에도 형님이 얼마든지 서울에서 마실 수가 있으니, 그 날은 맥주로 하자고 했다. 불고기가 지글지글 신전의 향기로운 냄새를 피우고, 맥주병이 하나 둘 빈 채로 늘어서기 시작했다. 난생 처음, 그리고 아직까지는 마지막으로, 희곡에서 생긴 원고료를 털어서 마시는 맥주의 그 맛이란 하늘나라의 신선들도 부러워하지 않고는 못 배길 그런 맛이었다.

첫 공연 시간 4시가 다가왔다. 우리는 아무도 취하지 않았다. 나는 헤어지기가 싫었다.

첫 공연의 관람보다도 허규 형님과 마냥 술을 더 마시고 싶었다. 물론 원고료 이외에 약간의 군자금이 내 주머니에는 있었고, 허규 형님 주머니도 빈 탕은 아니라고 짐작했다. 그러나 역시 허규 형님은 문자 그대로 철저한 '연극쟁이'였다. 연출가의 책임을 통감하고 있었던 것이다.

"첫 번째 공연인데 연출가인 내가 안 볼 수가 없잖아!"

그래서 우리는 3시 반에 자리에서 일어났다. 3만원을 내가 냈다. 그리고 한 마디.

"그나마 차비는 건졌으니 다행입니다."

"다음에는 더 많이 줄게."

"더 많이 주고 나서, 위스키 사라는 건 아니겠죠?"

4시 공연을 나는 처음에 비몽사몽간에 관람했다. 한없이 졸렸던 것이다. 그러나 무대 장치도 별로 없이 청바지 차림으로 공연된 그 연극은 처음부터 끝까지 소극장을 웃음바다로 만들었다. 나도 무척 놀라서, 졸고 있을 겨를이 없었다. 눈물이 나도록 웃었다. 그리고 희곡이란 역시 훌륭한 연출가의 솜씨에 따라 무대에 올려져야 제맛이라고 새삼 깨달은 것이다.

120석 안팎의 소극장은 초만원이었다. 2주간 공연하겠다는 예정이 2개월로 연장되었다는 소식은 로마에서 들었다. 너무나 기뻤다.

1984년에 귀국한 뒤에도 기회 있을 때마다 형님을 만났다. 4,5년 전인가 만났을 때는 자택 근처의 보신탕 집으로 나를 안내해 주었다. 약화된 건강상태에서도 형님은 연극에 대한 정열이 끝없이 불타고 있었다.

세월이 많이 흘러갔다. 이제 내가 더 무슨 말을 하겠는가? 연극에 대한 형님의 정열을 이어받아 뭔가 이 땅에서 좋은 일을 해야겠는데 하는 생각만 간절하다. 금년에는 좋은 희곡을 한 편 써서 동숭동에서 공연을 할 작정이다.

어제 연우무대의 정한용이 전화를 걸어왔다. <배비장 알비장>을 다시 무대에 올리고 싶다는 말이었다. 좋다고 기꺼이 승낙했다. 이번에는 원고료 운운하는 말을 농담이라도 던지지 않았다. 그리고 허규 형님을 새삼 다시 뇌리에 떠올렸다. 눈시울이 뜨거워졌다.

허규 형님, 안녕히 계세요. 다시 만날 때까지.

2001. 1. 12.

빼빼끼리의 만남

이상일 (성대 명예교수)

놀이 문화와 축제에 관한 명상

닮은 꼴 모양. 우리는 키 크고 수척하였다. 그런 첫 인상으로 빼빼끼리 친근감이 앞섰던 것일까. 우리는 연극의 인연보다 외모에서 친해졌던 것이 사실이다. 그가 내 나이보다 위인 것처럼 보였는데, 외형상 나보다 더 말라서 그랬던 것인지 아니면 세파를 나보다 더 탄 때문인지.

그가 극단 민예를 창단하기 전까지 나는 그가 실험극단 동인인 만큼 실험적인 현대극작의 연극인으로 알고 있었다. 그것은 아마 내가 스위스 유학에서 돌아왔던 60년대 말쯤—그리고 나는 한국연극이 실천·전위극과 현대연극에 대해서 무엇을 알랴 하는 객기에 사로잡힌 신진 평론가로 한국연극의 현대극 수용에 대해 회의적이었다. 따라서 실험극장의 작업에 대해서도 시큰둥했고 실험극장 동인인 허규의 연출방식에 대해서도 별반 관심이 없었다. 그가 서울대학 몇 년 후배라는 사실 외에는 서로의 전공이 너무 다른 탓에 가까워질 까닭이라면 연극판이라는 단 하나 밖에 없었던 것이다.

스위스에서 드라마를 전공하면서 막스 프리쉬나 뒤렌마트의 현대극에다 괴테, 쉴러 같은 고전극과 그리스 비극에 대한 안목이 좀 트인 나는 연극의 기원과 전통극에 대한 인류학적인 관심으로 한국의 현대연극과 민속극의 가능성을 연구과제로 삼고 있었던 터였으므로 1969년 허규가 연출한 오영진의 <허생전>에서 비로소 고전의 현대화, 내지는 전통극의 현대적 수용 방식이 내 관심의 방향과 일치하였다. 이 작품에서 허규는 오영진의 현대적 비탄의식의 고전적 차용에 전통극적 민속적 리듬과 작태들을 활용하였다. 그가 북을 치고 박을 치는 현장을 가까이에서 바라본 나는 오영진의 비판적 현대의식과 허규의 민속극의 현대적 도입방식에 대하여 비교적 좋은 느낌으로 <허생전>을 평했던 기억이 있다.

연출가·작가로서의 허규와 평론가로서의 나는 반드시 우정면에서 친숙했다고 말할 수는 없을 것이다. 그의 민속극적 민족주의 의식은 어쩌면 박정희·김종필 군사 쿠데타 정권의 위장된 민족주의에 대한 선량한 연극적 선도구실을 한 것인지도 모른다. 그런 까닭에 공연작품을 통한 연출가·작가 대 평론가의 입장에서는 반드시 우리 관계가 따뜻했다고 말할 수는 없다.

예를 들면 그가 창단한 민예극단의 첫 작품 <고려인 떡쇠> 같은 작품에 대해서 나는 결코 호의적이지 않았고 그런 나의 관점은 이제 어렵게 창단한 극단 대표인 허규로 봐서는 결코 용납할 수 없는 장애였을 것이다. 그러나 그의 전통의 현대적 수용이라는 작업자체는 우리 공연 예술계의 참신한 슬로건이었으며 그런 관점에서 상연되었던 무속적 작품 <너도 먹고 물러나라>라든지 판소리의 역설적 너스레 <놀부뎐> 같은 것은 그의 재능을 한껏 돋보이게 하였고 나도 즐겁게 관람했다. 그러한 그의 창작 방향은 마침내 무속과 판소리

탈춤의 주제를 극화한 일련의 작품으로 연극제의 대상을 거머쥐게 했으며 창극의 정립을 위한 대본 쓰기와 국극의 연출 도입으로 국립극장장 시절의 업적이 되었다.

이 부분에서 그와 나의 '축제론'이 만나게 된다. 연극 내지는 공연예술을 통한 축제론. 향토축제의 재현으로 몰고 가려는 시대적 추세 가운데에서 나와 허규는 '공연예술의 종합축제로의 전환'이라는 측면에서 상호의견의 일치를 보았던 것이다.

향토·민속축제로 민족축제를 마련하려는 정치적 이데올로기가 대세를 점하던 7,80년대에 나는 현대축제와 도시축제로 이 시대의 살아있는 축제가 총체예술로 마련되어야 한다는 입장이었고 향토·민속축제의 재현을 기도하면서도 예술축제로 방향을 가지려 했던 허규와 함께 현장과 대학을 연계하여 축제심포지엄을 개최하였다. 그 결과 업적으로 남은 것이 성균관대학 인문과학연구소와 국립극장 공동의 <놀이문화와 축제>였다.

이 산학협동 아닌 예(술)·학(술)협동작업의 업적은 그 당시로 봐서는 참신한 발상이었으며 지금 이 시대에도 권장되어야 할 예술현장과 대학 연구기관과의 협연이라고 생각한다.

1986년 10월부터 1988년 2월까지 네 번에 걸쳐 이루어진 우리의 심포지엄 주제는 대체로 '축제'에 관한 것이었으며 그는 실천의 장에서, 나는 이론·체계화의 장에서 서로 결론은 다를 수 있어도 '축제의 드라마타이즈(극화)'를 다루는 과정에 있어서 협조적일 수 있었던 것이다. 결국 그는 마당놀이로 귀착했고 나는 놀이마당의 확대개념으로써 연극문화를 거론하며 급기야 예술로서의 마당극에 대한 공연가치를 지금도 버리지 못한다.

　허규에 의해서 한국의 세시풍습이나 무속적 선사체계, 그리고 민속극적 요소들이 많이 현대극장 무대에서 상연되었다. 그만큼 그와 민예극장의 구호가 7,80년대의 한국연극에 큰 영향을 끼쳤다는 얘기가 된다. 비록 그는 3공 시절과 5공 시절 체제 안에서의 연극개혁론자였지만 그의 영향은 지금도 마당놀이와 마당굿, 그리고 마당극의 함수관계 안에서 난형난제로 혈연관계에서 얽혀 있다고 여겨진다.

　그의 축제관념이 원님행렬이나 임금님 행차행렬로 첫선을 보인 이후 지금은 거의 지역축제의 대표사례가 된 것은 주지의 사실이다. 사실 나는 연극인 허규보다 축제 기획자로서의 허규에게 더 인간적인 매력을 느끼고 있다. 그와 함께 연극현장, 혹은 작품을 두고서는 작가·연출 대 평론가로서 서로 긴장관계로 임하였지만 아직 분위기가 성숙하지 않았던 7, 80년대 축제의 현장에서 우리는 서로 동지였다고 말할 수 있다.

　가장 인상적으로 남는 것은 그가 주재해서 일본으로 건너간 오사카 <왔소이> 축제 구상과 제작, 그리고 수출 과정이 아닐까 생각한다. 서울에서 논의하고 오사카에서 처음 선보인 현대적 인공축제 <왔소이 마쯔리>는 완전히 축제 기획자 허규의 작품이고 자랑스런 한국축제의 일본 수출 문화상품이었다. 물론 오사카 교포들의 재정지원이 없었으면 불가능한 이 현대판 고대사 문화인물 교류전(展)은 허규의 향토축제와 전통문화 인식 노하우에 의하여 형상화된 것이다.

　조금은 미숙한 점이 없지도 않았던 제 1회 오사카 <왔소이 마쯔리> 진행과정을 직접 참관했던 나는 10년이 지나서 완전히 일본 땅에 정착한 한국축제의 일본화를 다시 감상할 기회를 접하며 그가 우리 국내에서 제대로 된 민족축전 하나 마음껏 만들어 보지 못한 것을 아쉬워했다.

그에게 진 빚이 하나 있다면 우리 집에서 함께 송년회식을 하지 못하고 말았다는 것이다. 내가 지병으로 병원에 들어가기 얼마전 부인들끼리도 서로 잘 알고 바깥사람끼리도 잘 아는 허규와 나 그리고 이중한, 이렇게 세 사람은 가족끼리 송년회식을 가졌고 그것이 정례화되기 직전 나의 발병으로 우리들의 회식은 중단되었다. 다시 시작해야지 해야지 하면서 우리들의 회식은 이어지지 못했고 그 다음에는 그가 몸져누워 실현이 불가능해져서 송년회식은 나의 빚이 된 채 끝나고만 셈이다. 그가 귀천하기 전에 우리는 전화로 서로 안부를 물으며 건강을 다짐하고 가족끼리의 회식을 다짐하기도 했다.

그러나 그 다짐도 허사가 되고 그의 목소리만이 내 귀에 남아 있다. 그의 전화 목소리는 참 다정하였다. 그런 경험은 겪어본 사람만이 아는 것인데 심약해진 환자에게는 친구의 안부전화가 그렇게 반가울 수 없는 것이다. 어쩌면 전혀 기대하지 못했던 차가운 성격의 내 안부 탓에 그의 목소리에 뜻밖의 반가움이 담겼던 것일까. 그래서 비교적 빈번하게 우리는 전화를 주고 받았다. 그가 반가워하는 만큼 나도 반가움이 더한 가운데 동병상련의 심사 이외에도 우리는 서로 마르고 키 큰 사람들만이 갖는 외형적 친근감이 나이 들수록 더했던 것 같다. 내가 입어서 어울리는 가죽코트를 그가 몹시 부러워한 적이 있는데 마찬가지로 그가 입어서 멋있어 보이는 반코트 같은 것은 나도 일찍이 입고 싶었던 욕심나는 물건이었다.

회포는 결국 끝내 풀 수 없는 인간의 회한인 것이다.

삼시 세 끼 밥만 먹을 수 있다면

이애자(경주연극협회장)

진짜도 아닌 연극이 좋아서,
삼시 세 끼 밥만 먹을 수 있다면,
오로지 이 길을 가리라고 오기로 버티던 20대 중반,
주머니에 여비만 생기면 서울로 연극 구경을 다니곤 했다.

79년인가?
친구들과 이대 앞에 갔다가 우연히 민예소극장 <다시라기> 공연을 보게 되었고, 신파극 내지는 사극만 해오던 경주 촌사람에게는 크나 큰 충격이었다.
(저런 연극도 있구나!)
그때가 처음 허규 선생님을 뵙던 날이다.
무섭고 떨리던 그날의 감회가 아직도 생생한데……

그 뒤 급속도로 많은 것들이 변화하였고 각 지방에서도 보다 나은 연극 풍토를 만들기에 부단히 노력할 즈음.
춘천에서 열리는 전국연극제 작품으로 우리는 선생님의 <바다와 아침등불>을 선정하였다.
작품에 대한 말씀과 허락을 받기 위해 북촌 창우소극장을 방문하였고 개관공연 <돼지와 오토바이>의 공연이 끝난 뒤, 열 평 남짓한 선생님의 작업실(?)을 방문했을 때 선생님의 모습은 '저러다 쓰러지시지 않을까?' 할 정도로 힘들고 피곤한 모습이셨지만 따뜻이 웃어주시면서 자상하게 작품 얘기도 해주시고 자료를 찾아 주시던 선생님!

그날 경주로 돌아오는 고속버스 안에서 나는 자신에게(과연 연극은 해볼 만한 것인가?)를 다시 되물었던 절실한 기억이 납니다.

그리고 몇 년 세월.

우린 열심히 연극 속에 파묻혀 살았고 그 덕택으로 이곳에도 연극 때문에 세 끼 밥을 먹을 수 있는 시립극단이 만들어지고, 시민 모금운동으로 백여 평짜리 소극장도 짓게 되었으니, 남은 숙제는 좋은 연극으로 시민들에게 다가가는 것뿐이었다.

우선 남아있는 빚 정리 때문에, 또는 경주에도 연극전용 소극장이 있음을 알리는 것 때문에 한 삼 년간은 많은 시민들에게 쉽게 보고 함께할 수 있는 작품들이 공연되었고 그때 허규 선생님의 <다시라기> 작품은 이런 모든 점들을 만족시켜 준 공연이 되었다.

마침 선생님께서도 신라문화제 무열왕 행렬로 참가하셨기 때문에 사모님과 나란히 우리 공연을 관람하실 수가 있었다.

젊은 연출가 이금수 씨의 과감한 각색에 조금도 언짢은 말씀 없이 너그러운 웃음과 함께 재미있어 해 주셨고 "내 작품이 이렇게도 변할 수 있다니… 이게 바로 연극의 매력이다. 언제 시간이 나면 이 작품을 다시 잘 다듬어 막을 올리고 싶다” 하시며 우리가 마련한 조촐한 술자리에서 경주 황금주를 맛있게 드시던 선생님!

그날이 살아 생전에는 마지막 뵈올 줄이야……

이렇듯, 뵈올 때마다 외롭고(?) 지쳐 보이시던 선생님!
이젠 편안히 쉬십시오.
선생님 덕분에 서양음악 대신 북소리가, 아쟁소리가……
연극 대사 중에 느닷없이 창 한마디가 튀어나와도 어색하지 않게 들리고……
마당극에는 사람들이 몰려오고, 거리축제는 보다 총체적으로 되었으며 젊은 연극인들은 비로소 우리 것에 대한 애착을 가지게 된 게 아닐까요?

선생님!
참으로 감사합니다.
언젠가 이곳에서 다시 선생님 작품을 하게 되면 개막 전 선생님께서 “술 참 좋다” 하시던 황금주를 올리겠습니다.
흰 두루마기 차림으로 곱게 오셔서 저희 술잔 받아주시고
제일 좋은 자리에 앉으셔서 “이놈들아…” 하고 구경하고 가십시오.
그때 다시 뵙겠습니다.

이애자 올림

청빈과 덕목의 예술인 허규

이언호(희곡작가)

허규 선생님의 추모집 원고를 쓰려하니 그립고 아쉬웠던 일들이 내 가슴속에서 격하게 율동을 하고 있다. 비온 후의 청명한 하늘을 하염없이 바라보며 마음을 진정시켜 본다.

허규 선생님과의 추억은 60여 년을 살아온 내 인생 여러 갈래의 이정표 중, 한 갈림길을 되돌아보는 계기가 되기 때문이다.

내가 허규 선생님을 처음 뵌 것은 지금부터 30여 년 전 국립극장이 명동입구에 있던 때인 것으로 기억된다. 당시 나는 연극에 매혹되어서 국문학자가 되려던 방향을 돌려 연극판으로 끼여들었던 때이다. 같은 시기에 허규 선생님은 오영진 작 <허생전>을 무대에 올리고 있던 것으로 기억된다.

그 이전에도 연출가 허선생님에 대한 이름은 자주 들어 명성만으로도 존경해 왔었지만 직접 뵈온 첫인상은 기대와는 달랐다. 비쩍 말라 전신주 아니면 영덕게처럼 긴 팔다리와 두꺼운 뿔테 안경에 덥수룩한 머리, 영락없는 시골 면장 주제의 이분이 이오네스코의 <수업>이라든가 존 오스본의 <성난 얼굴로 돌아보라> 등 현대작가의 실험극을 연출한 분이란 말인가 의아해 했었다. 당시의 전위라든지 실험을 하는 사람들

은 장발에 덥수룩한 수염하며 히피에 가까운 외모래야 어울
리던 시대였기에 그랬다.

그때 허규 선생님께선 연극 <허생전>에서 판소리의 창과
탈춤의 율동을 연극에 접목시키는 시도를 해서 사람들을 실
망(?) 시켰다. 실험극과 앙티 드라마가 이 땅에 들어와 현대
연극의 꽃을 피우기 시작하던 당시의 사람들은 판소리와 창
같은 우리의 고전 음악은 고리타분하고 케케묵은 소리로 내
논 자식 취급을 해버렸고 또 광대들이나 하는 탈춤 등은 밥
빌어 죽 먹을 놈으로 거들떠보지도 않았던 것으로 기억된다.

국문학과에서 판소리 대본의 문학적 고찰을 학위논문으로
준비하던 나 역시 판소리 대본의 문학적 가치는 높이 평가하
면서 그것이 우리 고유의 훌륭한 공연예술이라는 것을 인지
하지 못했었다. 그후 나는 우연한 기회에 허규 선생님을 만나
게 되었다. 아니 그것은 필연적인 만남이었을 것이다. 드라마
센터의 서울예대에 근무할 당시였다.

당시에는 서울예술전문대학이 2년제 초급대학 과정이었다.
그때 나는 어린 시절에 동네 장터에서 대나무 지팡이로 장단
을 쳐가며 신나게 목청 높이던 떠돌이 이야기 장사를 소재로
일인극 「허풍쟁이」를 쓰게 되었는데, 그 작품을 허규 선생님
이 연출하면서 우리의 만남은 시작되었다. 그후 10여 년간 「
구주부구세평전」, 「멋꾼 소금장수」와 같은 민속적인 작품을
써서 허선생님과 함께 세월을 보내게 되었다.

미국에 이민온 후 이민자들의 애환을 소재로 한 마당극 대
본 「종탑위의 사람들」을 쓰게 되었는데 미국 생활 20년 동안
나는 작품을 쓰려할 때 우리 민족의 정서가 담기고 우리 민
족의 혼이 살아 숨쉬는 내용을 쓰려고 노력하고 있다. 그 이

유는 자신의 정체성이 강렬한 작품이 세계적인 작품이 될 것
이라는 생각 때문이다.

허규 선생님을 선두로 한 연극인들의 민속연회의 현대화
작업은 우리 민족의 정체성을 강조하는 데 큰 공헌을 하고
있다고 생각한다. 이곳 LA에서도 크고 작은 행사 때가 되면
우리의 고유 풍물연회인 사물놀이가 주류사회에 시선을 집중
시키며 신바람을 일으킨다. 그 율동과 가락은 세계 속의 한국
인을 자랑스럽게 돋보이고 있으며 이는 모두 민속극을 해온
분들의 선각적인 작업의 영향이라고 평가해 본다.

허규 선생님 하면 또 하나 기억 나는 일이 '청빈'이라는 어
휘일 것이다. 청빈이라 하면 가난을 먼저 생각하게 되는데,
그분의 집안 내력이나 생애를 통한 연보를 보면 가난이란 당
치도 않는 말이고 청빈이래야 합당한 말이라는 생각이 든다.
그의 부친은 경기도 고양에서 몇만 평을 가진 토호요, 어린
시절은 과수원집 아들, 후엔 목장으로 전환된 목장주의 장남
이었다. 가난이란 어쩔 수 없는 상황이란 의미가 내포되어 있
어 보이고 청빈은 스스로가 택한 상황이란 의미가 포함되어
있기 때문이다. 그리고 청빈 속에는 인생의 고고한 덕목이란
이미지와 행복하다는 의미가 함께하기 때문이기도 하다. 그의
부친에겐 장남에게 농과대를 공부시켜 현대적인 농장을 경영
할 큰 꿈이 있었던 것이다. 사실 그는 좋은 직장에 부와 세속
적인 명예를 누릴 수도 있었으니까 말이다. 오늘날 우리 사회
에서 청빈이란 말이 희귀하기 때문에 더욱 그러하다.

이대 입구의 극단 민예 시절 정류장으로 가는 길모퉁이의
잡탕집이 눈앞에 선하다. 잡탕 한 냄비에 십여 명의 남녀 극
단원들이 둘러앉아 소주잔을 나누던 모습이 70년대 연극계의

풍속도인데 그때가 가장 편안했고 행복했던 시절이었던 것 같다.

청빈의 시절… 내가 알기로 그는 KBS-TV와 TBC-TV의 명 TV 드라마 연출자였으며, 마지막 직장은 MBC-TV 드라마부 부장님이셨다. 허선생님은 늘 편안했고 본인에게 언짢은 얘기를 해도 빙그레 웃곤 하시었는데, 이분은 이런 덕목의 예술가이시기도 하다. 이민온 후 10년째 되던 해에 한국을 방문한 적이 있었다. 그때 선생님께서는 춘향 에미집 같은 아담한 가회동의 디귿자 한옥에서 저녁 초대를 해 주시었다. 그때 상에는 한국의 전통 젓갈 반찬에 문배주가 나왔는데 그것은 어느 저택에 산해진미로 초대된 만찬보다 나를 감동케 했었다. 고전적이고 편안한 고향의 맛을 그대로 주시었기 때문이다.

그 다음 10년쯤 후에 나는 순교자에 대한 작품을 고증하기 위해서 귀국한 적이 있었다. 그때 상여소리의 자문을 얻으려고 원서동, 창우극장이 있는 집, 5층 집엘 방문했다. 그때 선생님께서는 이미 와병중에 계시었다. 나는 짧은 일정 때문에 내게 필요한 자문만을 얻은 후 작별을 드렸는데, 불편한 몸으로 층계 앞까지 배웅을 해 주시며 잘 가게 하시던 음성이 지금도 귀에 남아 있는 듯하다. 그것이 이승에서 마지막 만남이 될 줄은 몰랐다. 이제 나는 멀리서나마 안녕히 계십시오 라고 인사를 드린다. 이 세상이 아닌 미지의 그곳에서도 청빈하게 잘 살고 계시리라 믿기에 안녕히 계십시오 라고 인사를 드리는 것이다.

"말을 해라 이눔들아, 말을!"

이윤택(극작 연출가, 밀양연극촌 예술감독)

북촌의 창우 허규 선생 회상기
"말을 해라 이눔들아, 말을!"

뒷전에서 크고 굵은 목소리가 울렸다.

무대에서 한참 연습 중이던 젊은 단원들이 놀란 눈으로 이층 출입구 뒤쪽을 향했고, 객석 중간쯤에 앉아서 연습을 진행시키던 나는 뒷골이 서늘한 느낌을 받았다.

그 말은 허규 선생이 우리에게 한 최초의 공식적인 발언이었다.

같은 건물 맨 꼭대기에 살고 계시면서도 선생은 한동안 극장에 내려오시지 않았다.

북촌 창우극장에 입주한 우리극연구소 연희단거리패 젊은 단원들은 말로만 듣던 허규 선생을 그때 처음 만난 셈이었고, 선생 또한 그 말이 몇 년 만인지 기억도 나지 않을 정도로 오랜 침묵 끝에 터뜨린 연극적 발언이었을 것이다.

말을 해라 이눔들아, 말을!……

왜 말을 입 속에 머금고 웅얼거리고 있느냔 말이다.

그러니까 무슨 말인지 알아들을 수가 없잖아.

동구밖에 사람이 나타나서 "어이— 누구네 집이 어디요오—" 하고 소리를 치면, 논을 매던 사람이 허리를 펴고 눈길을 동구밖에 던지면서 "저어기요오—" 하고 말을 쭈욱 뱉는단 말이야. 이때 무슨 마이크 같은 게 있었겠어? 그냥 숨을 깊숙이 배꼽 밑에 모으고, 그 힘으로 소리를 친단 말이야.

이렇게 말은 깊고 분명하게 상대방의 가슴에 날아가 꽂히는 거거든. 그런데 너희들은 도대체 누구에게 말을 하고 있는 거냐 지금?

유구무언(有口無言), 우리는 할말이 없었다.

그리고 나는 정말 오랜만에 선생을 만나 다시 연극을 배우는 느낌을 받았었다.

그때가 1995년 8월.

동숭아트센터 지하실에 간판을 내걸었던 우리극연구소가 북촌 창우극장에 입주하여 첫 공연 <산너머 개똥아>를 준비하던 시절이었다.

그렇게 인연을 맺어 말로만 듣던 노 연출가 허규 선생에게서 우리는 심심찮게 수업 아닌 수업을 들어야 했다.

떼루 떼에루—가 아니야. 숨을 얕게 쉬니까 그렇게 맥없이 소리가 날아가 버리잖아. 떼헤루우 떼헤루야— 우리 민족은 바닥을 치면서 공중을 박차고 오르는 기마민족 3박자 장단을 기본으로 하거든. 너네들이 그렇게 불러 버리면 2박자가 되어 버리지. 그건 우리 소리가 아니야. 우리 소리가 몽땅 서양애

들 피아노 두들기는 식이 되거나 물 건너 일본애들 빠까빠까
식으루 2박자로 짧아져 버리면 되겠어? 이게 큰일이거든……

　선생의 수업은 일정치가 않았다. 왜 오늘은 안 내려오시나
하는 생각이 들어 5층 선생이 기거하시는 방 소식을 알아보
면 병원에 가셨다는 것이다. 그럴 때면 가슴이 쿵 내려앉는
느낌이 들었다. 선생의 체험과 체험에서 걸러낸 저 빛나는 연
극적 사유를 제대로 세상에 펴 보지도 못하고 저 세상으로
떠나시지나 않는가 하는 두려움이 들었던 것이다.
　그러나 저녁이면 조강지처 박현령 시인과 나란히 극장 현
관 출입구를 들어서시곤 했다.
　그렇게 나는 1995년 8월 여름부터 1997년 7월 여름까지
만 2년 동안 북촌 창우극장 허규 선생이 손수 지으신 곳에서
연극 작업을 할 수 있는 행운을 얻은 셈이다.
　허규 선생은 내가 쓰고 연출한 <오구>를 자신의 작품 <
다시라기>와 비교하시면서 즐거워 하셨다.

　넌 참 웃기는 녀석이야. 난 그렇게 장난 못 쳐. 나는 굿
을 하려면 제대루 해야 한다고 생각했거든. 그런데 너는 굿
할 생각은 않고 굿을 가지고 놀거든. 그런데 그게 참 재미
나단 말씀이야. 그게 요즘 너네들 연극이란 생각은 들어.

　선생은 종내 우리를 못 미더워 하셨지만 속내는 우리와 어
울리고 싶어 하셨다. 그래서 시도 때도 없이 극장에 내려오시
고, 심심찮게 나를 꼭대기 방으로 불러 올리셨다. 그렇게 보
낸 2년이 내가 우리 전통에 대한 개념을 연극적 신념으로 뿌

리 내리는 시기가 되어 준 게 분명하다.

지금 생각해도 그 시절은 행복한 서울생활이었다. 지하실 극장과 1층 카페를 우리극연구소가 차지하고 있었고, 위층은 이광모 감독이 영화사를 차려 <아름다운 시절>을 준비하고 있었다. 양혜숙 선생의 공연예술원이 뒤따라 입주해서 원서동 북촌 창우극장은 명실공히 북촌의 창우들 소굴이 되는 듯했다.

그러나 소극장 운영이란 건 마음만 가지고 되는 일이 아니었다. 누구의 지원도 없이 2년 동안 버티다 명륜동에 지하 연습실을 구해 나오던 날, 선생은 서운한 느낌을 애써 숨기셨다. 자신의 집을 헐어 세우신 자그만 극장 하나 제대로 운영할 수 없는 한국적 현실을 담담하게 받아들이시는 듯했다.

그렇게 우리극연구소의 북촌 창우극장 시절은 끝났지만, 그 2년의 기간은 우리 전통의 동시대적 수용을 주도했던 1세대 연출가 허규 선생을 만났던 시기였고, 그 연극적 자산을 확인하고 배우는 귀중한 시간이었던 것이다.

두 어른 이야기

장소현 (극작가)

허규 선생을 생각하면 온갖 느낌이 엇갈리고, 이런저런 소리와 그림들이 떠오른다. 가난했던 시절, 고생하던 시절의 모습이 먼저 스쳐 지나간다.

그러나 따지고 보면, 허규 선생님은 매우 성공적이고 행복한 연극인이었다. 평생하고 싶은 일을 하며 살았고, 국립극장 장까지 지냈다. 그리고, 민족연극, 창극, 축제 등 여러 분야에 앞장서서 길을 닦은 업적도 흐를수록 그 진가를 드러내며 빛을 발휘할 것이다. 우리 연극사에 큰 획을 그은 연극인 중 한 사람으로 평가될 큰 인물이다. 생전에 묵직한 문집과 희곡집도 냈다. 사후에는 자신의 이름을 건 연극상이 제정될 것이라 하고 추모의 글을 모은 책도 발행된다. 후배들에 의해 추모공연도 마련될 것이라 한다. 그러니 참으로 행복한 연극인이다. 단지 한창 일할 나이에 서둘러 세상을 떠난 것이 안타까울 뿐…….

그러나 긴 세월, 많은 기억 중에서 가장 먼저 그리고 또렷하게 떠오르는 것은 역시 춥고 외롭고 가난했던 시절의 시리디 시린 기억들이다. 지금도 생생하게 떠오르는 그 그림 소리 냄새 하나 하나가 시(詩)다. 세월의 갈피마다 붉은 도장처럼 쿡쿡 찍혀진 아름다운 시다. 그러나 그 고생은 그가 사서 한 고생 같기도 하다. 현실적으로 그는 좋은 직업을 가질 수 있었고 유복한 부모님도 계셨으니까 말이다.

우리 맥박과 꽉 엇물리며 이어지는 북소리와 장구 장단, 판소리 가락, 허공에 고드름처럼 매달려 있는 수많은 연극 대사들, 글로 옮기면 곧바로 빼어난 '연극론'이 되었을 열린 생각들, 삶의 핵심을 단단히 부여잡은 꿈 이야기들, 춥고 배고픈 세상을 이겨내려고 목청껏 큰 소리로 불러대는 노래들…… 무대장치 세우는 망치소리, 막이 오르기를 기다리며 도란거리는 관객들의 숨소리……

아현동 고개마루와 이대 정문 앞의 소극장, 텅 빈 객석 사이로 신기루처럼 떠오르는 꿈무지개, 너풀너풀 뻗어가는 탈판의 춤사위, 덩그러니 자그마한 연탄난로, 구부정한 허리로 허위허위 언덕길을 걸어가는 긴 그림자, 그리고 무엇보다도 순수하고 완벽하게 비어있는 주머니, 바람 찬 들판에 고집스럽게 서 있는 키 큰 소나무 한 그루, 욕심도 많고 할 일도 많은 꿈꾸러기…….

외롭지만 우람찬 정열들이 서리처럼 내려와 앉은 퀴퀴한 땀냄새, 자꾸만 물을 더 부으며 끓이고 또 끓인 잡탕찌개와 소주, 할머니집 라면, 운 좋은 날 먹는 자장면, 운이 굉장히 좋은 날 맛보는 순대국이나 설렁탕 한 그릇…….

그런 가난 속에서 바위덩이처럼 듬직한 연극들이 나왔고, 우리 연극의 한 귀퉁이가 든든하게 다져졌다. 궁색했던 시절의 넋두리가 의미를 갖는 것도 그런 때문이다. 그리고 그 가난은 지금도 끈질기게 이어지고 있으니…….

추억의 사진첩을 뒤적이다 보니 빛바랜 사진 한 장에 눈길이 머문다. 오래도록 머문다.

허규 선생과 김희창 선생님이 연탄난로를 쬐면서 대화를 나누는 장면이다. 장소는 이대 정문 바로 앞 건물 3층에 있던 민예소극장, 온달장군과 평강공주 이야기를 다룬 연극 <바보와 울보> 공연이 끝난 뒤, 바람 찬 어느 때 쯤이니까 1976년이 저물어 갈 무렵의 사진일 것이다. 아니, 기억이 확실치 않다.

아무튼, 바깥 날씨만큼이나 모든 것이 춥고 배고프던 시절이었다. 허허벌판에 서서 칼바람을 맞는 듯 매운 시절이었다. 주변의 현실적 상황도 그랬고, 경제적으로도 참으로 막막했다.

두 분이 띄엄띄엄 나누던 대화의 내용은 확실하게 기억이 나지 않는다. 대강 이런 이야기였던 것 같다.

"이봐 허선생, 이런 거 왜 해, 힘들게……?"

"선생님은 왜 하세요?"

"나? 나야 뭐… 재주가 없으니까……."

"우리 걸 찾아야죠, 맨날 남의 장단에 춤출 수도 없는 노릇이고……."

"하긴… 누군가 하긴 해야지…… 이거 봐, 하더라도 밥은 든든히 먹어가며 해, 하루 이틀에 될 일두 아니구……."

"네… 그래야죠……."

"에이 춥다아, 날씨는 왜 이리 춥누……."

"연습 들어가면 그런대로 견딜 만해요……."

"그런가…? 우리네 인생이 연습이라는데, 어쩐 일인지 추운 날이 더 많잖어?"

김희창 선생님은 허규 선생의 스승이다. 두 분의 인연이 언제부터였는지는 정확히 모르겠지만, 정신의 이어짐은 남달리 두텁고 깍듯했다. 전생에서부터 이어진 것처럼 깊고 두터웠다. 두 분은 텔레비전 드라마 <탑>에서 작가와 연출가로 아름다운 조화를 이루었었고, 한동안 한집에서 사신 적도 있다고 들었다.

극단 민예극장의 창립공연이 김희창 작, 허규 연출의 <고려인 떡쇠>였고, 그 뒤로도 <바보와 울보>, <고대상사모양도>를 무대에 올린 것도 그런 마음의 이어짐이 잘 나타나는 일이다. 그 밖에도 김선생님의 작품을 공연하려고 시도한 것이 여러 편이었다.

젊은 사람들 중에는 김희창 선생님을 잘 모르는 사람들이 많은 것 같은데, <로맨스 빠빠>, <또순이>, <열두 냥짜리 인생> 등의 방송극으로 이름을 날린 중요한 극작가이다. 그러나 원래는 연극판에서 무대장치 제작에도 참여했고, '극예술연구회' 회원으로도 활동한 연극인이다. 생활을 위해 방송극을 쓰기는 했지만, 뜻은 늘 무대에 있었기 때문에 선생님의 방송극 대본은 그대로 무대에 올려도 완벽한 연극 대본이다. <소슬한 바람>이나 <비석> 등의 희곡도 썼지만 현실적 여건 때문에 방송극으로 공연되었다. 마당놀이의 원조라고 할 수 있는 <집놀이> 같은 작품도 라디오로 방송되었다.

김희창 선생님은 우리 말의 풍부하고 정확한 구사, 깊고 은근한 사람사랑의 마음, 올곧은 선비정신, 세상을 보는 눈의 넓이 등등 여러 면에서 드물게 빼어난 극작가 중의 한 분이다. 그런 선생님께서 난생 처음 희곡집을 내며 머리말에 이렇게 썼다.

아무리 생각해도 나는 희곡작가는 아니다. 연극인은 더더구나 아니다. 내가 몇 해 동안 무대의 먼지를 뒤집어쓰고 있었다 해도, 그건 그때 당시 아무것도 할 수 없었던 나의 생활의 방편이었지, 연극이 좋아서 그랬던 것은 아니었다……중략… 어쨌든 '연극은 고생바가지다' 라는 것만을 체험하고 먼지를 털고 나왔을 때는 속이 시원했다. 끝없는 고생바가지 속에서 벗어난 것만이 좋았다. 그런데 이게 웬일인가?

워낙 겸손하고 자신에게 엄격한 분이라서 작품을 함부로 내돌리지 않음은 물론 잡글도 남긴 것이 거의 없는데, 그런 중에도 『김희창 작품집』 세 권(1986년, 평민사)을 남기신 것이 후학을 위해서 얼마나 다행스러운 일인지 모르겠다.

김희창 선생님의 작품을 연출할 때 허선생은 친필(親筆) 원고를 유심히 살펴보곤 했는데, 인쇄된 대본에서는 읽을 수 없는 작가의 마음을 거기서 찾아내서 무대에 반영하곤 했다. 김희창 선생님께서는 굵직한 만년필로 원고를 쓰셨는데, 힘이 들어가는 장면에서는 어찌나 꾹꾹 눌러썼는지 원고지가 찢어질 정도였고, 군데군데 쓰면서 흘린 눈물로 잉크가 번진 부분도 있곤 했다. 마음속으로 연극을 해가면서 원고를 써내려간 것이다. 허선생이 주목하는 것은 바로 이런 부분들이었다. 또한 지우고 고쳐 쓴 부분을 특별히 꼼꼼이 살폈다. 어떻게 고쳐 썼는지, 왜 고쳐 썼는지를 보면 작가의 생각을 잡을 수 있기 때문이다.

이렇게 두 어른 사이에서 마음과 넋이 오가는 과정을 옆에서 지켜보는 것만으로도 큰 공부가 되었다. 사실 그런 것이 진짜배기 공부다.

극단 민예극장은 1973년 창단하면서 '연극을 통한 인간성 회복과 민족 전통예술의 현대적 조화'라는 기치를 내걸었다. 그것은 참으로 힘겹고 외로운 작업이었다. 예를 들자면, 오랜 세월 황무지에 내버려져 있던 옛 절터를 발굴하여 조심스럽게 건물을 복원하는 작업과 마찬가지로 끈기와 뚝심이 필요한 일이었다. 그러나 허선생은 '김희창'이라는 큰 나무가 버티고 있는 덕에 조금은 덜 외롭고 덜 추웠던 셈이다.

두 분이 한결같이 추구했던 것은 우리 민족의 생명력을 되찾는 연극이었다. 그런 정신은 김희창 선생님에서 허규 선생으로 이어져, 극단 민예극장의 기본정신으로 정착되었다. 연극 <바보와 울보> 연출의 말에는 이런 구절이 있다.

"이 작품의 밑바닥을 흐르고 있는 것은 작가의 사랑이다. 우리 민족에 대한, 역사에 대한, 그리고 인물 하나 하나에 대한… 작가 스스로에 대한… 사랑이 조용히 그러나 도도하게 흐르고 있다. 그러므로 이 작품은 연극적 재미를 강요하거나, 철학적 메시지를 전달하려고 안달하거나, 멋진 대사로 보는 이를 현혹하거나, 호화로운 무대로 흥청거리거나… 하지 않는다. 이 작품의 주조색은 우리 민족의 생명력이다.

지금 우리는 서구문명의 홍수에 휩쓸려 우리다운 생명력을 많이 포기하고, 아니 포기 당하고 있다. 그것을 찾아야 한다. 더 늦기 전에."

두 분이 참으로 바란 것은 힘차고 늠름하며 커다란 연극, 가장 우리답고 정직하며 건강한 연극이었다. 강한 생명력의 연극이었다. 정확하고도 바람직하게 그어진 화살표, 바로 이것을 위해서 허선생은 탈놀이, 판소리, 창극, 축제로 활동의

폭을 넓혀 나갔던 것이다.

그런 정신이 오늘날 얼마나 이어지고 있는지를 생각하면 부끄럽기 짝이 없다. 두 어른이 키웠던 굵직한 꿈을 자꾸만 되살려야 할텐데……

연배 차이는 크지만 김희창 선생님께서는 병상에서나마 오래 사셨기 때문에, 허선생보다 1년 남짓 앞서서 세상을 떠나셨다. 이승에서야 '태어난 순서'라지만, 하늘나라에서는 '도착순'이라니 두 분은 이승에서보다 한결 가까워진 벗이 되어 다정하게 난로 앞에 앉아서 연극 이야기를 나누고 있을지도 모를 일이다. 그 이야기를 옆에서 들을 수는 없다. 그러나 대충 어림짐작은 할 수 있다.

"아이구 허선생 이 사람아, 벌써 오면 어떻게 해! 이제 밥 걱정이나 겨우 면한 판인데… 벌써 막을 내리면 어쩌나 이 사람아!"

"그러게 말입니다… 허허……."

"허긴 뭐… 그 동안 일 참 많이 했지, 많이 했어……."

"죄송합니다, 선생님! 힘들이고 애만 썼지, 뭐 하나 변변하게 제대로 이룬 것이 없으니……."

"허허 무슨 소리!… 모자라는 거야 후배들이 어련히 잘 채워줄라구……."

"그렇죠? 그렇게 믿어야죠?"

"암 믿어야지! 믿어야 하구 말구……."

"선생님, 그런 뜻에서 쐬주나 한잔 하시죠……."

"또 쐬주? 지겹지도 안남?"

"그나저나 선생님 뻐근한 거 하나 써주세요."

"왜 여기서두 연극하시게?"

"그럼요, 해야죠!"

* 극작가이며 시인인 장소현은 서울대 미대를 졸업하고 동경대학에서
미술사를 전공했으며, 이후 희곡작가로 데뷔, 시집 2권을 냈다. 극단
민예극장을 통해 <서울말뚝이>, <춤추는 말뚝이>, <한네의 승천
(각색)>, <덜덜다리>, <진짜를 찾아요>, <캐롤(번역)>, <정신해
부학특강> 등을 공연했다. 현재 미국 L.A에서 주간신문 『코리언뉴
스』를 발행하고 있다.

허규 선생을 생각하며

전숙희 (국제펜클럽본부 부회장, 수필가)

연극계의 큰 별이신 허규 선생님의 명성을 들은 지는 오래 되었으나 직접 만나뵈옵기는 국립극장장의 직책을 맡으신 후 연극을 보러갔던 기회에 우연히 로비에서 인사를 나눈 것이 처음이었다. 사진이나 기사 등에서 얼굴은 뵈어서 알고 있었기에 마주치자 인사를 드렸다. 허선생도 별다른 말도 없이 그저 미소로 인사만 나누고 나는 극장 안으로 들어갔다. 그 때 받은 첫인상은 생각보다 키가 훨씬 크고 남자다우면서도 착하디 착한 사람으로 보였다. 연극을 전문으로 하는 분이니 어딘가 '끼'라도 있을 것 같건만 그것과는 정반대의 한국인의 점잖은 선비 모습이었다.

이것이 그분에 대한 나의 첫인상이었고 연극계에서는 이미 선량하면서도 정의로운 분, 그리고 연극에 대한 정열과 고집만은 아무도 못말리는 강직한 정열가로 알려져 있었다.

그의 아내가 여류시인이라는 것도 나중에야 알게 되었다. 언제나 상냥하고 여자다운 박시인과 자주 어울려 다녔건만 모두가 아는 그 사실조차도 나는 모르고 있었다.

이렇게 같이 일을 했다거나 연극 한번 함께 해본 일이 없는 나에게 허규 선생에 관한 이야기 한마디를 쓰라고 하니 사실 무슨 말을 어떻게 써야 할지 고민하지 않을 수 없다. 더구나 수십 명의 저명한 명사, 동인들이 각자의 돈독한 우정 이야기를 쓰는 한 모퉁이에 들어간다고 하니 더욱 걱정이 앞선다. 그러다가 문득 한 가지 생각이 떠올랐다. 그것은 댁이 가회동 꼭대기 옛날 한옥에 살고 계실 때 박시인을 만날 일이 있어서 자택을 방문했던 기억이었다.

가회동 언덕길을 올라가 옛날 명문가들이 살던 한옥대문을 열고 들어가니 기다리고 있던 박시인이 달려나왔다. 조그만 마당 아랫채 방에서는 피아노 소리가 들려나오고 그리 넓지도 않은 대청마루에는 온갖 물건과 가구들이 빼곡히 차 있었다. 내가 마루로 올라가자 건너방에 계시던 허규 선생이 어서 오라고 반기시며 "식구는 많고 집이 좁아 이렇게 지저분합니다" 하고 한마디 하셨다. 집이 적어서라기보다 보통 남자들도 구부리고 드나드는 한옥집인데, 그 큰 키에 몇 번이나 이마를 부딪쳤을까 걱정부터 떠올랐다. 다행이 박시인과 나는 약속이 있어 인사만 하고 바로 나왔으나 내가 그때 느낀 것은 아늑한 가정에 따스한 사랑과 행복이 구석구석 서려있는 아름답고 화합된 가정이었다. 박시인의 말로는 밤낮 연극에만 빠져서 집안이나 아이들 돌볼 사이는 전혀 없는 남편이라고 원망도 했지만 그때 내가 느낀 것은 고대광실의 빈자리보다는 행복이 가득한 가족의 안식처였다. 그리고 허선생은 지나가는 나그네에게도 나와서 인사를 아끼지 않는 겸손하고도 따뜻한 가장이시었다. 자녀 교육에도 깊은 관심을 가지셔서 따님으로 하여금 거문고를 전공해 국악발전에 헌신하라고 설득해서 따님은 부득이 대학 전공을 거문고로 바꿀 수밖에 없었다. 그리고 지금은 후회없는 일류 거문고 주자로서 결혼 후에도 제자

들을 지도하며 서울대 국악과, 추계예대 등에서 강의도 하고
있다. 아버지의 애국적인 식견이 딸의 운명을 바꾸어 놓은 셈
이다.

그렇게 연극에만 바쁜 중에도 역시 어버이의 사랑은 빈틈
이 없나 보다.

연극에 대한 열정은 누구나 다 아는 바이지만 예술 아닌
예술행정가로서 9년 동안 기나긴 국립극장장이라는 자리는
성실한 그의 열성으로 많은 발전을 이루었지만 허선생 자신
은 과로에 시달리는 어려운 시기였던 것 같다.

어느 초가을 저녁 우연히도 허선생과 술자리를 함께할 기
회가 있었다. 화가 이대원 총장이 예술원 회장을 하시던 시절
외국에서 방문한 연극인이 허규 선생을 만나고자 해 장충동
에 있는 나의 잡지사 사무실로 연락이 왔다. 사무실 앞집 불
고기식당에는 가을 나뭇잎이 쌓인 조그만 정원이 있었다. 우
리는 방안보다는 그 나무 아래 낙엽 위에 상을 놓고 둘러앉
아 세상 이야기, 연극과 예술 이야기 등을 숯불 위에 불고기
를 구워가며 기탄없이 나누었다. 국립극장은 바로 그 위였기
때문에 허규 선생이 오시기에 편리한 자리를 잡은 셈이었다.

인사만 몇 번 하고 지나치던 사이에 처음으로 먹고 마시고
대화를 나누는 사이 친분도 생기고 또 다른 유머러스하고도
넉넉한 그분의 인품을 대하게 되니 백년의 지기나 되는 듯
친숙한 마음이 들었다. 그리고 그 만남이 아마 나로 하여금
이 몇 마디의 글이나마 쓸 용기를 준 것이 아닌가 한다. 그러
나 연극계에 전에 없던 중흥기를 맞이한 지금, 그 많은 경력
과 정열로 한참 일할 나이에 너무나 일찍 떠나가심이 아쉽기
한이 없다.

연극계의 큰 별이 떨어지더니

정범태(풍류단 대표)

사람이 살면서 자기가 하고 싶은 일을 하며 산다는 것은 얼마나 행복한가.

술을 좋아하고 담배를 즐겨 피우며 그의 인간애와 강직함 그리고 섬세함으로 고집스럽게 자신의 역할을 밀고 나가던 자… 생전의 모습을 이렇게 묘사해도 크게 어긋나지 않을 것이다.

재사단명(才士短命)이라 했던가 연극에 온 정열을 쏟으며 몸소 실천해 보이더니 아깝게도 일할 나이에 예기치 않은 병마로 세상을 먼저 떠나갔다.

연극계의 하나의 큰 별이 떨어져 애석해 하던 일이 엊그제 같은데 1년이 되었다.

내가 허규 씨와 가깝게 된 것은 60년대 극단 실험극장 창단 무렵 연극인도 아닌 나는 그와 함께 밤을 새워가며 연습한 연극 장면을 보면서 즐기곤 하였다. 때로는 연극 막을 올리고 손님이 많이 안 들 때는 함께 걱정도 하면서 자장면으로 끼니를 때울 때도 있었다.

재주라고는 사진 찍는 것밖에 모르던 나는 그가 프로그램을 만들 때 사진 몇 장 찍어준 것이 고작이었다. 그런 것이 인연이 되어 그는 나를 형님처럼 대하며 무슨 일이 있으면 함께 의논하곤 하였다.

1981년 국립극장장 내정설이 있을 때 어느 날 나에게 시간이 있으면 저녁이나 함께하자며 전화가 걸려왔다. 그날 대학로 어느 음식점에서 소주를 한잔 비우면서 하는 말이 청주대학교 전임교수 자리와 또 하나는 국립극장장 말이 있는데 용기가 안 난다고 했다. 허규 씨에게 나는 연극인으로서 청주대학교 교수보다는 국립극장장 자리가 좋을 것 같다고 했더니 소주를 마신 뒤 돌아갔다. 일주일 뒤에 신문에 '국립극장장 허규 내정'이란 보도가 나왔다. 그리고 나서 국립극장장으로 취임되어 팔 년이란 세월동안 별일 없이 지냈다. 그 동안엔 서로가 바빠서 자세한 이야기를 나눌 기회도 없었고, 나 또한 직장에 매달려 자주 만나지 못하였으므로 더러는 궁금한 점도 있었다. 90년 중반에 사물놀이패 이광수 패거리가 허규 씨와 나를 충남 연습장으로 초대하여 1박2일 여행을 함께하게 되었을 때 온양 온천장에서 하룻밤을 지내며 허규 씨가 국립극장장 시절에 지내온 일들을 밤을 새워가며 이야기한 적이 있었다.

내가 생각했던 국립극장장은 아니었다.

처음 봉급을 받고보니 부끄러워 어디다 말할 수도 없는 수모였다고 하면서 그때 심정 같으면 당장에 때려치우고 싶었다고 했다. 공무원 봉급에 준한 월급이었다고 했다.

그후 국립창극단 장막극 춘향전 세미나에 우연하게 참석하게 되어 수안보 조선호텔에서 밤새도록 지난날의 추억담을 나눈 적이 있다. 이때도 허규 씨는 건강이 좋지 않아서 치료를 받으면서 생활을 할 때였다. 몸이 불편하니 바깥 출입도 마음대로 못하고 일주일에 몇 번씩 전화통화로 서로의 안부를 전하고 때때로 내가 원서동 집으로 찾아가서 점심을 먹어가며 환담을 나눈 적도 있었다. 어느 날 또 전화가 걸려와 사흘 후에 만나서 그 동안 못했던 이야기를 하겠다고 약속했는데, 사흘을 못 참고 먼곳으로 떠나갔다. 나에게 들려주려고 했던 이야기가 무엇이었는지 정말 궁금하고 애석하기만 하다.

허규 선생과의 만남

정양모 (전 중앙국립박물관장, 경기대학교 석좌교수)

"너무 걱정하지 말아요… 그런 어려운 점도 있군요… 그럼 이렇게 하면 되는 거예요… 이렇게 하면 우리가 뜻하는 바는 조금 변형해서 하는 것이고 또 그분들 요구도 요구대로 들어주는 것 아니에요?…… 하여튼 관장님 뜻대로 아주 잘해 볼게요."

구 총독부건물의 철거와 보존문제를 놓고 아직도 시시비비가 한창 들끓고 있을 때였다. 1995년 초 정부에서는 구 총독부 건물 철거방침 사실을 국민에게 감명 깊게 각인시키기 위하여 3·1절을 맞아 뜻있는 행사를 계획하고 그 핵심 행사를 국립중앙박물관에서 주관, 거행하도록 하였다.

'광복 50주년을 맞아 3·1절을 계기로 일제침략과 민족정기 훼손과 무자비한 학살과 탄압의 상징물인 구 조선총독부 건물 철거의 시작을 알리는 행사를 범국민적 축제 분위기 속에 거행함으로써 민족정기회복과 왜곡된 역사를 바로잡고자 하는 정부의 강력한 의지를 국내외에 다시 한번 천명하고 세계화 원년에 즈음하여 새 출발의 계기로 삼고자 한다'는 의미와 의의를 담고 있는 행사였다. 그러므로 이 행사를 국민 모두가 이해하고 참으로 감명 깊고 뜻 깊게 동참할 수 있게 해야만 했다. 따라서 이 행사를 주관하는 모든 사람이 계획을 세우고 지혜를 총동원하여 보완하고 정성을 다하여 시행해야 했고, 그 중심에 있는 행사가 축제행사였다.

1994년 하반기부터 논의가 시작되어 행사의 기초계획이 수립되고 1995년 초에는 축제행사의 본격적인 논의가 시작되었다. 이때 문제는 이러한 뜻 깊고 규모가 큰 축제행사를 과연 누가 연출 지휘하면 되겠느냐는 것이었는데 누구에게 물어보아도 이의 없이 '허규 씨'라고 못박아 결론이 났다. 허선생을 몇 번 만났다. 큰 행사고 여러 가지 어려운 문제도 있었고 큰 뜻을 부여하여야 하는데도 이야기는 담담하고 편안하게 진행이 되었고 이 글 첫머리에 적은 것처럼 걱정하지 않아도 된다는 말이었다. 허규 선생의 명성을 일찍 들어 알고 있었지만 내가 허규 선생을 만난 것은 그분이 국립극장장에 취임한 1980년대 초였다. 처음 만났지만 후리후리하게 큰 키에 크고 선한 눈매에 반해 서먹서먹하지 아니하고 오랜 친분이 있는 것 같았다. 그 후 각별하게 지낸 일은 없었고 가끔 전화로 서로의 안부를 묻곤 했는데 몇 마디 반가운 인사를 나누는 정도였다. 총독부 철거 문제로 1994년 말부터 박물관에 자주 들러 행사 준비로 의견도 나누고 협의도 하였는데 그 태도가 부드러우면서 의연하여 준비기간 내내 마음이 놓이고 그렇게 편안할 수가 없었다. 1995년 2월이면 아직 혹한이 그대로 맹위를 떨치는 날이 많았고 바람까지 거세었다. 두툼하고 길다란 잠바형 코트를 걸친 허선생이 그 큰 행사를 진두지휘하는 모습을 보면서 저러다 저분이 큰 키에 많지도 않은 머리숱을 흩날리면서 거센 바람 때문에 날아가 버리면 큰일이라고 장난기 어린 생각을 한 적도 있었다.

3·1절 총독부 건물 철거 선포식 행사는 서제, 고유제, 경과 보고, 3·1절 기념 박두진 옹 자작시 낭송, 현판 게양식, 축하 공연으로 궁중정재, 코리아 환타지, 경복궁찬가, 뒷풀이 등 장엄하면서 명랑한 축제 분위기로 진행이 되었으며 수천 명의 군중이 동참하여 감격하여 얼싸안는 사람, 이제 일제의 잔재가 물러났다고 큰 소리로 외치는 사람, 감격하여 눈물 흘리는 사람이 수도 없었다. 이 행사 중에 고유제(告由祭)가 반드시 있어야 했다. 고유제는 먼저 분향하고 독축하고 소지로 끝난다. 그런데 정부에서 분향도 소지도 하지 말고 축문도 생략하라는 것이다. 그래서 허선생과 상의했더니 축문(祝文)을 국악에 맞추어 그 내용을 서사시 같이 하고 구성지게 축문의 맛을 내면서 읽으면 될 것이고 축문을 읽고 난 다음 축연무로 분향, 소지의 뜻을 살리면 되는 것이 아니겠느냐는 것이다. 그래서 그 즉석에서 그러자고 하고 실제 해 보니까 그 효과가 아주 훌륭하였다. 또 이 행사에서 성품이 꼿꼿하고 매사에 초연한 박두진 옹의 서사시가 매우 큰 감동으로 다가왔다는 것을 밝히지 아니할 수 없다. 박옹의 작시를 받기 위하여 몇 번이고 그 댁에 찾아갔던 일이 보람으로 살아났다고 할 수 있다.

1995년 8월 15일에는 광화문 앞 대로(大路) 광장에서 경축 행사가 있었고 경축행사가 절정에 이르렀을 때 국립중앙박물관에서는 구 총독부 건물의 첨탑을 절단하여 땅에 내려놓는 행사가 진행되었다. 이로써 정부의 구 총독부건물 철거의 의의가 국민의 동참 하에 만천하에 알려졌고 1996년 12월 27일에는 구 총독부 건물이 완전히 철거되어 평토(平土)가 된 자리에서 국립중앙박물관이 주관하는 <겨레의 얼 되살리기

한마당 축제>가 진행되었다. 이 축제는 두말할 것도 없이 구 조선총독부건물이 드디어 철거되고 그 자리에 일제가 철거해 버린 경복궁의 옛 모습이 복원되고 국립중앙박물관의 이전 개관을 기념하여 행해지는 것이었다. 이때도 물론 여러 번 회의를 하였지만 두말할 것도 없이 이 행사의 연출과 총지휘는 허규 씨가 해야 한다는 것이었다. 그런데 근간에 건강이 좀 나빠져서 걱정이라고들 하였지만 허선생에게 부탁을 드리고 의논을 했더니 "걱정하지 말아요. 내가 잘 해낼게요" 하면서 역시 두텁고 긴 잠바에 두터운 바지와 목도리에 단장까지 짚고 다니면서 그 추운 12월 막사리에 진두지휘하시던 모습이 지금도 눈에 선하다.

행사는 식전 행사로 터다짐, 본 행사로 개식선언, 안무, 경과보고, 축사, 근정전 등 궁중건물 조명점등 궁중정재, 고풀이 북(鼓)의 대교향, 대동소리 춤 한마당, 철거석 배포, 모든 재앙을 불사르는 불의 축제 등이었다. 3·1절 기념 행사 때도 그러했지만 행사의 의미와 뜻에 맞게 아주 적절하고 품위 있고 그러면서 감명 깊고 또 한편 신명나는 한마당 축제가 되었다. 이런 큰 행사를 허규 선생이 물 흐르듯 훌륭하게 치러낼 수 있는 것은 그분의 덕(德)이요, 부드럽고 잔잔하면서 소신 있는 그분의 크고 넓은 인품(人品)이라고 생각한다. 수많은 사람이 그분을 믿고 따르지 아니하면 되지 않는 일이다.

나는 그분을 인연에 연연하지 않는 순수한 분이라 생각한다. 큰 행사를 서로 상의하면서도 긴 말을 한 일이 없다. 또 행사를 준비하고 축제의 연습을 총지휘하면서도 서로 만나면 눈인사에 고작 하는 말이 "별고 없으시지", "이 일은 잘되고 있어요" 그리고 끝나면 큰 행사 뒷끝이라 서로 바빠 만날 수도 없었지만 나는 마음속으로 그분과 긴 이야기를 나눈 것 같다.

오랜 병고에 시달리면서도 내색하지 아니하고 오직 소신을 가지고 의연하게 자기의 길을 훌륭하게 걸어간 분. 지금도 그분은 그 길을 잔잔하게 가고 있을 것이다.

자유분방하고 고집스러운 한량

정중헌(조선일보 논설위원)

허규 선생을 처음 뵌 것은 70년대 중반 이대입구에 있던 민예소극장이었던 걸로 기억된다. 당시 공연된 작품은 제목조차 떠오르지 않는데 흔히 '쫑파티'라고 불리는 뒷풀이의 흥은 지금도 생생하다. 무엇보다 분위기가 편안해 남녀노소가 허물없이 어울렸다. 타극단에서 보기 어려운 가족 같은 친근감이 묻어났고 스승과 제자가 어울린 듯한 화목한 기운이 감돌았다.

그때는 기자 초년병이라 잘 몰랐는데 지금 생각해보니 그 자리에 허규 선생이 계셨기에 그런 자유분방한 분위기가 연출된 것이다. 극단 대표인 허선생이 직접 북채를 잡고 장단을 맞추니 누군들 흥이 나지 않으랴. 거기에 지금 내노라 하는 배우와 소리꾼들이 둘러 앉았으니 온갖 장기들이 다 나오고, 소리뿐 아니라 춤에 연기까지 그야말로 신명나는 한판이 아닐 수 없었다. 객들은 배꼽 잡느라고 정신을 못 차릴 정도로 짜릿한 즐거움을 맛보았다.

당시 말석에 앉아 바라다본 허규 선생은 영락없는 한량이었고 끼가 넘치는 광대였다. 깡마른 체구에 어디서 저런 신기가 솟는가도 의문이었지만 꽤 무서울 것 같은 인상을 받았는데, 술 몇 순배 돌고나니 천진한 어린아이의 미소가 홍조 띤 얼굴에 번지는 게 아닌가. 그게 허규 선생의 본 모습이었는데 세월이 흐르면서 그 미소가 줄어들더니 이제는 추억 속에서나 떠올려야 할 처지니 가슴이 막힌다.

허규 선생하면 그때 뒷풀이가 연상되는 것은 그 뒷풀이 같은 현장감과 흥과 신명을 객석과 공유하려 평생을 바친 분이 바로 그분이기 때문이다. "공연도 뒷풀이만 같아라." 당시 필자가 했던 이 말은 지금도 연극판에서 종종 쓰이는 모양이다. 하지만 굿이라면 몰라도 무대에 올리는 공연을 매번 뒷풀이처럼 하라는 것은 무리고 억지다. 무대와 객석이 떨어져 있는데다 배우나 관객이나 긴장이 쉬 풀리지 않기 때문이다.

하지만 허규 선생은 한동안 이를 실현하려고 열악한 환경 속에서 무진 애를 썼다. 이름하여 '전통극의 현대화 작업'이다. 지금도 인상에 남는 <한네의 승천>, <물도리동>, <다시라기> 등은 전통에서 찾은 소재들을 현대적인 연희로 형상화한 독창적 형식으로 주목을 받았다. 이를테면 연극, 뮤지컬, 오페라, 창극, 무용극, 마당극 등의 여러 형식을 수용하고 용해시켜 재창조한 한국형 가무극이자 토털시어터를 지향한 것이다. 색다른 시도였던 만큼 다소 생경한 요소도 없지 않았으나 우리의 독창적 연희양식을 찾겠다는 그의 집념과 열정은 참으로 대단했다.

아쉬운 점은 이같은 시도들이 중도에 그쳤다는 것이다. 종합극인 까닭으로 제작비가 엄청난 데 비해 관객의 호응이 높지 않아 민간 극단으로서는 감당하기가 어려웠던 게 가장 큰 이유였다고 생각된다. 이런 시도일수록 계속 수정 보완하고 다각적인 평가를 수용하여 다듬어가야 하는데 그런 지속적인 작업을 할 수 없었던 열악한 연극환경이 야속할 뿐이다. 허규 선생이 평생 이 작업에 매진했더라면 지금쯤 그가 열망했던 민족극의 양식화가 이루어졌을 것이다. 지금도 세계에 내놓을 만한 우리만의 독특한 연희양식이 논의되고 있지만 허규 선생의 수준을 뛰어넘지 못하고 있는 것 같아 안타깝다.

허선생이 국립극장장을 맡은 것을 필자는 그다지 환영하는 입장이 아니었다. 체질상 그는 경영자라기보다는 예술인이라고 보았기 때문이다. 81년 조선일보와 가진 인터뷰에서 허규 선생은 이렇게 말문을 열었다.

"내딴에는 자유분방하게, 고집스럽게 외길로 살아왔는데 갑작스럽게 공직을 맡게 되어 얼떨떨한 기분이에요."

선생의 표현대로 자유분방하게 활동하고 고집스럽게 한 우물을 팠던들 초로에 병마에 시달리지 않았을지 모른다는 생각이 든다. 공직이란 게 명예가 따를지는 몰라도 스스로 판단하고 책임질 일들이 많아 스트레스를 받게 마련이다. 더욱이 5공이 들어선 80년대 초반의 사회상은 매우 복잡했고 국립극장도 그 와중에서 난제가 적지 않았다. 특히 인사문제나 레퍼토리 선정 등 예민한 문제들에 직면했을 것으로 보인다. 허선생은 나름의 수완을 발휘하여 문제를 해결해 나갔지만 그 기간이 너무 길지 않았느냐는 지적도 받았다.

허선생이 국립극장장을 맡았을 때는 그분만의 소신과 포부가 있었을 것이다. 민간극단을 이끌며 번번이 벽에 부딪쳤던 민족극을 국립단체를 폭넓게 활용해 정립해 보자는 의욕도 있었으리라고 본다. 실제로 그는 판소리 완창공연과 창극 < 춘향전> 등을 통해 전통예술의 현대적 양식화 실험을 꾸준히 했고 소기의 성과도 거두었다. 그 결과를 정리해 『민족극과 전통예술』이란 산문집도 펴냈다. 이 책에서 그는 '전통극과 현대극', '우리극의 원형질', '굿 놀이 연극' 등 평소의 관심 분야인 민족극의 계승을 모색한 방법론을 제시했다. 마당극이나 창극 등 전통극의 현대화에 관심있는 이들에게 자료가 됐으면 한다는 소박한 출판취지도 곁들였다. 국립극장을 나와서는 축제문화진흥회를 만들어 거리축제에도 열정을 쏟은 허선생은 원서동 집터에 북촌 창우극장을 세워 무대를 지키려 했으나 병마에 쓰러지고 말았다.

허규 선생이 돌아가신 지도 벌써 1년이 돼가니 세월은 덧없이 빠르게 흐른다. 돌이켜 보니 허선생은 예로부터 광대라 불리던 우리 시대의 판꾼이었다. 평생 판 벌리기를 즐겼던 한량이란 표현이 더 어울릴지도 모른다. 굿판, 소리판, 춤판도 모자라 이 모두를 어우르는 놀이판을 만들었고 그 자신은 그 판의 흥을 돋우는 고수 역할을 맡았다. 지금도 북채를 들고 한판 놀아볼 한창 나이의 판꾼이 저 세상으로 훌쩍 가버렸으니 이 풍진 세상의 흥은 누가 돋우랴.

훤칠한 키에 나지막한 음성이지만 늘 조용한 미소를 잃지 않던 사나이. 누가 보면 국립극장장을 했으니 영달에 욕심 많다고 할지 모르지만 그는 영락없는 판꾼이었고 그 판꾼으로 살기 위해 전공도 뿌리치고 영화도 멀리했다고 필자는 믿는다.

허규 선생님.

새까만 후배가 이런 글을 쓴다는 것이 죄송하고 화가 나는군요. 북촌 창우극장에서 민예시절에 했던 전통극의 현대화 작업에 매진하시다가 판을 접어도 될 분이 지금 어디에 계신 것입니까. 지금도 하늘나라에서 이 흥 없는 세상을 바라보고 있는지요. 제발 이 땅에 흥겹고 신나는 판을 벌여 주십시요.
지금 백성들은 피곤하고 낙이 없습니다. 그래서 더더욱 허선
생님의 놀이판이 그립습니다. 부디 이 백성을 굽어보소서.

40년을 지켜본 우정어린 이웃

정창명(전 KBS PD)

1960년은 KBS-TV가 연말에 개국한 해…

2000년은 허규님이 이 세상을 떠난 해이다.

40년이라는 긴 세월이 흘러갔다. 40년 전 남산에 있는 KBS에는 개국을 앞두고 많은 젊은이들이 모여 준비하고 있었다.

이미 화신 옆에 TV 방송국이 있었지만 화재로 없어진 뒤의 TV 개국이라 라디오 PD로서 안정된 분위기에 있던 라디오국에서도 들뜨고 흥분되고 기대되는 그런 분위기였다.

그 속에 드라마 PD로서 눈에 확 띄는 젊은이, 허규님이 있었다. 비록 흑백에다 TV를 가진 집도 얼마 되지 않은 상태였지만 드라마의 인기는 대단했던 시절이었다.

그 당시 <실화극장>을 비롯한 드라마를 연출하던 허규 PD는 얼마 후 같은 PD였던 박현령 씨와 같이 다정하게 다니는 모습이 보였고— 어느 날인가는 방송국 앞 중국집에서 마주친 두 사람.

박현령 씨가 수줍게 말했다.

"저분이 방석 몇 개 해 가지고 시집오래."

그 후 두 분의 모범적인 가정생활과 두 아이의 출생, 성장을 옆에서 지켜보며 허규님의 발전도 볼 수 있었다.

극단 실험극장의 창립동인이었고, 순수 우리 것을 주장했고 직접 극본을 쓰고 연출했고, 전통을 가까이 지켜오기도 했다.

1973년 민예극장을 출범시켜 우리에게 민족극을 보여준 분이다.

<다시라기> 공연 때는 제일 가운데 앞줄에서 장구를 치며 "옳지", "그렇고 말고" 하는 허규님 옆에 앉아 있게 되어 그 연극 가운데 앉아 있는 듯했다.

진도의 특이한 장례풍습. 서양적인 연극에서 한국적인 정이 있고 슬픔이 있고 한이 서린 그런 것들을 느낄 수 있어서 얼마나 감동적이었던가—

허규님의 가정적인 마음은 친구 박현령을 통해서도 느꼈지만, 윤정이의 대학 입학 때 기뻐했던 표정은 잊혀지지 않는다.

서울음대 국악과 합격이란 소식을 듣고 마침 방송국에 오셨던 허규님을 만나 "윤정이가 합격했다구요?" 하고 묻자 바쁜 걸음으로 가던 발걸음을 멈추고 활짝 웃으며,

"정말 예쁜 짓만 한다구요" 하던 그 표정. 아들은 부모님의 뒤를 이어 방송국 PD로 자리잡았고 따님은 아버님의 우리 것 사랑을 이어 국악학자이며 연주자로 자리잡았다는 것은 허규님이 열심히 살아오신 그 열기와 정성이 다음 대까지 이어온 것이라 믿고 싶다.

특이하게도 1986년 창경궁 복원 기념 상감마마 행차 행렬 재현, 1988년 서울 올림픽 개회식 및 거리축제 총감독을 맡기도 했었으며, 1990년에는 일본 오사카에서 열린 <사천왕사 왔쇼> 축제도 연출하는 등 우리 나라 전통문화 축제를 다시

보여준 위대한 분.

같은 KBS-PD로서 TV 드라마 연출자와 라디오 PD로서 60년대 초에 만나 이제는 먼 옛날 같은 남산의 건물들과 가난했던 주머니와 그래도 젊기에 가난해도 재미있다는 방송일에 전념했던 동료로 시작했지만…

친구의 남편으로서 계속 만날 수 있었고 보고싶은 연극의 작가로 연출자로 우리 옆에 있었고…

자랑스럽게도 국립극장장으로 발령받았을 때는 내 어깨까지 으쓱했었는데, 2000년 3월 27일 영원히 저쪽 세상으로 가셨다는 것이 지금도 실감나지 않는다.

박현령 씨께 전화를 하면 먼저 허규님과 대화를 나눌 수 있어서 좋았는데, 그 친절하고 다정한 말이 듣고 싶어서 "여보세요, 허선생님" 하면,

"안녕하세요. 잘 지내셨어요" 하던 그 음성.

그래서 전화하기 즐거웠던 세월들…

1960년에 만나 2000년까지의 그 세월들…

남보다 키가 커서 멀리서도 눈에 띄는 안경 낀 얼굴이 소극장인 집을 짓고 문을 열던 날, 윤정이 결혼식과 피로연, 윤무의 결혼… 이런 모든 것을 기뻐하며 치르던 얼굴이 이제는 추억이니 회상이니 이런 말로 바뀐 것일까요.

지병이 있으면서도 열심히 방송계나 연극계나 도움을 주셨던 허규님.

남산 시절의 젊고 신선했던 모습으로 영원히 회상하겠습니다.

그곳에는 방석이 필요 없습니까?

허규님을 그리워하는 박현령님의 사랑을 알고 계시겠지요.

우리 나라의 연극계와 방송계의 큰 획이 된 것을 저도 자랑으로 여기겠습니다.
그분과 40년 동안 알고 지켜보며 살아왔다는 것을…….

우리에겐 다른 선택이 없었

정 현(배우, 전 민예극단 대표)

1960년대 말 극단 실험극장 연습실.

연출자가 연습을 중단시키면서 인물분석이 잘못되어 있다고 배우에게 다르게 표현하도록 주문했다. 그러나 배우는 자기가 하는 것이 올바른 분석이라고 주장했다.

그래서 결국 연습이 중단된 채 약 30분 가량 배우와 연출자의 열띤 토론이 계속됐다.

결론은 다음에 어떻게 하든 그날은 일단 연출자가 요구하는 대로 하기로 작정하고 연습을 진행했다. 다음날 그 장면이 됐을 때 또 다시 연습이 중단되고 토론이 있고 난 다음 그날은 배우가 분석한 대로 연습을 했다.

작품 전체로 보았을 때 그 부분이 그렇게 많은 시간을 할애 하면서까지 토론을 할 가치가 있느냐 없느냐 하는 것은 접어 두고라도 연출가와 배우가 너무도 진지하게 서로의 인격과 입장을 배려하면서 인물분석에 접근하는 모습이 내게 아주 인상적이었다. 배우는 박정기 형이었고 연출자는 허규 선생이었다.

그후 얼마 안 지나 선생은 실험극장을 떠나셨다. 내게 좋은 인상을 주었던 한 사람과 선생이 갑자기 극단을 그만 두신 것이 여간 섭섭하지 않았다. 그후 선생은 북창동에다 '허규 연극 연구실'을 마련했다. 어느 겨울날 오후 연구실에 놀러 갔을 때이다.

일을 다 마치신 선생을 대포나 한잔 하자면서 나가자고 했다. 이 골목 저 골목 그 많은 북창동 술집을 기웃거리면서 마땅한 곳을 정하지 못하고 우리는 무려 세 바퀴째 똑같은 길을 헤매고 있었다. 이젠 다리도 아프고 목도 마르고 아무 데나 들어갔으면 하는 생각으로 불쑥 내 속말을 꺼냈다.

"선생님, 어디 보신탕이나 먹었으면 좋겠는데….."

갑자기 선생은 나를 돌아보며, "아니, 현이도 그 생각을 하고 있었어? 나도 아까부터 보신탕 생각을 하고 있었는데 겨울이라 하는 집이 있어야지." 그 당시엔 지금과 달리 한여름철만 보신탕집이 있었지 겨울엔 그리 많지 않았다.

"선생님, 저기 종로 5가 보령약국 옆 골목에 사철탕이라고 본 것 같은데 한번 가볼까요?"

시계를 보니 시간이 제법 흘렀다. 무려 세 바퀴나 북창동을 헤맸으니 안 그렇겠는가. 혹시라도 문 닫을 때라 걱정하며 부리나케 종로 5가를 향해 택시를 잡았다.

천만다행히 문은 열려 있었고 상호는 '사철집!' 대단한 발견이라도 한 듯 우리는 약간 흥분한 상태에서 보신탕을 맛있게 먹었다. 물론 소주도, 연극 얘기도 곁들이면서, 그후 얼마 안 지나서 나도 실험극장을 그만 두었다. 선생은 그때 정동 MBC 옆에 스튜디오를 차려 MBC 신인 탤런트 위탁 교육와 함께 연극 지망생들을 가르치고 계셨다. 그곳에 함께 합류하게 된 동지들이 이홍종, 구자흥, 오승명, 김흥기, 손진책, 공호석, 이도련 등이다. 우리는 만족하지 못했다. 뭔가 허전했다.

남을 가르친다는 것도 보람된 일이긴 하나 우리 스스로 목표를 갖고 무대를 꾸미고 싶은 충동이 서서히 일어나기 시작했다. 기회 있을 때마다, 극단을 만들자는 얘기가 나왔지만 구체적인 대안은 없었다. 선생은 '한국연극', 우리만이 할 수 있는 독창성 있는 한국적인 연극에 대해 자주 말씀을 하셨다. 하루는 선생이 나를 부르더니 창극(唱劇)을 한번 해보는 것이 어떻겠느냐고 의견을 물으셨고, 무심코 나는 "좋겠죠" 하고 대답했다.

지금 생각하면 얼굴이 달아오른다. 그 <심청가> 공연이 1972년도였다. 그때 배웠던 뱃노래를 우리는 민예극단 단가처럼 쫑파티나 단합대회가 있으면 항상 목청높여 부르곤 했다.

뱃노래 후렴에서 어기야 어기야 하며 반복할 때면 누구랄 것 없이 우리는 어기야 허규야 어기야 허규야…… 하며 그렇게 흥겹게 불러댔다.

1973년 5월. 결국 우리는 민예극단을 창단하고 말았다. 여기서 잠시 그때 선생의 말을 들어보자.

"우리에게 주어진 과제는 우선 전통과 이상과의 대립을 조화시킴으로써 우리 시대에 우리가 이루어 놓을 수 있는 지혜로운 새 질서를 확립해야 한다는 의무와 권리를 자각해야 하는 것이고 다음에 우리는 전통예술에 대해 적극적인 자세로 접촉하고 체험함으로써 그것을 이해하고 이상을 향해 과학적 방법에 의한 행동으로 실험하는 것이다."

첫 작품 <고려인 떡쇠>를 시작으로 평균 1년에 여섯내지 일곱 개의 작품들을 소화해 냈으니 식성도 욕심도 대단했다.

그것에 비례해서 우리의 작업산실의 이동로 또한 순조롭지 못했다. 정동에서 북아현동으로, 신촌으로, 청계천 8가로, 또다시 신촌으로, 때로는 그것마저 날려버려 다방에서 동지들을 만나야만 했으니 선생의 마음은 오죽했을까. 모르긴 몰라도 선생의 전셋집도 극단 사무실로 함께 썼었고 극단 못지 않게 옮겨 다니신 걸로 알고 있다.

그래도 지금 생각하면 그때가, 가난했던 그때가 좋았다. 남들이 뭐라고 하든 우리는 순수했고 그리고 도전했다.

선생은 타고난 이야기꾼이다.

6·25사변 때 학도병으로 끌려갈 뻔했다가 귀향했던 스릴과 처절한 애기는 몇 번을 반복해서 들어도 재미있었다. "현이, 내 애기 좀 들어봐" 하시면서 꼭 옛날에 있었던 애기처럼 다 하신 다음, "어때, 이거 작품으로 하면 괜찮겠어?" 하신다. 선생은 나의 큰형님 연세와 같다. 내 형님 같은 선생은 너무 일찍 세상을 떠나셨다. 대개 인간의 삶과 죽음을 소재로 작품을 구성하는 경우는 많지만 공교롭게도 선생의 작품 중엔 죽음을 소재로 한 작품들이 많다. <다시라기>, <물도리동>, <가루지기 타령>, <애오라지> 등, 각기 다르긴 해도 죽음을 단순히 슬픔(비극)으로만 받아들이지 않고 적극적인 행동(흥과 놀이)으로 표출함으로써 죽음을 극복하는 인간의 의지와 지혜를 보여주고자 했다. 그것은 곧바로 우리 조상들의 삶의 지혜를 무대에 펼쳐 보임으로써 사라져 가는 우리 전통연희를 새롭게 몸으로 체험하고자 했던 것이다.

마치 자신의 죽음을 예견하고 흥과 해학으로 미리 달구질이라도 하듯 그는 그렇게 북을 치며 소리를 했다. 우리는 우리의 작업이 결코 최고의 가치라고 생각하기보단 우리가 할 수 있는 최선의 방법이라고 믿었다. 그러나 그 과정이 너무나

힘들어 몇 번이나 주저앉을까도 생각했다. 그러나 여기서 포
기한다면 우리는 과연 무엇을 할 수 있단 말인가, 우리에겐
다른 선택이 없었다.

　"못 보겠어, 못 보겠어. 사람 인륜으로는 못 보겠네. 우리가
년년이 사람을 사다가 이 물에다 넣고 가니, 우리 후사 잘될
손가, 여보게― 동무네들, 명년부터는 이 장사를 고만두세 어
기야차 어기야차 헤… 어야하아 어기야차 어기야차 여기가
어디냐, 수문 바위다 수문 바위면 배 다칠라, 배 다치면 큰일
이다 아따 야들아 염려마라, 헤 헤 야아 어 허기야 어 허기야
어 어어야 헤 후겨라 후겨라 후겨라 후겨라― 어 허기야 어
허규야― 후겨라 후겨라―"

극장장 허규, 연출가 허규 선생님은…

조통달(세종전통예술진흥회 이사장)

내가 허규 선생님을 처음 만난 것은 홍제동 박초월 어머니 집(나의 친 이모이시자 수양 어머니시며 스승이었다)에서 살 때였다.

허규 선생님께서 국립 창극단 창극 광대가의 연출을 맡았을 때, 어머니 집 근처에 사시던 인연으로 어머니와 나와 함께 출퇴근을 하셨다.

연출을 하실 때는 꽤나 엄하시지만, 작품세계에는 자상하며 섬세한 성격을 가지신 허규 선생님께서 작고하셨다는 연락을 받은 것이 엊그제 같은데 벌써 1주기라면서 미망인이신 박현령 여사께서 전화로 원고청탁을 하셨을 때는 가슴이 뭉클했다.

허규 선생님께서는 항상 소주를 좋아하셔서 연출하실 때 소주와 안주를 늘 준비할 정도였는데 어찌나 좋아하셨던지 언젠가 선물을 가지고 가희동 댁을 방문하자, "뭐 이런 걸 가지고 오냐고" 하시며 갖고 오려거든 소주나 한 병 가지고 오라고 하셔서 "알겠다" 하고 어느 날 소주 한 박스를 가지고 갔더니 파안대소 하셨다.

허규 선생님과의 인연은 각별하였고 내 소리와 연기를 인

정해 주셨던 분이었고, 그분이 연출하는 창극에는 거의 내가
남자 주인공을 맡았었다.

　　1978년 3대 창극 연창공연에서 <흥보전> 흥보 역
　　1979년 <광대가> 김세종 역
　　<광대의 꿈> 송홍록 역
　　<토끼타령> 별주부 역
　　<홍범도> (국립극장 대극장 공연) 홍범도 역
　　<심청가>에서 황제 역
　　<놀보전>에서 놀보 역
　　<윤봉길의사>에서 김구 선생 역
　　<춘향전>에서 변학도 역
　　<배비장전>에서 배비장 역 등

　많은 공연을 같이 했는데 그 중 내 판소리 인생 52년 중
가장 기억에 남는 공연은 창극 <배비장전>이다. 극장장이시
면서 1988년에 국립극장 소극장에서 연출했을 때 <배비장전
>의 배비장과 <춘향전>에서 변학도 역에서는 새로운 시도
가 많았다.
　<배비장전>에 김경이 제주 목사로 떠나면서 배 껄떡쇠에
게 비장 소임을 맡겨 같이 떠나게 되자 배비장이 본가에 가
노모와 아낙에게 얘기하니 제주도는 색향이라 한번 가서 빠
지면 다시 못 온다고 만류를 하니 배비장이 절대로 그러면
성을 갈겠노라고 호언장담을 하고 제주도로 떠났는데 호언장
담한 대로 잘하고 있다가 한라산에 가서 미모의 여인을 본
후 반하여 상사병이 깊이 들어 한탄하며 부르는,
　"장부의 굳은 맹세 허사로다 허사로다 동방추야 적막한데

상사 깊어 병이 되고 눈물 흘러 바다가 되네 천리 타향 먼길
에 천추 원혼이 되겠으니 북당의 학발 모친 규중의 홍안 처
자 다시 보기 어렵구나 아이고 아이고 내 신세야.”

하는 진양조 소리가 있었는데 허규 선생님이 처음 공연을
개막하고 한두 번은 처음부터 끝까지 작품을 보시고는 그 다
음부터는 20여 일 내내 밖에서 다른 일 보시고 안 보다가 이
대목을 할 때는 반드시 들어오셔서 추임새를 크게 하시며 듣
고는 또 다시 나가셨다.

이 때 이 창극 <배비장전>이 창극 사상 최초로 장기간(처
음 15일 공연하고, 앵콜 공연 10일, 제주도 공연 3일, 총 28
일 공연) 공연한 작품이며, 이 <배비장전>이 도화선이 되어
창극 공연이 많아지기 시작했다.

이 <배비장전>은 배비장이 나오지 않는 장면에서만 잠시
쉬고 나머지는 쉴 틈이 없이 계속 나오는데 28일 동안 목 한
번 쉬지 않고 정말 열정적으로 한 작품이었다.

이 작품은 공연 개막 20일을 앞두고 대본이 나왔다. 허규
선생님이 극장장이면서 연출을 맡으셨는데 대본 보기 전에는
소작인 줄 알았다가 대본을 본 후 너무 대작이라며 큰일났다
고 크게 당황하시기에,

“극장장님 염려 마십시오 제가 열심히 한번 해보겠습니다.”

해놓고 집에 와서 대본을 다시 보니 정말 엄청나게 대사가
많았다. 또 대본 받은 다음 날이 우리 집이 방배동에서 포이
동으로 이사하는 날이고 보니 이사를 돕기는커녕 이삿짐 앞
에 서서 대본만 들고 있었다.

이사를 해놓고 그 다음 날부터 잘 안되는 대사 부분과 소
리부분을 큰 백지에 써서 눈에 잘 띄는 안방, 화장대, 화장실

앞면, 주방 식탁 앞, 거실, 공부방 등등에 모두 붙여 놓고 외우기 시작했다.

공연 날이 많이 남지 않아 5, 6일 후에 연습에 들어가니 단역을 맡은 단원도 아직 책보고 할 때 나는 거의 외운 상태인 것을 보고 연습이 끝난 후, 나의 두 손을 잡고 고맙다고 치하를 하시며 그 때부터 천재라며 꼭 조박사라고 호칭을 하시었다.

이 <배비장전>에서는 처음 시도한 것이 많았는데 최장기간 공연한 것과 최초로 무대를 객석으로 끄집어내고 배비장이 뒤주 안에 들어간 장면이 전에는 그냥 쌀뒤주였는데, 그때 처음으로 내 벗은 몸을 그대로 보이게 하기 위하여 뒤주 모형 안쪽에 조명을 달고 사면을 망으로 하여 객석에서 안이 다 보이게 했고 한라산 구경을 간 장면에서는 술병에 진짜 막걸리를 넣어 앞의 관객들에게 술을 권하는 그런 배우와 관객이 혼연일체가 될 수 있도록 연출을 한 허규 선생님은 정말 멋진 연출가였다.

그 때부터 배우는 무대에서만, 관객은 객석에서만 식의 고정관념에서 탈피하여 좀더 배우와 관객이 혼연일체가 될 수 있는 장면이 많아졌다.

또 하나 대 <춘향전>을 국립극장 대극장에서 공연할 때 신관 사또 부임 행차를 무대 뒤에서 무대 앞으로 나오는 것이 아니고 대극장 로비에서 객석 중앙 통로를 통하여 무대로 입장한 것은 꽤나 장엄하고 멋진 시도였었다.

그 때 나로 인하여 대본이 바뀌게 되었다.

그 전까지는 <춘향전>에서 변학도 역은 항상 성격배우인 연극인이 맡았는데 최초로 소리꾼인 조통달을 변학도로 캐스

팅하여 변학도에게 소리가 들어갔던 첫 작품이었고, 내 소리와 연기를 인정하여 내게 새로운 시도를 한 작품이었다.

허규 선생님은 당신의 멋스러움을 작품에 영입하기 위하여 많이 연구하시고 하다 못해 소품 하나 하나까지 참견하시며 섬세하게 작품 만들기에 많이도 애쓰셨던 분이셨다.

지금 생각해 봐도 어느 공연보다도 <배비장전> 공연은 처음 시작부터 제주도 공연까지 정말로 잊지 못할 작품이다.

허규 선생님이 북촌 창우극장을 짓고 나를 초대하시어 찾아갔더니 직접 앞장서서 아래층부터 살림집까지 구석구석을 구경시켜 주시면서 좋아하신 때가 눈에 선한데, 북촌 창우극장에서 <수궁가> 1시간 공연을 했던 때가 엊그제 같은데, 벌써 작고하신 지 1주기라니…….

가희동 집에서 소주 한잔 하던 때가 그리워지며 정열적으로 창극 <배비장전>을 했던 때가 새삼 다시 생각난다.

남은 자손이 그분의 멋진 끼를 받아 우리 국악계에 꼭 필요하고 사랑 받는 거목으로 자라길 바라며 박현령 여사께서도 더욱 활발히 집필하시면서 내내 건강하시길 기원하며 허규 선생님을 그리며 두서없이 회고해 본다.

무심했던 허규

차범석 (극작가, 대한민국 예술원 회장)

1956년 봄, 나는 5년 동안의 낙향생활을 청산하고 서울로 돌아오자 곧바로 극단 제작극회(制作劇會)를 창단했다.

제작극회는 대학 시절에 서로 만났던 연극 서클인 대학극회의 멤버가 다시 모인 것이니 이를테면 옛 동지들의 재결합체였다. 우리 나라 소극장연극운동의 기수를 자처하며 출범한 제작극회 창단 멤버는 최창봉, 조동화, 김경옥, 구선모, 노희엽, 최백산, 오사량, 임희재, 박양경, 김영, 최상용 그리고 차범석이었다.

그때 대부분이 30대 전반의 나이들이었다. 동인들의 전공은 대부분이 극작 아니면 연출이라 자칫 잘못했다가는 머리통만 있고 팔다리가 없는 극단이 되고말 공산이 컸었다. 우리는 젊은 연기자가 필요했다. 그 첫 실적을 올린 동인이 바로 오사량이었다.

오사량은 이미 신협이나 극협에서 현역으로 활약하던 기성인이었고 틈틈이 대학극의 연출도 맡았던 관계로 누구보다도 신인들과 자주 접촉했던 처지였다.

오사량이 어느 날 두 젊은이를 데리고 명동에 있는 청동다방으로 나왔었다. 김경식과 허규였다. 두 사람 모두가 6척이 훨씬 넘는 큰 키였다. 그러나 용모로 봐서는 김경식이 잘 생긴데 비해서 허규는 별로였다. 깡마른 데다가 손발만 유난스럽게 크고 길었다.

두 사람은 서울대학교 연극 무대서 오사량의 지도를 받았었던 인연과 무엇보다도 성품이 온순하고 책임감이 강하다고 오사량이 추천하는 바람에 나와 김경옥, 최창봉은 두 사람을 동인으로 영입하는데 동의했다.

제작극회 제 2회 작품인 <막스·할배>, 원작인 <청춘>의 연출을 내가 맡게 되자 김경식은 신부역으로 발탁되었지만 허규는 뒷스태프로 뛰었다.

그후부터 허규는 효과(음향), 섭외, 무대감독, 소품 등 무엇이든 쓰다 달다 말이라곤 없이 해내는 일꾼이었다. 나는 '진실한 사나이'라는 그 한 마디로 그를 점찍었다.

불평 없이 시키는 일을 책임있게 처리하는 일꾼을 그 누가 마다하겠는가. 그도 언제고 얼굴에 분 바르고 무대에 서기를 은근히 기다렸겠지만 아직은 함량미달이라 어찌하랴.

그런데 허규에게는 한 가지 장기(長技)가 있었다. 노래가 수준급이었다. 연극 공연을 마치고는 으레 막걸리 타작이었다.

술이 거나해지면 우리는 자연스럽게 노래와 춤으로 젊음을 삭혔다. 오사량도 나도 노래에는 자신이 있었다. 그러나 허규가 <토스카>에 나오는 아리아 '별은 빛나건만'을 뽑아대면 우리는 그만 기가 죽고 말았다.

이때부터 제작극회가 조금씩 실적을 쌓아 올려가자, 동인도 늘어났고, 연구동인도 제법 들어왔다. 참고로 1958년 7월 26일부터 3일간 공연했던 제작극회 제 4회 발표회였던 나의 작품 <불모지>의 팜플렛에는 이렇게 명단이 발표되었다.

창단동인 이외에 새로 가입한 동인은 신귀환, 이두현, 윤경모, 박현숙, 나성균, 정우택, 최명수, 김종운, 김요섭이었고, 연구동인은 권오전, 윤옥식, 배병권, 유달훈, 이현희, 최덕수, 천선녀, 고은정, 김소원이었다.

지금 생각하면 꿈 같은 얘기이고, 아스라한 추억으로 사라질 얘기다. 그러나 허규는 그 때 이미 동인으로 나와 함께 고생한 대등한 동지였다.

극단 제작극회가 제 19회 공연으로 나의 작품 <껍질이 깨지는 아픔 없이는>을 기획했다.

이 작품은 4·19 1주년 기념으로 처음으로 대극장인 명동국립극장 무대에 초청공연을 받게 되었다. 그런데 연출을 놓고 갑론을박이었다. 최창봉은 바쁘다 하고, 김경옥은 정치일에 눈코 뜰 새가 없다 하고…….

나는 생각 끝에 허규를 추천했다. 작가인 내가 추천한 것도 자연스러웠지만 지금까지 그늘에서 궂은 일만 해온 신인에게 스포트라이트를 비춰주는 일은 결코 부자연스럽지 않았기 때문이다. 반대하는 동인도 더러 있었지만 결국 허규는 그렇게 해서 연출가로 데뷔했고 우리의 인연은 그렇게 해서 굳게 맺어진 셈이다.

세월도 흘렀다. 어떤 사연으로 그리고 어떤 계기로 허규가 제작극회를 떠나 실험극장 식구가 되었는지 나는 소상히 기억 못한다. 왜냐하면 1963년에 나는 이미 제작극회를 탈퇴하고 극단 산하를 창단했으니 남의 극단에 신경 쓸 여유도 없었다.

추측컨대 나이 든 선배 밑에서보다는 젊은이들끼리 힘을

합하여 새로운 연극의 지평을 열겠다는 야심이었을 게다. 그것은 백번 옳았다. 기성세대에 대한 반기를 누가 탓하겠는가.

그러나 허규는 얼마 안 있어 실험극장을 떠나 TV계로 말안장을 갈아탔는가 싶더니, 얼마 안 있어 극단 민예를 창단함으로써 그가 오랫동안 가슴속에 묻어둔 불씨를 조심스럽게 내보였다.

"한국적인 연극, 우리의 전통극과 현대연극의 접목", "서양연극에 중독되지 않은 순수한 우리 연극" … 아마도 그것이 허규의 꿈이자 불씨이자 자부심이었을 것이다.

1980년 허규는 뜻밖에도 국립극장장이라는 감투를 쓰게 되자 연극계에서는 소문이 자자했다. 그 발탁의 진상은 나도 지금까지 모르는 바이다.

그때까지 민예극장을 운영하느라 빚만 지고 생활도 어려웠던 허규로서는 일대 전환기를 맞았다. 그리고 지금까지 공무원들만이 지켰던 그 자리를 전문연극인이 차지했으니 연극계로서도 일대 경사가 아닐 수 없었다.

그러나 허규의 실적은 창극에 쏟은 애정에 비해서 연극에는 소홀했다는 중평이 떠돌았다. 언젠가 나는 허규에게 말했다.

"중앙극립극장 설치의 목적이 민족연극의 수립이지, 창극이 아니니 극단 쪽에도 관심을 가져주게."

그러나 그는 응답이 없었다. 아니 창극에 대한 편애(?)가 늘어나고 소주의 양도 정비례적으로 늘어나더니만……

아, 이제 허규는 가고 없다. 그 불타는 정열도 멋진 아리아의 목청도 들을 수가 없다. 그러면서도 그가 일찍 우리 곁을 떠난 게 아쉽다.

아니, 창극이건 연극이건 사람이 필요한 시기에 사람이 없
으니 안타깝기만 하다. 저마다, 한국적, 민족적 연극을 운운하
면서도 장단 하나 못 치고 춤사위 하나 모른 채 기염을 통하
는 젊은 연출가들을 볼 때마다 허규가 좀더 살았던들 하는
아쉬움만 늘어간다.

가까운 것 같으면서도 먼 곳에 있었던 허규, 내가 짝사랑만
하다가 멀리 떠나 보낸 허규. 극단 민예에 대한 나의 추억과
우정은 진실했건만 허규는 나에게 단 한번도 진실을 애기하
지 않았으니 나는 실연을 한 셈인가.

내 딸(차혜영)은 민예극단 단원이었고, 연기도 했다.

"아버지 극단보다는 허규 선생 극단이 좋다"던 애기를 허
규는 기억하고 있을까? 아니야, 모를 게다. 허규는 그만큼 나
에겐 무심한 사나이였으니까.

최불암, 자동차 운전 해봤어!

최불암(탤런트, 전 국회의원)

"형님, 저녁이나 하시죠." 전화를 올렸더니 잠시 머뭇하시더니,

"아냐 점심이나 하자구 북촌극장으로 오지 그래."

"알겠습니다."

12시가 다 되어 극장 앞에 기다리고 있자니 연기자들의 발성 연습 소리가 간간이 들리곤 하였다. 형님도 오랜만이지만 후배들의 연극을 향한 현장이어서 자못 감회가 컸다.

1964년 김은국 선생 작품을 김기팔 씨가 각색한 <순교자> 각색이 늦어짐에 따라 30여 일을 두고 연습에 들어갔다.

독해는 3일만에 끝내고 작가, 평론가, 신부, 영문학자 등 여러 분야의 전문가들과 초청 만남을 갖고 작품에 대한 객관적 분석이 시작되었다.

6·25전쟁에 대한 진상, 신앙인에 대한 진실과 위선, 각 인물의 입장 등 어떤 사실이 어떻게 전개되는가? 겨우 판단이 설 때 쯤 연습은 중단되었고 요점만 적힌 설문지를 내주면서 3일 후까지 자세히 연구, 기록하여 오라는 것이었다.

참으로 어려웠던 일인 것으로 기억된다.

학교나 극단에서 연극을 몇 년씩 한 나름의 프로들을 놓고 논문형식의 틀을 만들라 하니 자존심도 발동했고 안 좋은 기분이었지만 3일 동안 꼼짝없이 설문내용에 대한 부담에 쫓겼다. 도서관이나 선생님들을 찾아 다녔고 겨우 형식을 갖추어 제출했으나 호되게 야단만 맞은 기억이 난다.

다음 연습은 진행하지 않은 채 독일의 브레히트 형식에 대한 연구로 극중 인물의 경우들을 일일이 연기자를 앞세워 실습을 시켰고 공연은 불과 10일밖에 여유가 없었는데 읽기, 동작하기, 행동선은 뒤로한 채 대사 외우는 얼마간의 시간이 주어졌을 뿐 며칠 전에야 상대인물들과 호흡 맞추기, 행동선이 이루어지기 시작했고…….

어쨌든 교육, 논문, 연극형식 등 짧은 시간에 가장 많이 배우고 연극에서 처음 경험한 일이었음을 선배, 후배, 동료 모두가 공감하고 많은 이야기를 나누었다.

형님은 막 오르기 전 며칠 동안의 밤샘으로 안경도 코 위에서 지탱 못했던 그 초췌하고 기름기 없던 얼굴, 굽은 허리에 몇 년이나 더 늙어 보였던 그 몸매, 기다란 손끝으로 무대 바닥을 수도 없이 내려치면서 무대와 연기자를 맞추려던 그 짜증스런 말투, 거의 식사도 전폐하고 소주 몇 잔으로 버티는 그 강인함, 배우들의 심리상태와 발음교정부터 인물의 개성, 표정, 표현, 하나부터 백 가지를 주문하면서 만들어 가는 그 열정…….

"최불암! 연기는 자동차 운전하듯 해야 돼!"

"천천히 1단, 2단, 브레이크, 커브, 다시 1단, 됐어 달려!"

"그리고 옆을 봐, 뒤를 보고 더 달려."

"형님! 당신은 정말 연극을 위해 헌신하신 십자가를 진 분으로 비교해도 될 것 같은 분이십니다.”

  2층에서 문 여는 소리가 들리었고 올려다보니 꺼칠하신 형
님이 긴 코트에 지팡이를 집고 몸에 균형을 맞추어 내려오시
는데, 어쩌면 <순교자> 공연 때 뵙던 많이 쇠약하신 그 모
습, 연극을 위한 순교자 바로 그 형상이 거기에 있었다
  “요즘 몸이 많이 불편하세요?”
  “아냐, 아냐 요 뒤에 칼국수 잘하는 집 있어 그리로 가지.”
  “좀 좋은 곳으로 가시죠.”
  그리고 부축하고 싶었으나 그러지 못한 채 형님의 뒤를 따
라 한걸음 한걸음 따라 옮겼다.

  * 연출을 받은 작품 *

  － 연극 －
  1959년 차범석 작 <껍질이 깨지는 아픔 없이는>
  1964년 김은국 작 <순교자>
  1971년 김희창 작 <고려인 떡쇠>

  － T.V －
  1970년 <수사반장>
  <현해탄은 알고 있다>
  <집> 등 다수

잣나무에 부치는 글

최보경 (무대의상디자이너)

그때는 무한히 행복한 시절이었다.

1966년 극단 실험극장의 <화니>로 시작해 내 연극의 두 번째 작업인 <돈키호테>로 나는 허규 선생님과 만났다.

그 당시 나는 이렇게 재미있고 보람있는 일에 참여할 수 있다는 것에 크나큰 희열과 감동의 나날을 보냈다.

이 작업을 하는 동안 이런 곳에서 청소만 할 수 있어도 일생을 기쁨으로 살 수 있을 듯했다.

드디어 무대가 오른 첫 날 첫 장면인 감옥 신이 시작되고 조금 지나서 간수의 소리가 들렸다.

"야, 꺽다리 너 나와."

관계자들까지 의아했다. 연습 때는 보이지 않던 꺽다리였다.

출연자들은 웃음을 참느라고 안간힘을 썼고…, 연출자인 허규 선생님께서 전격 출연하신 것이었다.

선생님께서는 연출하시고 출연까지 하시면서 모든 참가자들을 즐겁게 일할 수 있도록 작업을 독려하며 계속했다.

그후로도 나는 <피가로의 결혼> 등 여러 작품을 같이 했고 후에 선생님께서 민예극단을 창단하신 후에도 많은 시간을 같이 할 수 있었다.

81년에 허선생님은 국립극장장으로 부임하셨다. 나는 이 시절에 있었던 웃지 못할 에피소드 하나를 밝히고자 한다.

아마 83년도였을까.

그 당시 국립극단은 손진책(민예극단 대표) 연출의 <바리데기>를 준비하고 있었다. 소극장 공연이었지만 그 규모는 대극장용이었다. 나는 의상을 절반 정도 진행했고 그때 관계자들에게서 참으로 희한한 소리를 들었다.

소극장에서는 의상이 100벌이 넘어도 대극장 공연 의상 2~30벌보다 값이 저렴해야 된다는 것이었다. 이것은 국립극장의 엄연한 규정(?)이라 어쩔 수 없다는 것을 누차 강조했다.

어떻게 공연내용보다 건물의 외형이 중요하단 말인가? 아무리 설명을 해도 그들은 규정(?) 아닌 규정을 앞세운 돌덩어리들이었다. 그때 허선생님은 이 상황에서 스스로 저만치 비켜가버렸다.

나는 아직도 선생님의 태도를 납득하지 못하고 있다. 물론 그 위치에서는 힘든 처지도 있었으리라. 일단은 공연을 무사히 마치게 하고 그 의상의 일부를 회수해서 며칠 뒤 공연인 민예극단의 <한네의 승천>에 선물했다. 그 부당함에 나 나름대로 표현을 해야 했다.

이제 이상한 규정은 많이 사라졌지만 아직도 너무 경직된 예술행정 아닌 일반행정 틀 속에 예술행정을 펴는 것이 각 기관의 상황이다. 이런 행정이 개선될 때 공연예술도 한결 발전하게 될 것이다. 그 날이 언제인가? 지금 상황에서는 기대하기조차 힘든 일이다.

다시 73년으로 돌아가서 허선생님의 민예극단 창단을 말하고 싶다. 그 당시 어느 누구도 우리 전통에 시선을 두지 않던 시절, 선생님께서는 소중한 우리의 생명을 안고 출발하셨다. 이 어찌 우리 연극사의 한 획을 긋는 일이 아니겠는가?

77년에 <물도리동>으로 제 1회 대한민국연극제 대통령상을 수상했고 그 상보다 그 작품의 역동적인 힘은 나를 전율케 하는 충격을 주었으며 나의 방향을 훤히 비추어 주었다.

그후로 우리 것을 표방하는 듯한 공연들이 우후죽순처럼 생겨나기 시작했다. 이제 우리들은 우리 전통에 대한 가치를 통감한다. 아무도 우리 것을 바라보지 않을 때 그것을 과감히 시작하고 실천하신 선생님이야말로 우리의 진로를 밝힌 참다운 선각자요, 우리 연극사의 길이 빛날 업적을 남긴 분이라고 믿는다.

이제 그분의 높은 뜻과 연극에 대한 깊은 애정에 나는 신라의 향가인 <찬기파랑가>를 현대적으로 풀이한 <기파랑의 노래>로 나의 마음을 대신하고자 한다.

기파랑의 노래

(풀이·안송산)

진정
뱃전에 부서지는 달그림자가
너의 얼굴이라면
진정
기파랑 나의 님은
이 나루를 스쳐 가시었던가

이 나루를 스쳐 가시온
기파랑 나의 님은
하필 이 마음의 높은 하늘을 건느셔서
하필 이 마음의 파란 냇물을 건느셔서

강가에서
부서진 달그림자를 안고
애타게 하시는고
아아 잣나무 가지도 높아
서리도 내릴 철
그러나
서린들 느끼랴
한껏 높은 나의 화랑
기파랑이여

※ 안송산 선생님은 나의 중학교 시절 지리선생님이셨다.
경주여행에 사전 준비로 이 향가를 풀이하셨고 그때 나는 서라벌에서
이 향가를 간직했다.

종유(從遊)하지 못했던 아쉬움

최승범(시인, 전 전북대 교수)

잠시 뒤돌아본다. 1987년의 겨울이었던 것 같다. 박현령 시인께서 일 때문에 전주를 찾아주셨다. 그때 박시인께선 KBS의 전파를 통하여 <내 마음의 시> 프로그램을 내보내고 계셨는데, 꽤 장수한 프로였던 것으로 기억된다.

그 프로에 박시인은 영광스럽게도 나의 시 한 편을 뽑아주셨다. <빛여울 정여울>이었던가. KBS 전주방송국에서 전주 시우들과의 좌담도 가졌던 것으로 기억된다.

물론 박시인을 이때에 처음 만난 것은 아니다. 문통은 이보다 훨씬 앞선 70년대 초부터 있었고, 박시인의 『진실의 얼굴』을 포함한 몇 권의 시집도 애독해 오고 있었다.

박시인과는 이러한 사이였는데도 부군이신 허규 선생과의 면식은 뒷날을 기다려야 했다. 그뿐 아니라, 박시인이 허선생의 어진 부인이 되신다는 것도 80년대가 다 가도록 전혀 모르고 있었다. 굼뜬 시골뜨기란 말도 있지만, 워낙 내가 연극 연출과는 거리가 먼 문외한이었던 까닭도 있었다.

우암 허규 선생을 처음 만난 것은 90년대에 막 들어서가 아니었던가 싶다. 서울 삼청동에 자리한 한 한정식집(용수산)

에서였다. 미리 약속한 만남은 아니었다. 따로 일행이 있었는데, 어느 쪽 일행이었던가, 일행 중 한 친구의 소개로 첫인사를 나누게 되었다. 손을 잡고 흔들며 허선생은,

"내자에게 들어서…"

잘 알고 있다는 것이었다. 그 '내자'가 바로 박현령 시인인 것을 그때에야 비로소 알게 되었다. 인사만으로 헤어진 짧은 만남이었지만 다정한 분이면서도 비교적 과묵한 분이겠다는 인상이었다.

허선생의 귀한 저서인 『민족극과 전통예술』의 서명본을 우편으로 받은 것은 91년의 초봄이었다. 그 때 나는 졸시집 『정이여, 사랑이여』를 보내드렸던 기억이 났다.

이번 기회에 그 책을 찾아보았으나, 선생의 연극 극본집 『물도리동』만 바로 눈에 뜨이지, 그 책은 찾을 수가 없었다. 그러나 그 책으로 하여 나는 비로소 '민족극'의 개념 자체를 생각해 볼 수 있었고, 연출가·극작가로서, 또 우리 나라 극예술의 현장에서 얼마나 큰 기여를 해오신 분인가 하는 것을 어렴풋이나마 짐작할 수 있었다. 말하자면, 허선생의 뿌리있는 예술론에 호감이 갔던 것이다.

그 후, 두 차례에 걸쳐 허선생을 만날 수 있었다. 그것도 다른 곳이 아닌 내 고향 남원에서였다. 남원에서도 바로 광한루 경에 있는 완월루에서였고, 그것도 다른 날 아닌 바로 사월 초파일이었다. 말하자면 춘향제 행사에 허선생은 한 극단을 이끌고 그 연출을 위하여 남원에 오셨던 것이다.

아마, 94~5년이 아니었던가 싶다. 깜짝 반가웠다. 완월루 다락에서 개최되는 개막식에 참석하기 위하여 막 계단을 오르려는데 허선생을 만난 것이다.

"서울신문사와 함께 행사를 거들러 왔다"는 말씀이었다. 곧 개막식이 시작되었고, 허선생과는 긴 이야기를 나누지 못하였다. 허선생도 단원들과 함께 일을 보아야 하기 때문에 시간을 내기가 어렵다는 말씀이었다.

95년 두 번째로 역시 완월정에서 만났을 때, 허선생의 건강은 전과 같이 보이질 않았다. 피곤한 기색이 겉으로 드러나 보였다. 건강을 묻는 나에게 "그저 괜찮습니다"의 말씀이었으나, 허선생은 한 손에는 지휘봉이 아닌 지팡이가 들려 있었던 기억이 난다.

이때의 만남에서도 따로 남원의 약주 한잔 대접해 올리지 못하고 섭섭히 헤어져야 했다. 사실, 이런 행사장에서의 만남에서는 따로 정담 나눌 시간을 내기란 서로가 무척 어렵다. 우리는 카메라 앞에 서서 기념사진 두어 장을 찍고 헤어졌다.

사진은 그해 음력 4월이 다 가기 전에 우송해 드렸다. 허선생으로부터 마지막 필적을 받게 된 것은 98년 11월의 일이다.

'최승범 선생님 혜존/ 허규 드림'

선생의 연극극본집 『물도리동』에 쓰신 날짜 없는 서명이 곧 그것이다.

그 해 가을 나는 유네스코 한·일 청년 10여 명과 더불어 안동지방의 문화유적지를 돌아본 바 있었다. 그 여운이 채 가시지 않고 있었을 때에 『물도리동』의 기증본을 받게 되어 그 기쁨은 한결 더한 바 있었다.

<물도리동>이 제 1회 대한민국연극제에서 작·연출 대통령상을 받은 작품이란 것도 책을 펼쳐 보고서야 알았다. 그러나 그보다도 이 작품의 소재인 안동 하회탈과 거기 얽힌 설

화를 바로 그 현지에 가서 보고 듣고 온 지 채 두 달도 못
되어 <물도리동>을 작품으로 읽게 되다니, 묘한 인연이라는
생각이 들었다.

하회에 갔을 때엔 '하회별신굿 탈놀이 보존회'에 들려, 장
승공예제작자로 중요 무형문화재 제 69호인 김종흥(金鍾興)
과 안동대학 민속학전공 임재해(林在海) 교수로부터 하회탈
의 설화와 그 미학에 관한 이야기를 들은 바도 있었다.

「물도리동」 한 편을 앉은 자리에서 재미있게 읽을 수 있었
다. 우리의 전설이나 설화도 뛰어난 극작가를 만나면 이렇듯
오늘에도 훌륭한 작품이 되는 것을 새삼 느끼지 않을 수 없
었다.

선생은 『물도리동』의 서문이라 할, '극본집을 내며'에서 다
음과 같이 말씀하셨다.

"작품집 제목은 여러 고민 끝에 『허규 연극극본집』이라고
했다. 제목에서 보듯이 '극본집'이라 했던 만큼 '우리의 전통
및 연극 유산들을 현대적 연극으로 만들기 위한 연출 작업의
일환'으로 썼던 작품들을 모은 것"이라고 했다.

이렇듯 큰 발상과 의욕으로 6편의 작품을 엮어 『연극극본
집·Ⅰ』을 내신 분이 Ⅱ·Ⅲ에 대한 이렇다 저렇다의 말 한
마디 없이 세상을 떠나시다니… 그것도 이 세상 나이 불과
66이었으니, 선생을 안 사람으로서는 누구나 애닯아 하지 않
을 수 없다.

2000년 3월 27일, 허규 선생은 세상을 뜨셨다. 시부모에
대한 효와 내조로 문단의 아는 이들 사이엔 칭송이 높았던
현부인 박현령 시인이 있어 마음 훌훌 이승을 떠날 수 있었

던 것인가.

선생의 부음을 접한 것은 다음 다음 날인 3월 29일자 조선일보를 통해서였다.

「탈춤·판소리·굿 연극화에 헌신한 ‘큰 광대’ 타계한 허규 전 국립극장장」의 기사였다.

어이구, 순간 망연하지 않을 수 없었다. 키도 크고 속도 튼실·굳건한 줏대가 분명한 분으로 알았는데, 이렇듯 싱겁게 가시다니, 무슨 말로 애도의 뜻을 담았는지 모르겠다.

허선생을 좀더 일찍이 알고, 가까이에서 종유(從遊)할 수 있었다면 사물을 보는 나의 눈도 좀더 우리 것을 사랑하는 쪽으로 배움을 얻었을 것이다. 두세 차례 만나 뵈온 기회도 왜 그리 총총 소홀하기만 하였던가 애달픈 마음 금할 길 없다.

이제 곧 선생의 1주기이다. 선생은 생전 문고당(聞鼓堂)을 당호로 쓰셨던 것으로 알고 있다. 예로부터 우리 선인들은 ‘밝은 터에서는 때로 영묘한 시간에 북소리가 울린다’고 하였는데, 허선생 유택에서도 때로 북소리를 즐기시리.

명복을 빌 뿐이다.

선생님, 술 한잔 대접째로 올립니다. 이제, 실컷 드세요.

축제의 기획, 연출, 극작을 가르쳐 주신 선생님

최정철(전 축제예술기획실장, 축제기획자)

선생님께서는 내게 연극과 축제 분야를 통틀어 극작(劇作)과 기획, 연출을 가르쳐 주셨고, 돌아가시기 직전까지 나는 선생님의 축제기획에 참여했으며, 진행을 지시받고 선생님의 아이디어를 최대한 반영한 제작에 참여했었다.

1989년도부터 장충동의 '축제문화진흥회'에서 선생님을 모시기 시작했을 때, 선생님은 어느 날부터인가 내게 처음으로 낮술을 알게 해 주셨다. 물론 가르쳐 주시려고 했던 것은 아니고 그저 식사 중에 혼자 드시기 심심하니까 대작 겸 내게도 한두 잔 권하셨던 것이지만, 그 때까지 내게 있어서 생소했던 낮술은 나의 술 기질에 상당히 불을 지핀 의미 있는 경험이었다.

그 당시에는 점심 때마다 아주머니들이 사무실 건물을 돌며 도시락을 팔러 다니곤 했는데 선생님께서는 종종 그것을 사서 나와 단둘이 식사를 하시곤 했다. 그리고 식사 전에는 꼭 비서 미스 리를 불러 천진난만한 표정으로 눈빛을 반짝이시면서 이렇게 말씀하시는 것이었다.

"음료수 좀 갖다 줄래?"

그 음료수가 바로 소주였고. 반찬이라고는 멸치볶음 몇 점에 김치 쪼가리 몇 개가 전부였던 그 얄팍한 도시락을 드시면서 선생님께서는 이런 저런 얘기를 들려주길 좋아하셨고, 나 또한 이런 저런 말씀을 들려드리며 함께 한 잔 두 잔 낮술을 기울였었다. 처음에는 선생님과의 그런 자리가 무척 어려웠지만 차차 선생님의 그 소탈하신 성격에 흠뻑 빠져들게 되었다.

1995년은 광복 50주년이 되던 해였다.

당시 정부에서는 이를 기념하기 위한 여러 가지 행사를 주최했는데, 그중 하나가 바로 당시의 문화체육부 주최로 가을 초입에 경복궁에서 나흘 동안 판을 열었던 <민속종합예술제>로써, 물론 선생님의 총연출 작품이었다.

이 행사는 기존의 경연성(競演性)을 탈피한 대한민국 건국 이래 최초로 개최된 순수 민속예술제로서 그 의미가 자못 컸던 행사였는데 선생님께서는 특히 명성황후 이후 궁궐 안에다 굿청을 처음으로 차리기까지 하시면서 필생의 일인 양 고심에 고심을 거듭하며 준비에 임하셨다. 실은 이 행사 이후 선생님께서는 이 나라를 대표할 만한 축제로서 <경복궁 축제>를 대대적으로 제작해 보고 싶어 하셨다.

행사 첫 날부터 나는 눈코 뜰 새 없이 행사 진행 총괄 일을 보면서도 무엇보다 중요한 일 한 가지를 선생님 몰래 치러야 했으니, 그것은 바로 선생님으로 하여금 될 수 있으면 술을 드시지 못하게 하는 일이었다.

예전에는 선생님께서 즐기셨던(낮이고 밤이고 간에) 얼큰한 소주를 사모님께 꾸중도 무척 들어가며 누구 못지 않게 잘도 챙겨 드리면서 선생님의 귀여움을 많이 받았지만, 이 해 여름

무렵부터 선생님의 건강이 다시 악화되고 있음을 알고 나서
는 기를 쓰고 선생님의 음주를 말리는 쪽으로 방향을 바꾸었
던 터였다. 그때부터 선생님께서는 술자리 때마다 내 눈치를
보시는 것을 일로 삼으실 정도였고… 그런 나의 배신 행위에
분명 선생님께서는 더운 콧김 날리며 적지 않게 실망하셨음
이다.

1999년도 초쯤으로 기억된다. 선생님을 찾아 뵙고 이런 저
런 얘기를 여쭙고 듣던 중에 선생님께서는 문득 생각난 듯이
평소 조금씩 무언가를 메모하시는데 쓰시던 KBS 다이어리
한 면을 덤덤한 표정으로 펼쳐 보여주셨다.
"뭐죠, 선생님?"
"응, 마누라한테도 아직 보이지 않은 건데… 한번 읽어나
보렴."
그것은 '그때가 언제일까, 확실하게 예정할 수 없는 것이
죽음이란 것 아닌가…'로 시작되는 선생님의 유언이었다. 당
시 선생님께서는 그 지난 해 겨울의 국립창극단 <흥보가>
공연 연출 작업을 마치시고 난 후 다시 기력이 눈에 띄게 쇠
해지셔서 주변 분들의 걱정이 분분할 때였기 때문에 그만 가
슴부터 덜컥 내려앉았지만 선생님 못지 않게 덤덤해지려고
노력하면서 글을 읽어 내려갔다. 당신께서 돌아가시게 되면
이렇게 저렇게 해달라는 얘기였는데, 그것은 마치 죽음이라는
현상을 그야말로 자연스럽고 편안한 마음으로 받아들이려는
한 편의 아름다운 서사시였다. 다 읽고 난 후 눈매가 시큼해
지는 것을 용케 참아가며 일부러 태연한 척하며 다음과 같은
말씀을 드렸다.

"아니, 선생님. 어째 저한테 뭐 하나 남겨 주시겠다는 말씀
은 도통 없으신 겁니까? 좀 서운해지는 뎁쇼."

"원 녀석 같으니…"

"저 선생님께 받고 싶은 거 몇 가지 있는데 좀 말씀 드려
도 되겠습니까?"

나의 악동 같은 질문에 선생님께서는 장난기 어린 웃음으
로 맞받으셨다.

"그래? 뭘 갖고 싶은데?"

"선생님께서 아끼시던 풍물북 하나하고요, 파이프 담뱃대
하나하고요… 한 삼사 년 정도의 기간입니다. 선생님께 배울
날이 아직도 먼데 최소한 그 정도는 더 계셔주시고 가시더라
도 가셔야 하잖습니까?"

그러자 선생님께서는 손사래 짓을 하시며 이러시는 것이었
다.

"아이구 이놈아. 그깟 북과 파이프야? 나보고 삼사 년을 더
버티라고? 이 몸뚱아리로?"

말씀을 마치시고 파안대소하시는 선생님을 보면서 나는 속
으로 쓸쓸한 기분을 어렵게 달래야 했다. 실은, 그 삼사 년
동안 선생님의 건강이 한 차례나마 좋아지실 때가 있게 된다
면! 두 번도 말고 딱 한번만이라도 그러실 때가 있게 된다면,
만사 제쳐놓고 좋은 자리에 모셔서 평소 같이 자리하기 좋아
하셨던 원재식 형님과 함께 술상 한번 번듯하게 차려 올리고
싶었던 것이다. 가시기 전에 그렇게 좋아하셨던 술, 원 없이
드시고 가시게.

그러나 선생님은 야속하게도 그로부터 일년만에 "철아, 그
만 갈란다" 한 말씀도 남겨주시지 않은 채 훌쩍 떠나고 마셨

다. 그래서 결국 기껏해야 봉분 올리는 달궁질할 때 소주 몇
잔 흘려 드리기나 하고 작년 추석 때 성묘 가서 소주 두어
잔 따라 올리기나 할 수밖에 없었으니 참으로 애석하고 원망
스러울 뿐이다.

　나중에 뵙게 되는 날 실컷 꾸짖어 주십시오. 회초리 준비해
가겠습니다. 선생님!

모든 관계를 뛰어넘어 지기(知己)였던 허규 선생님

최종민 (국립창극단 단장)

얼마 전 사모님으로부터 전화를 받았을 때 사모님께서는 "최선생님은 TV에 참 젊게 나오시던데 우리 그이는 너무 지나치게 일을 많이 하다가 병을 얻어 일찍 가셨다"고 하시면서 허규 선생님이 작고하신 것을 다시 한번 안타까워하시고 외로워하시는 것을 느꼈다. 하기는 사모님께서 허규 선생님과 나를 그렇게 비교하신 것도 무리는 아닌 듯 싶다. 허규 선생님과 나는 모든 관계를 뛰어넘는 지기였기 때문이다. 따지고 보면 허규 선생님과 나는 객관적으로 별 관계가 없어 보인다. 전공도 다르고 직장도 다르고 나이에도 꽤 차이가 있고 고향도 다르다. 그러나 허규 선생님과 나는 무어라 언어로 표현할 수 없는 속마음이 동하는 사이였기에 서로를 좋아했고 편하게 대하는 사이였다. 호칭도 나는 "허선생님"이라 불렀지만 허선생님은 나를 "최형", "최선생" 또는 "최교수"라 불렀다. 무슨 형식 같은 것은 전혀 개의치 않는 정말 순수하고 서로를 위하고 알아주는 관계였다.

내가 허선생님을 처음 만난 것은 70년대 초반이었다. 나는 1970년에 안동교육대학에서 강릉대학으로 자릴 옮겼고 강릉에서 학생들을 지도하여 연출할 때였다. 가면극을 연구하고

연출을 배우기 위해 여기 저기를 돌아다닐 때인데 마침 서울
에서 새마을 연극 세미나가 있다고 해서 참가했다. 많은 연극
관계 인사들이 나와서 각기 맡은 주제에 대하여 강의를 하고
토론을 벌이는 식으로 진행하였는데 나로서는 그곳에서 만나
는 인사들이 대부분 초면인 분들이었다. 그런데 그 여러 강사
들 중에서 내 마음에 깊은 인상을 주며 깊이 와닿는 말을 한
연극인이 바로 허규 선생님이었다. 허선생님은 "우리 나라 연
극이 한국적인 연극을 만들자면 대사방법은 판소리의 아니리
에서 가져와야 하고 몸동작은 탈춤의 춤사위에서 가져와야
한다"는 요지의 얘기를 했던 것으로 기억된다. 그러면서 그
당시에 허선생님 밑에서 연극수련을 하고 있던 손진책도 소
개시켜 주시고 김영열이 연출한 <서울 말뚝이>도 보여주셨
었다. 그 기회를 통하여 나는 많은 연극인들 중에서 허규라는
연극인이 확실한 철학과 방향감각을 가지고 연극하는 사람이
라는 인상을 강하게 받았었다. 그래서 인사를 나누었고 몇 가
지 이야기를 하고 헤어졌는데 그것이 나와 허선생님의 첫 만
남이었다.

나는 그후 75년에 서울로 올라오게 되었고 허선생님이 <
한네의 승천>을 민예극단에서 공연할 때나 <물도리동>을
공연할 때에도 가보고 김영동이 담당했던 그 음악을 녹음해
다가 KBS 라디오를 통하여 방송을 하기도 했었다. 그러면서
차츰 더 가까워졌는데 본격적으로 의논을 하며 함께 무엇인
가를 만들어낼 수 있게 된 것은 허선생님이 국립극장장이 되
면서부터이다. 하루는 나에게 "국립창극단의 단원들을 어떻게
훈련시켰으면 좋겠느냐?"고 하면서 의논을 청하였다. 그래서

나는 간단하게 "창극은 창극(첫째가 창이라는 뜻)이기 때문에 판소리 훈련부터 시켜야 됩니다. 판소리 훈련은 각자가 무대에서 공개적으로 불러보는 경험을 통해서 해야 하기 때문에 판소리 연창회를 하는 것이 필요합니다. 내가 해설을 해줄 터이니 해 봅시다" 해서 탄생한 것이 오늘날의 국립극장 완창 판소리로 발전한 공연물이다. 그 당시만 해도 국립창극단 단원들은 30분 소리를 힘겨워하는 때여서 한 달에 한번 네 사람을 무대에 올려 30분씩 2시간짜리 판소리 공연을 했었다. 그러다가 외부 인사를 영입하면서 완창판소리를 하기 시작했는데 그것이 지금까지 계속되고 있다. 나는 완창판소리를 시작할 때부터 프로그램에 넣을 「완창판소리의 의의」라는 제목으로 글을 쓰고 또 해설을 하면서 이 일을 추진해 왔는데 이 일이야말로 나와 허선생님이 함께 만들어 낸 중요한 일이라고 생각한다.

허선생님은 국립창극단과 관련되는 문제를 나에게 의논하는 일이 꽤 많았다. 나 역시 허선생님을 만나면 국립창극단의 발전과 관계되는 이야기들을 하게 마련이었다. 그래서 내가 건의한 것이 창극에 대한 세미나를 하자는 것이었다 창극이야말로 연구가 필요하고 많은 아이디어와 합리적인 논리에 의해서 전통성이 강한 창극으로 거듭나야 하는데 그러자면 창극을 학문적인 차원에서 다루는 세미나가 필요하다고 제안했던 것이다. 그래서 내가 세미나의 틀을 짜고 발표자와 토론자를 정해서 창극의 발전을 위한 세미나를 개최한 적이 있는데 내가 발표를 한 것만 해도 2회를 했었다. 허선생님은 내 애기를 액면 그대로 받아주었고 나 또한 내 스타일대로 조언

을 하는 식이었다. 그래서 또 한 가지 건의한 것이 있는데 그
것은 창극의 공연물을 문서로 남기는 작업을 하라는 것이었
다. 우리네의 창극은 지금까지도 공연을 하면 그 공연으로 끝
나버린다. 아무런 기록물이 남지 않는다. 그래서 <춘향가>를
여러 번 공연해도 늘 새로 시작하는 식으로 준비하고 추진한
다. 나는 이런 현실을 개선하고 한번 공연한 창극 작품은 악
보로 자세히 기록하여 남기면 앞으로의 창극발전에 도움이
될 것이라고 하여 그런 기록작업을 권했던 것이다. 그런데 허
선생님은 그런 나의 의견도 쾌히 수락하여 그런 일을 할 수
있는 사람을 추천해 달라고 하는 것이었다. 그래서 당시의 서
울음대 국악과를 나온 학생 중에서 재능 있는 이를 추천해서
그 일을 담당하게 해 준 적도 있다. 허선생님께서 공직 생활
에 나의 의견을 이렇게 반영했다는 얘기를 하는 것은 마치
내가 대단한 일을 했다는 자랑으로 하는 얘기가 아니다. 우리
는 무척 순수했기에 서로 나누는 이야기가 순수했고, 그것이
가치 있는 것이었다는 것을 말하고 싶은 것이다. 누구를 이용
하고 누가 힘이 세기 때문에 만나는 것이 아니라, 만남 자체
가 기쁨이었고 그냥 얘기를 하다 보면 무엇인가를 새로 꾸며
내게 되는 그런 만남이었다.

허선생님은 나보다 인생의 선배요 창극의 선배요, 또 국립
극장 극장장이라는 기관장이었다. 그런데도 속된말로 목에 힘
을 주거나 교만한 구석은 손톱만큼도 없는 사람이었다. 함께
보신탕 집에도 가끔 갔었는데 소주잔을 기울이며 얘기판이
벌어지면 마치 어린아이들이 옛날 얘기하듯이 밑도 끝도 없
는 얘기를 한없이 계속하던 일도 기억에 남는 일들이나, 그런

애기 중에서 6·25를 겪은 애기는 몇 번이고 들었던 애기이다. 그의 고향은 고양군 지도면이다. 지금은 그곳에 일산 신도시가 들어서서 주변이 아주 달라졌지만, 언젠가 허선생님 부친 생신잔치에 내가 소래 포구에서 산 조개 등을 한 자루 사 가지고 간 적이 있었는데 그 때만 해도 그곳은 시골 농촌이었다. 허규 선생님의 동생이 집을 지키며 목장을 관리하고 있었던 것으로 기억하는데 형제분들이 모두 거인처럼 키가 크다는 인상을 받았고 집이며 밭이 참 넓고 넉넉하게 보였던 것으로 기억된다. 하여간 나는 허선생님에 대한 추억이 참으로 많다. 무엇보다 나를 알아주고 마음이 통하는 사이였다는 것이 특히 그렇다. 또 엉터리 짓을 하지 않는 점도 비슷하다고 생각한다. 서민 취향이라든지 비리를 싫어하는 점은 더욱 닮았다는 생각이다. 그래서인지 우리는 언젠가 허선생님의 딸 윤정이가 대학에 들어가던 해라고 생각되는데 "우리 양가 가족 모임을 한번 합시다"고 했었는데 그것을 성사시키지 못한 것이 못내 아쉽다.

그런데 사람의 일이란 정말 알 수 없는 것이다. 2000년이 되면서 나는 과거 허선생님이 극장장으로 있었던 국립극장의 창극단을 다시 맡아 왔으니까 말이다. 과거에는 내가 허선생님의 창극단에 관한 자문 역할을 했었는데 내가 바로 그 단체를 이끌게 된 것이다. 나는 단장이 된 후 허선생님을 찾아갔다. 많은 것을 배워가면서 창극단을 운영해야 하겠는데 허선생님은 와병중이었다. 그래도 부탁을 드렸다. 내가 창극단을 맡아 첫 번째로 공연하는 <수궁가>의 창극 대본을 써 달라고, 그래서 그 창극 대본을 내가 직접 가서 받아왔는데 그 대본을 가지고 연습에 몰두하고 있는 2000년 3월 27일에 홀연히 이 세상을 떠나가셨다는 부음을 듣게 되었다. 그 작품은 5월 6일부터 14일까지 국립극장 해오름극장(대극장)에서 공연되었고, 결과는 대성공이었다. 많은 사람들이 몰려와 입석을 팔 정도였고 모두 재미있어 했다. 창극에 많은 정성을 쏟으셨던 허선생님은 <창극 수궁가>를 마지막 작품으로 남기고 저 세상으로 가신 것이다. 나는 허선생님이 떠나시는 날 이런 글을 썼었기에 여기 소개하기로 한다.

먼길 떠나시는 허규 선생님

디지털 시대가 되면 시간과 공간이 제로(0)가 된다는데
허선생님은 2000년 3월 27일 홀연히 가셨습니다.
농대를 나왔으면서 연극의 길을 걸으셨고
연극을 하면서도 한국적인 것에 매달렸던 허규 선생님
선생님은 그렇게 남다른 길을 걸으셨습니다.
연극을 위해서 좋은 직장도 그만 두시고
연극을 위해서 셋방살이도 감수했던 선생님
한국적인 것을 찾기 위해 굿판이며 탈춤이며
안 가본 데가 없고
판소리에 푹 빠져 북을 옆에 끼고 살았던 선생님
그래서 <물도리동>(77년작)이 만들어졌고
<광대가>(79년작)와 <가루지기타령>(79년작)이
창극으로 태어났습니다.
국립극장장으로 취임한 이후에는
판소리 5대가를 완판창극으로 각색하여
차례차례 무대에 올렸으니

허선생님이 창극에 끼친 영향과 업적은
엄청나다 하겠습니다.
그리고
금년 2월에는 <창극 수궁가>를 다시 손질하여
제 손에 쥐어 주셨는데
막도 오르기 전에 선생님은 가셨습니다.

"참된 죽음과 참된 삶 그리고 참된 자유가
인간의 영원한 과제"라고 하시고
"죽음마저도 흥으로 극복할 수 있다"고 확신하셨던 선생
님.
이제 선생님은 이 모든 것을 다 넘으셨습니다.

선생님은 가셨지만
선생님이 남기신 작품들은 계속 무대에 올려질 것입니다.
인터넷을 타고 시(時)·공(空)을 초월하여
거듭거듭 태어날 것입니다.
그리고
마지막 유작이 된 <완판창극 수궁가>는
5월 어버이날을 전후하여 멋지게 막을 올리겠습니다.
부디
평안히
가시옵소서.

늘 푸른 소나무 같던 분

한명희 (서울시립대 교수, 전 국립국악원 원장)

대학시절 음대교정에서 열렸던 학내축제가 떠오른다. 음악과 게임과 장기자랑 등이 마련된 축제내용 중에서도 특히 가면놀이 종목이 즐거운 추억으로 뇌리에 각인되어 있다. 적절한 조명의 아담한 밤의 교정 속에서 기발하게 분장들을 하고 마음껏 호연지기를 펴가며 젊음을 발산하던 기억은 아마도 누구나의 가슴속에 아름다운 삶의 편린들로 기록돼 있을 것이다.

비단 학창시절의 가장놀이만이 아니다. 우리네 전통탈춤의 현장 또한 얼마나 호쾌하고 신바람이 이는 삶의 에너지원이었던가. 익살이 있어 재미있고, 과장이 있어 즐거웠으며 파격과 풍자가 있어 통쾌하고 신명이 났다. 가장을 하고 탈을 써본다는 것은 이처럼 삶의 청량제요 활력이었으며 공동체적 인간애를 공유하게 하는 아름다운 예술이자 건강한 기풍을 진작시키는 사회적 기제이기도 했다.

그런데 근래의 우리 사회에서는 사정이 사뭇 다르다. 장소가 놀이 공간이 아닌 사회라는 생존경쟁의 현장이라서 그런지, 이 같은 탈과 가장(假裝)의 행태가 백행의 화근이 되고 있는 세상이다. 우선 누구나가 탈을 쓰고 다닌다. 누구나가

가식과 분식과 허세로 호가호위(狐假虎威)하며 악다구니로 살아간다. 열을 아는 사람이 백을 아는 양 허풍을 떨고, 열냥을 가진 자가 천냥을 가진 양 위세를 부린다. 사기꾼이 군자처럼 가장하고 악한 자가 선한 사람처럼 분칠과 변색을 하고 다닌다. 말도 가식, 행동도 가식, 마음도 정서도 가장과 분식과 거짓이 판을 치는 세상이다.

그래서 우리네 민초들의 삶은 더없이 고단하다. 가식과 변색의 명수들이 펼치는 가장행렬에 지쳐서 심신이 피곤하다. 알량한 경제적 소득의 증대가 문제가 아니다. 건강한 진실에 목이 마르고 소신대로 정도대로 세상을 가식없이 살아가는 진솔한 위인들이 적어 살맛이 없는 세상이다.

여기 작고하신 허규 선생이 자주 회상되는 소이연도 다름이 아니다. 거짓없는 진솔한 이웃이 갈구될 때는 으레 허규 선생의 허허로운 모습이 되새겨지기 때문이다. 익히 알고 있듯이 허선생은 우선 외모부터가 가식이나 오만과는 거리가 멀다. 복장도 화사한 색깔을 피한 듯, 언제고 수수한 색조의 의복이었다. 머리도 기름을 발라 단정하게 빗어 넘긴 모습을 본 적이 없다. 용모나 복장은 작업에 몰두하던 예술가가 잠시 작업장에서 밖으로 나온 듯 대개 꺼칠하고 느슨했으며 격식이 배제돼 있었다. 훤칠한 키에 머쓱한 차림은 한 마디로 시골마을 이웃집 아저씨 같은 분위기였다.

어릴 적 농촌마을의 이웃집 아저씨와 같은 정취! 이 얼마나 소탈하고 정겹고 훈훈한 인간미의 표본이며 상징이었던가. 바로 내가 허선생께 인간적인 매력과 심정적인 믿음을 지니게 된 내력도 여기에 있다. 임기응변의 립 서비스로 세상을 휘저어가는 군상들이 득실거리는 판에 허선생의 존재는 그 자체만으로도 위안이었고 안심이었으며 흔들림의 버팀목이었다.

따지고 보면 분야가 다른 점치고는 자주 뵌 편이다. 국립극장장 시절에는 자문위원으로, 북촌 창우극장 시절에는 프로그램 자문관계로, 그리고 국악의 해며 기타 문화예술기관의 자문회의의 기회를 통해서 자주 뵐 수 있었지만, 그때마다 허선생의 풍모와 정감은 여일했다.

주석에서도 늘 소주를 즐겨 들었듯이 그분의 일상은 허세나 오만이나 귀족적 속물주의와는 거리가 멀다. '짚방석 내지마라 낙엽엔들 못 앉으랴 솔불 혀지마라 어제 진 달 돋아온다'식의 전형적인 소탈과 일탈의 궁행이었다고 하겠다. 전통음악에 비유하면 맑은 음색의 시조나 정가가 아니고, 투박하고 털털한 성음의 판소리 창의 구수함에 다름 아니며, 유형적 도예품으로 치면 단아한 조선조 백자의 이미지라기보다는 꺼끌꺼끌하면서도 질박한 신라토기의 여운에 분명타고 하겠다.

외부로 드러나는 구수하고도 박실한 풍모와는 달리 허규 선생의 내면세계는 강직하기 그지없다. 굳이 압축된 말을 빌린다면 외유내강의 성품이 아닐 수 없다. 그만큼 천성이 곧고 강인한 편이다. 특히 창극운동을 펼치면서 보여준 예술적 고집이며, 관리들과 같은 문외한들의 이견을 극복해가며 자신의 가치관을 초지일관해 가던 저력 등은 모두가 이 같은 외유내강의 강직한 그분의 천성에 뿌리하고 있는 것이다.

요즘의 우리 주변에는 척추없는 무골충처럼 소신없이 흐물대는 군상들이 득실거린다. 작은 잇속이나 유혹에도 체면이고 권위고 팽개치며 달려든다. 눈치와 계산에만 민감한 채 소신이고 가치는 뒷전이다. 하찮은 낚시밥을 보고 우루루 몰려드는 송사리떼와 같은 몰골들이다. 참으로 품위없는 세태이고 참으로 민망스런 현실이다.

세상풍조가 이러하니, 욕을 하건 비아냥을 하건 한결같이 의연하게 자신의 삶을 살아가는 사람들이 그렇게 존경스럽고 아름답게 보일 수가 없다. 연극계와 창극계의 거목이었던 허규 선생은 행운유수의 자연의 섭리 따라 이 세상을 하직했지만, 그분의 삶의 족적은 후인들의 정서 속에 태산준령 영마루의 한 그루 낙락장송(落落長松)처럼 늘 푸르게 투영돼 있다.

한 가지 일에 대한 열정으로 마친 아름다운 생애

허영자(시인, 성신여대 교수)

한 가지 일에 대한 집념과 열정으로 생애를 아름답게 가꾼 분의 전범으로 서슴없이 말할 수 있는 분이 바로 허규(許圭) 선생이다.

헤아려 보면 허규 선생과 필자와의 인연은 40년도 더 이전으로 거슬러 올라간다.

대학생이었던 나는 마침 학생회의 문예부를 맡게 되었다. 그때 문예부에서 하는 행사 중에 가장 큰 것이 KBS에서 주최하는 방송극에 참여하는 것과 가을의 연극제였다. 전국 대학생 경연 방송극도 만만찮은 행사여서 이보라 선생을 연출자로 모시고 열심히 연습을 한 결과 우리 학교가 우수상을 타게 되었다. 지금 방송극계의 큰 별 중의 한 사람인 전원주 씨도 바로 이 학교 방송극에서 두각을 나타낸 것이 한 계기가 된 것이 아닌가 한다.

방송극 경연대회에서 1등을 하였으니 이번에는 연극도 성공적으로 해보자는 열의가 충천하였다.

지도교수는 시인 김남조 선생이었는데 소요경비 일체의 출납을 맡기시는 바람에 사실 나의 어깨는 여간 무거운 것이 아니었다. 연극도 성공적으로 해야겠고 경비 지출에도 하자가 없어야겠으며 출연자 및 스태프들이 학교에서 합숙을 하게

되는데 저들의 침식에도 신경을 써야 하는 판이라 사실 나에
게는 상당히 버거운 일이 아닐 수 없었다.

그러나 지도교수께서 전적으로 신뢰를 해주시고 또 훌륭한
연출자들을 모시게 되어 힘든 중에도 신나게 행사를 치를 수
있었다.

그 시절만 하여도 어느 대학에서 연극을 하게 되면 서울
시내 모든 학생들이 강당이 넘칠 만큼 모였었다. 하물며 여자
대학생들의 연극제에는 어떠하였겠는가. 과장을 좀 하면 구름
같이 모여들었다 할 것이다. 그리하여 우리 학교의 연극제는
성공리에 마치게 되었는데 그 1등 공신의 연출자 한 분이 바
로 허규 선생이었다.

지금 미국에 살고 계신 김경옥 선생이 연출을 맡았는데 그
때 조연출로 오신 두 분 중의 한 분이 바로 허규 선생이었다.
과묵하고 엄격한 인상이었지만 학생들을 지도할 때의 자상함
과 열정은 곧 학생들에게도 전달되어 하나로 단합하여 좋은
연극을 상연할 수 있었던 것이다.

몇 년의 세월이 흐른 후 나는 대단히 반가운 소식을 접하
게 되었다. 허규 선생이 KBS 방송국의 아주 유능한 여류 PD
이자 시인과 결혼하였다는 것이었다. 나는 기꺼이 그 여류시
인을 만나러 갔으며 그가 다름 아닌 박현령 여사였다.

이후 우리는 서로의 집을 오가며 돈독한 우정을 다져왔다.
허규 선생은 모든 어려움을 인내하며 우리 연극의 진흥을 위
하여 몸과 마음을 아끼지 않았다. 모든 연극인들이 TV나 라
디오, 혹은 영화계로 나가고 있을 때도 고집스럽게 연극의 영
토를 지켜나간 분이었다. 나는 옆에서 그 과정을 비교적 소상
히 지켜본 사람 중의 하나였다.

예나 지금이나 예술인들의 삶이 물질적으로 풍요롭기는 어렵지만 그 당시에 예술, 그 중에서도 연극을 위하여 전력을 투구한다는 것은 그야말로 고난의 길을 스스로 걷는 것이 아닐 수 없었다. 보수도 많고 명성도 얻어 하루 아침에 유명 텔런트가 되는 사람들도 많았지만 허규 선생은 민예극장을 열어 갖은 고생을 다 해가며 연극에만 몰두하였다. 그분 뒤에 실로 현처였던 박여사의 내조가 없었던들 어쩌면 그런 일이 불가능했을지도 모른다. 그러나 박여사는 남편 허규 선생의 인품에 대한 신뢰와 또한 연극예술에 대한 깊은 이해로 그 어려운 뒷바라지를 묵묵히 해내었던 것이다.

나는 가끔 생각해 볼 때가 있다.

허규 선생이 아니었더라면 한국연극의 실로 한국적인 개성과 정체성이 오늘만큼 찾아질 수 있었을까. 허규 선생이 그 고집으로 이끌지 않았던들 우리들에게 한국연극에 대한 이해와 자부심이 이만큼 자라날 수 있었을까. 너무나 고생스럽지만 지금 대학로에 일고 있는 연극 열풍의 그 저변에도 온갖 희생을 감내하며 한국연극을 이끌고 온 허규 선생 같은 분이 정열을 바쳐온 덕이 아닐까.

허규 선생은 어쩌면 천부의 '연극쟁이'였는지도 모른다. 평소에 접해보면 너무나 소박하고 재미도 없는 분이었다. 그러나 일단 연극 연출을 맡아 일을 하게 되면 가장 자상하고 사람들의 심기를 속속들이 꿰뚫어 보는 분이었다. 그런 면에서는 실로 두려운 예술인이 아닐 수 없었다. 하기에 오늘 연극계의 가장 유능한 연기자, 연출자, 지도자 중에는 허선생의 문하생들이 기라성같이 빛을 발하고 있는 것이 아닌가 한다.

허선생은 또 누구보다도 겸손한 분이었다. 성공하였다고 갑

자기 위세를 세우는 일도 없었거니와 실패한다고 하여 쉽사
리 좌절하는 분도 아니었다.

　은인자중의 인품, 그것이 우리들에게 주는 신뢰감은 대단히
큰 것이었다. 참으로 가장 한국적인 연극인, 연극이 없이는
하루도 살 수 없는 예술인, 그분이 좀 더 오래 머물렀으면 그
만큼 우리 연극계의 빛도 더하였으련만 아쉽게도 더 원숙한
경지에 도달한 연세에 타계하시게 됨이 통탄스럽다.

　아마도 선생은 저 세상에 가서도 연극에 몰두하고 있으리
라는 상상을 해본다. 그 온후한 인품, 그 큰 업적을 다시 한
번 되새기며 삼가 명복을 빈다.

옆에서 본 큰형님

허 춘(염광여자중학교 교감)

2000년 봄, 교실에서 강의하고 있을 때 난데없이 휴대폰 벨이 울려 학생들에게 양해를 구하고 전화를 받아보니, 형님이 위독한 상태로 서울대병원 응급실에 계시다는 연락이었습니다. 급히 달려갔으나 의식이 없는 상태로 응급 처치만 하고 있어 안타깝기 그지없었습니다.

병원을 수소문하여 신촌 세브란스병원 중환자실로 옮겼으나 진찰 결과 회생하시기 힘들다는 이야기는 들었으나, '물에 빠진 사람은 지푸라기라도 잡는다'는 속담과 같이 "그래도 다시 깨어날 수 있을 것이다" 하는 조그마한 희망을 가지고 기대했건만 결국 우리들의 곁을 떠나시고 말았습니다.

형님에 대한 어려서의 기억은 운반용으로 먹이던 말을 타면서 즐기던 늠름한 모습과 책으로 가득 찬 골방에서 공부하는 모습 등 미미한 것뿐입니다. 초등학교 시절에는 가끔 형님의 얼굴을 볼 수 있었으나 서울로 진학한 후에는 만나볼 수가 없었던 형님께서 어느 여름날 친구들과 같이 오셔서, 어머니께서 만들어 주신 음식들을 맛있게 먹으며 전국을 돈 한푼 없이 다닌 무전여행의 무용담을 이야기하며, "맛있는 음식을 먹을 수 있고 편안하게 쉴 수 있는 집이 얼마나 고마운지 모른다"는 말을 이구동성으로 하기에, '나도 이 다음에 커서 여행을 해 봐야겠다' 결심을 했었고 지금까지 여행을 하며 많은 것을 얻고 있습니다.

고등학교 시절부터는 우리 형제들이 모두 서울로 올라와 아버님께서 마련해 주신 홍제동의 조그마한 집에서 5형제가 함께 자취하며 생활하게 되어 큰형님에 관한 여러 가지 추억을 갖게 되었습니다. 당시 나는 토요일마다 시골집에 내려가서 일요일 오후 동생과 같이 1주일 동안 먹을 식량과 부식을 걸머지고 올라와 생활하다 보면 토요일에는 식량이 모두 떨어지는 경우가 많았습니다. 그때 형님은 연극에 몰두하고 계셨기에 다른 어떤 것에도 관심이 없었던 것 같았습니다.

어느 날 통행금지 시간이 훨씬 지났는데 친구(김의경·김순철·오현경)들과 함께 오셔서 양은 밥솥에 있는 찬밥에 반찬을 쓸어 넣고 비빔밥을 만들어 맛있게 잡수시는 모습을 보고, 이 늦은 시간까지 식사도 제때에 못하신 모습이 안타깝게 느껴지기도 했습니다. 그러나 형님 친구분들이 오셨던 주일에는 식량이며 부식이 부족하여 토요일은 어쩔 수 없이 더 빨리 시골집에 내려가야 할 때도 있었습니다.

어느 날은 형님과 실험극장 동료인 친구(김의경·김순철·오현경)들이 방을 쓰는 빗자루며 밀짚모자·신문지·페인트·먹·니스·풀 등 여러 가지 물건들을 가지고, 방안에서 무엇인가를 만들고 계셨습니다. '저런 것으로 무엇이 만들어질까?' 궁금하고 호기심 어린 마음으로 지켜보니, 모양이 만들어지고 그것에 색깔을 입히고 칠을 긁어내고 하니, 인형에 생명을 불어넣은 것같이 로마시대의 투구가 되고 방패가 되며, 창과 칼이 만들어지는 것을 보고, 그 솜씨들에 감탄하지 않을 수 없었습

니다. 숙명여대 연극 작품을 위하여 일주일 동안 열심을 다하
여 만든 소품이었습니다.

나는 형님이 연극 연출을 하신 덕분에 극장에서 연극 구경
을 자주 하게 되었고, 관심도 높아지기 시작하여 구경을 마치
고 혼자 평을 해보기도 하였습니다. 어떤 때는 무대장치를 최
대한으로 간소화하여 공연하는가 하면, 어떤 때는 무대에 폭
포수가 내리는 모습을 투명 비닐을 이용하여 실제와 같이 실
감나게 장치를 하기도 하고, 연극 무대에 영상을 활용한 연출
을 보면서 새로운 것을 찾아 무한대로 노력하는 형님에 대한
존경심을 느낄 수 있었습니다. 또 연극은 엄숙한 것으로 치부
되던 시절에 코믹한 것을 삽입하여 관객들이 즐겁고 흥미를
갖게 하시기도 하셨으며, 하늘로 승천하는 장면을 반대로 땅
속으로 떨어지는 장면으로 연출하시는 상상력 또한 연출의
개혁이 아니었나 생각되기도 하였습니다.

한 편의 연극을 관람하고 무대의 막이 내린 다음 무대 뒤
로 가 형님을 찾았으나 어디에도 계시지 않았습니다. 한참을
찾다 옆을 보니 분장을 지우시던 형님께서 "날 찾는 거냐?"
하시는 것이었습니다. 가만히 형님의 모습을 쳐다보니 아까
공연할 때 무대에서 지나가던 배우가 생각났습니다. 처음 보
는 배우인데 '어디서 많이 보던 낯익은 모습이긴 한데, 누구
일까?' 궁금했던 궁금증이 풀린 것입니다. 그 배우가 바로 형
님이었던 것이었습니다. 분장을 한 모습은 완전히 딴사람이었
으니 말입니다.

형님이 KBS-TV·TBC·MBC 방송국 개국 때마다 참여하
게 되시는 걸 보며, 연극에서 다져진 훌륭한 능력이 인정받는
것이라는 확신이 들었고 더욱 존경하게 되는 계기가 되었습

니다.

어느 날 형님이 부르더니 일일연속극 연출 대본과 다른 대본을 주시며, "이 대본대로 표시를 해주면 용돈을 주겠다"고 하시기에 밤늦도록 1번·2번·3번 카메라맨·조연출 등의 대본에 One Shot·Two Shot·Close Up 등을 표시하여 정리하며 느낀 것은 '작품을 완파하지 않고는 여러 상황들을 이렇게 연출해낼 수 없겠구나' 하는 생각을 갖게 되었고, 몇 개월 동안 대본을 정리하고 드라마를 시청하며, 왜 그 장면에서 그렇게 연출을 했는지 이해할 수 있었으며 형님은 더욱 대단히 보일 수밖에 없었습니다.

나는 중학교 교사로 재직하며 학생들에게 청소년기에 연극을 관람할 수 있는 기회를 많이 갖게 해주면, 장성하여 사회인이 되었을 때 예술에 대한 사랑과 관심이 더욱 커질 것이란 생각이 들어 형님에게 "중·고등학생에게 입장료 할인 혜택을 주었으면 좋겠다"는 부탁을 드려 우리 학교 학생들에게 권하게 되었고, 여러 학생들이 관심을 가지고 공연 때마다 문의를 하면 표를 나누어주기도 했는데, 졸업한 후에 대학생들이 되어 찾아와 "중학교 시절에 연극을 구경했던 것이 지금까지 연극에 관심을 갖는 계기가 되었다"는 이야기를 하면 보람을 느끼기도 했습니다.

78년 세계 연극제에 한국 대표로 참가하기 위하여 난생 처음 외국에 가는 형님이 김포공항 보세구역으로 들어가는 순간 전송나가셨던 어머니께서 돌아서시며 "내가 저 아이를 다시 보지 못할 것 같아" 하시는 말씀을 듣고 '왜 그런 말씀을 하시는 걸까?' 했는데, 일주일 후 어머니께서 세상을 떠나시게 되었고 외국에 나가 계신 형님에게 연락을 해야 할 것인가, 어쩔까를 의논하다 알리지 않는 것이 좋겠다고 의견을 모아 연락을 하지 않았습니다.

형님께서는 세계의 연극을 조금이라도 더 접해보기 위하여 예정된 일자보다 20여 일이 지나 50여 일만에 귀국하자 공항에서 곧바로 집으로 모셔오니 의아해 하며 "집에 무슨 일이 있냐" 하며 계속 물었으나 어느 누구도 답변하지 못하자 무슨 일이 있는 것은 짐작하였으나, 어머님께서 돌아가셨다는 것은 상상도 하지 못하고 있었습니다.

집에 도착하자 마루에 마련된 어머니 상청을 보고서야, "내가 떠날 때도 건강하셨는데"를 연발하며 대성통곡하시는 모습이 무척이나 안타까웠습니다.

아버지께서는 경영하시던 과수원을 큰아들에게 물려주시려고 형님을 농과대학 임학과에 진학케 하셨습니다. 그러나 당신의 바램대로 되지 않자 "하라는 공부는 하지 않고 연극에 미쳐 있다"고 "자식과 부모의 연을 끊자" 하시던 아버지께서 나중에는 앞서가는 삶을 살아온 큰아들을 8남매 중에서 그 누구보다 사랑하셨고 무척이나 자랑스럽게 생각하시는 것 같았습니다.

아버님께서는 1980년에 "일제 치하에서 태어나 갖은 고생을 하고 해방 후 6·25 전쟁으로 피폐된 조국 강토를 다시 세우느라 자신들을 돌볼 시간이 없었던 농촌의 노인들도, 빈둥거리며 여생을 보내지 말고, 지금부터라도 무엇인가를 배워두면 언제인가는 써먹을 곳이 있고 자식들에게 핀잔 받는 일도 적을 것이다" 하시며 노인들을 모아 노인대학을 설립하고 운영하셨습니다.

훌륭한 분들을 초청하여 강연을 열기도 하시고, 서예가를 초청하여 붓글씨를 가르치며, 전국을 찾아다니며 견학을 하고, 우리 역사를 가르쳐 대한민국 국민임을 자랑스럽게 느끼도록 하셨으며, 청소년에게는 효 사상을 가르쳐 '가정의 뿌리를 튼튼히 하는 것이 나라를 튼튼하게 만드는 것이다' 라고 10년 넘게 가르치셨으며, 형님이 연출하는 연극이 있을 때마다 형님에게 부탁하여 수십 명의 노인분들을 극장에 대동하시고 그 동안 그들이 누리지 못하였던 문화 혜택을 누릴 수 있는 기회를 마련해 주는 가교 역할을 하셨습니다.

형님께서는 늘 관심을 갖고 계셨던 전통문화의 발굴·재현·계승 등에 혼신을 다하셨으며, 이렇게 발굴하고 재현하고 계승되어 오는 전통과 현대를 접목하여 새로운 전통을 만들려고 노력하시던 모습, 즉 마당놀이를 무대로, 판소리를 극장으로, 우리의 극을 세계무대로 진출할 수 있게 디딤돌 역할을 하셨으며, 그렇게 새로운 것에 도전하며 창작하는 개척적이며 도전하는 정신에 저는 항상 감동할 뿐이었습니다. 특히 가장 한국적인 것이 가장 세계적인 것이라는 것을 아시고 민속예술에 더욱 관심을 가지신 것에서도 남보다 앞서 생각하고 실천에 옮기신 분이라 생각합니다.

자녀인 윤무는 SBS-TV 프로듀서로, 윤정이는 국악연주자이자 국악교수로 활동하게 된 것을 보면 유전인자는 속일 수 없는 것이 아닌가 생각됩니다.

끝으로 생애 마지막 작품이 며칠 후에 무대에 올려지는 것을 보지 못하시고 타계하신 것이 못내 아쉬움으로 남아 있었으나, 공연이 끝나고 '훌륭한 공연이었다'는 소식만으로도 형님에 대한 추모라 생각되어 감사할 뿐입니다.

인생은 연극이라며 하늘나라에서도 두세 사람만 모이면 연극을 하실 분인데…….
　형님 부디 천국에서 그 동안 불편했던 모든 것들을 훌훌
털어 버리시고 평안하고 행복한 삶을 누리시기 기원합니다.

사진 속의 나의 아버지

허윤무(장남, SBS-PD 차장)

아버지!

지금 환하게 웃고 있는 당신의 사진을 보고 있습니다. 기억을 더듬어 보니 정말 몇 년만에 당신의 환한 함박웃음을 보는 것 같습니다. 비록 사진이지만 몸이 아프시고 난 후로 오랜만에 보는 환하게 웃는 얼굴입니다.

아버지, 기억나시죠?

제가 국민학교 1학년 때인가요, 당신께서는 연극을 하시겠다며 극단을 차리셨지요. 저희들은 영문도 모르는 채 두 칸짜리 셋방에서 아버지, 어머니, 나, 여동생 그리고 외할머니까지 다섯 식구가 좁은 집(당시 옥인동)에 오글오글 모여 살던 시절이었죠. 지금와 생각해 보면 가끔씩 연탄가스를 맡아 머리가 조금 아프던 기억 빼고는 그래도 아버지가 계신 그때가 좋았습니다.

아버지, 기억하시죠?

제가 중학교 때 테니스 선수가 되겠다고 밤낮으로 연습만하다가 처음으로 대회에 출전한다고 당신께서 직접 응원까지 오셨는데 제가 예선 탈락하고는 테니스 그만두겠다고 하자 화가 머리끝까지 나셔서 테니스 라켓으로 저를 때리실 뻔했잖아요. 그때 어머니가 말려서 맞진 않았지만 그렇게 무서운 아버지의 표정은 저에겐 충격이었습니다. 그래도 당신이 계셔서 그때가 좋았습니다.

아버지, 생각나세요?

술을 한잔 하시고 기분이 좋으시면 윤무야 이리와라 하시곤 마루에 앉아 팔씨름을 했지요. 물론 그때마다 제가 졌지만 고등학교 2학년 땐가요? 그때야 비로소 제가 이겼지요. 당신께선 당신의 나이가 들어가는 것은 생각 안 하시고 제가 청년이 되어간다는 사실에만 즐거워 하셨죠. 정말로 그때가 좋았습니다.

지병으로 서재에 쌓인 책만큼이나 많은 약봉투 속에 둘러쌓여서도 항상 독서에 열중하던 당신의 모습,

따사하게 햇살이 내리쬐면 조그만 물뿌리개로 살금살금 화초에 물주시던 모습,

조각을 하신다며 수집하던 파이프 중 하나를 끄집어내서는 조각칼로 당신의 얼굴을 새기곤 우리들에게 자랑스레 보이시던 모습,

돋보기 안경 너머로 책을 보시다간 세상을 달관한 듯 한쪽 입술로 살며시 미소지으시던 당신의 모습,

마지막 연극공연이 끝난 후 쫑파티 자리에서 소주를 한잔 걸치시곤 '어기야 뒤여어차 어기야 뒤여어 어기이 여차 뱃놀이 나가안다' 라고 뱃노래를 우렁찬 목소리로 부르시며 호탕하게 웃으시던 당신의 그 모습이 아직도 선명합니다.

제가 어렸을 때 시장에서 홍어를 한 마리 사오셔선 참홍어라 좋아하시며 몇 날 며칠을 꼬들꼬들하게 말려 퀘퀘하게 썩은 냄새가 나면 불에 구워 조금씩 아주 조금씩 소주 안주로

드시던 당신의 그 모습이 아직도 또렷합니다.

이제 나이가 들어 삭힌 홍어의 맛을 알 나이가 되었지만 부자지간에 마주앉아 잘 삭은 홍어 한 마리 같이 먹으며 술 한잔 할 기회는 앞으로도 영원히 없겠지요.

아버지, 그때로 되돌아가고 싶습니다.

아버지!

당신께서 가신 지 벌써 일년이 되었습니다. 당신의 친손자 원범이도 무사히 태어났지만 너무나 든든했던 뿌리가 없어지는 고통 속에서 새로운 뿌리를 내리려 하니 당신의 빈자리가 더욱 크게 느껴집니다. 할아버지의 부리부리한 눈매와 넓은 이마 그리고 꽉 다문 입술을 꼭 빼닮은 이 녀석이 자라서 할아버지의 존재를 의식할 나이가 되면 말해줄 겁니다. 너의 할아버지는 우리 가족들에게 작고 소중한 즐거운 추억들을 아주 많이 만들어 주셨고, 자신이 옳다고 믿는 자신만의 삶을 정말로 치열하게 사셨고, 그리고 환하게 웃는 모습이 너무나도 매력적인 세상에서 단 하나뿐인 나의 아버지였다고…….

아버지와 나

허윤정 (딸, 거문고 연주자, 서울대 국악과 출강)

어린시절 민예극단 연습실은 나의 놀이터이자 유치원이었다. 극단에서 공연하는 인형극의 인형들이 바로 내 장난감들이었는데, <해님과 달님>(제목은 정확히 기억나지 않는다)이란 인형극에 나오는 달님공주의 인형이 너무 좋아서 낮 동안 내내 가지고 놀고, 또 공연이 끝나면 나에게 달라고 마구 떼쓰던 일, 인형극 연습을 하도 많이 봐서 대사를 다 외워버리고는 인형극을 하는 막 뒤에 가서 같이 대사를 따라하던 일들이 기억난다.

극단 연습실은 항상 떠들썩했는데, 아버지는 북을 치시고 배우들은 소리며 탈춤을 연습하고 해금, 대금 같은 악기들과 장구 소리까지 어우러져 흥겨운 분위기였던 것으로 기억 속에 남아있다.

아버지는 당시에 방송국 드라마의 연출도 맡고 계셨기에 나는 아버지를 따라 극단연습실과 방송국을 드나들며 조금은 특별한 유년기를 보냈던 것 같다.

이런 환경 속에서 어린 시절을 보낸 나는 지금 하고 있는 국악보다는 오히려 연극배우와 연출가의 꿈을 꾸어볼 만도 했고, 아버지께서도 속으로 한번쯤은 그런 딸의 진로를 생각해 보셨음직 하다.

초등학교 5학년 때 처음이자 마지막으로 아버지의 작품에 배우로 출연했었는데, <바다와 아침등불>이란 연극이었다. 이 연극을 통해서 아마 아버지께서는 딸이 연극배우로서의 끼는 없는 것 같다고 느끼셨을 것이다. 그 당시 나도 아버지 앞에서 연기를 하는 것이 그렇게 쑥스러울 수가 없고 어린 마음에도 내가 지금 하고 있는 연기가 어색하다고 느껴지면서 자존심이 상하는 것이었다. 그러나 아버지는 나름대로 잘하고 있다면서 칭찬을 해 주셨고 자신감을 주려고 하셨다. 하지만 그 이후로 나는 연극은 보는 것만으로 만족하고 즐기리라 마음먹었다. 그런데 국악고등학교에 입학하여 연극부에 들어가 연극 두 편을 공연했는데 한번은 배우를, 한번은 조연출을 맡았었다. 그런데 연기를 할 때는 여전히 어색하고 몰입이 안되더니 조연출을 맡아 연습을 할 때는 그렇게 재미있을 수가 없었다. 배우들의 대사며 동선, 연출선생님께서 만들어 주신 디테일한 손동작 하나하나까지 머릿속에 입력이 되면서 목청 높여 연습시키는 것이 무척 신이 났다. 아버지는 '연출가의 딸이라서 연기보다는 연출이 더 적성에 맞는 모양이구나' 하시며 내심 좋아하시는 것 같았다. 하지만 굳이 힘든 연극의 길을 권하지는 않으셨고 오히려 내가 하고 있는 거문고를 통해서 전통예술의 우수성과 그 가치를 세계에 알려야 한다고 강조하여 말씀하시곤 했다.

아버지는 우리 나라 전통문화와 예술에 대해 각별한 애정과 해박한 지식을 갖고 계셨기에 나에게는 가장 가깝고 둘도 없는 스승이셨다. 가끔 아버지께서 약주를 하고 오시거나 손님들이 집에 오신 날이면 나에게 '살풀이 한번 춰봐라', '거문고 소리 한번 듣자'고 하시며 손수 북을 잡고 장단을 치셨다.

홍에 겨워 추임새를 하시던 아버지의 모습을 떠올리면 아버지께서 하셨던 전통에 대한 생각과 작업들이 단지 명분이나 방법적인 차원이 아니라 진정으로 우리 문화예술에 대한 자긍심과 애정으로부터 우러나온 것이었고, 그 속깊은 멋을 알고 즐길 줄 아는 분이었다는 생각을 하게 된다.

이렇듯 한 분의 예술가로서 존경스러운 아버지셨지만, 부녀지간의 살가운 대화는 그리 많이 나누지 못했던 것이 사실이었다. 너무 일에만 매달리시느라 가족들과 함께할 시간이 많지 않았기에 언제부터인가 아버지는 내게 어렵고 조금 먼 존재로 느껴졌다. 그래서 딸이 되어 가지고 애교도 잘 못부리고 어색하게 아버지를 대하곤 하던 철없는 시절이 있었다. 그러나 나이가 들고 결혼도 하여 조금씩 철이 들면서 겉으로 표현은 잘 안하시지만 속깊은 아버지의 정을 느끼게 되고, 늘 한발 앞서 고민하고 생각하셨던, 그래서 외로우셨을 아버지의 예술세계를 조금이나마 이해하게 되면서 나는 아버지와의 거리가 가까워짐을 느낄 수 있었다. 예술가로서 끊임없는 열정을 가지고 쉴새없이 달려오신 아버지. 세상물정을 너무 몰라서 주변 사람들을 답답하게도 하셨지만 마음은 무척 순수하고 여리셨던 아버지. 그런 아버지가 오랜 투병으로 나날이 쇠약해져 가는 것을⋯ 곁에서 지켜보는 일은 무척 슬픈 일이었다. 아무것도 도와드릴 수 없고 그저 내가 아버지를 위해 할 수 있는 일은 좋아하시는 손자 재익이를 데리고 가서 재롱을 보여드리고 집으로 돌아오는 것이 고작이었다. 재익이를 보고 환하게 웃으시며 심청전이나 흥부와 놀부 같은 옛날 이야기를 나직이 들려주시던 아버지의 모습이 지금도 눈에 선하다.

비록 짧았지만 깊은 사랑을 쏟아주신 외할아버지를 재익이가 오래오래 기억했으면 좋겠다. 그리고 재익이가 자라면 자상했던 외할아버지로서만이 아니라 한 분의 예술가로 할아버지께서 남기신 작업들을 이야기해 줄 것이다.

지난 몇 년을 돌이켜보면 후회되는 일이 너무나 많다. 무엇보다도 일이나 생활을 핑계로 혼자 외롭게 병과 싸우시는 아버지 곁을 좀더 자주 지켜드리지 못한 것이 후회스럽기 그지없다. 가끔씩 낮에 집에 들러보면 아버지께서는 반야심경을 틀어놓고 가만히 천장을 응시하며 누워 계셨다. 그렇게 해서 마음의 평온을 찾고 육체의 고통을 잠시나마 잊고 싶으셨을까. 한번은 내가 제주도 공연 갔다오면서 사다드린 돌에 작은 화초들을 철사로 감아서 거기에 붙어 뿌리를 내리도록 만드신 분재를 내게 보여주시며 마치 이 화초가 아버지 당신인 것처럼 생각된다고 말씀하셨다. 저것들이 과연 뿌리를 내려 겨우내 잘 살아남을 수 있을까, 봄을 맞이할 수 있을까 하는 마음으로 물을 주신다고… 그 말씀에 나도 모르게 눈물을 쏟고 말았다.

그렇게 아버지께서는 죽음과 바로 맞닥뜨리며 하루하루를 보내고 계셨는데 정작 나는 그걸 실감할 수도 인정하기도 싫어서 그저 '아빠, 왜 자꾸 마음 약한 말씀을 하세요' 라고 흘려버리기만 했었다.

이렇게 빨리 아버지와의 이별이 찾아올 줄도 모르고 말이다…….

비록 그렇게 몸과 마음은 쇠약해져 가셨지만 그래도 아버지의 머릿속엔 늘 예술에 대한, 세상에 대한 화두가 끊이지 않으셨고, 새로운 연극의 이야깃거리들로 가득하셨던 것 같다. 눈이 아프신대도 병석에 누워 항상 책을 읽으셨고, 노트에 아버지의 여러 생각들을 흐트러진 필체로 적어놓곤 하셨다.

아버지께서 돌아가신 지 벌써 1년이란 시간이 흘렀다. 그러나 시간이 가면 갈수록 더 그립고 눈물이 난다. 아버지가 즐겨 쓰시던 모자, 지팡이, 커다란 신발…. 그런 아버지의 흔적들을 볼 때마다 가슴이 저미도록 아버지가 그립다. 그리고 아버지와 나누었던 음악과 예술과 철학에 대한 이야기들이 그립다. 아버지를 생각하면 온통 후회와 아쉬움으로 가득 찬다. 그러나 아버지의 예술에 대한 뜨거운 열정과 집념, 순수하셨던 모습 역시 내 마음 깊이깊이 자리하고 있다. 그래서 자랑스럽다.

"아빠! 이제 편안하신가요, 더 이상 아프지 않으시죠? 늘 아빠 생각하고, 보고싶어요. 저를, 우리 가족을 지켜봐 주세요. 사랑해요, 아빠."

가장 늦게 맺어진 짧은 만남

윤정원(며느리, 바이올린 전공)

아버님을 처음 뵌 것은 지난 98년 초여름이었다.

감색양복에 단장을 짚으신 채 힐튼호텔 커피숍 안으로 천천히 걸어오시던 모습.

결혼이라는 대례를 앞두고 우리는 시댁어른들과 조촐한 가족모임을 가졌고 그분은 나의 '시아버님'으로 그렇게 등장하셨다.

과하지도 덜하지도 않았던 상견례의 담백한 느낌은 15개월 간의 인연동안 계속되었고, '아가야', '며늘애기야'라는 상투적인 호칭보다는 '정원아'라고 부르시던 나직한 목소리가 좋았다. 또 저녁식사 후 나를 불러 앉히시고는 이런저런 말씀을 하시면서 주전자의 물을 2~3번 채워오라는 동안 마음의 갈증을 엿보기도 하였고, '오늘은 여기까지만 얘기하고 다음에 또 이어서 하자꾸나' 라고 하시며 아쉬워하시던 모습도 기억이 난다.

원서동 시댁은 현관으로 들어서면 거실을 지나 아버님 방이 정면으로 보인다.

아버님께서는 당뇨로 인한 병환으로 오랫동안 누워 계셨는데, 어느 날인가는 사람들이 집안으로 들어올 때 당신께서 누워 계신 모습이 제일 먼저 보이는 게 싫으시다며 방을 옮기셨다. 아버님께서는 늘 조용히 책을 읽으시거나, 가끔씩 따뜻한 햇살이 방안으로 깊이 스며들 땐, '화초나 꽃도 대화를 하면 잘 자란단다' 하시며 물을 주시곤 했다.

만원짜리 한 장을 쥐어주시고는 몰래 담배 한 박스를 사오라며 눈을 찡긋하시던 모습.

외출하시고 오시던 날은 더욱 우울해 하시며 깊은 고독에 잠기시다가 일찍 잠을 청하시던 기억들……

침대 주변에 어지럽게 널려있던 약봉투들과 주사기…….

시집을 와 낯선 환경에 적응하기도 전에 아버님은 우리 곁을 떠나셨다.

더구나 부음소식을 듣고 찾아온 문상객들로부터 들은 아버님의 옛모습에 대한 이야기들은 내겐 너무도 낯설고 당황스럽기까지 했다.

연극활동에 한참 몰두하셨을 적에 지독히도 연습시키시던 감독이셨다는, 신명나게 소리를 하시고 흥이 나시면 장구를 치시며 즐거워하셨다는, 술을 즐기시고 밤새 사람들과 어울려 이야기하시는 걸 좋아하셨다는, 가족의 소중함을 강조하시던 내가 뵌 아버님의 모습과는 또 다른 상상만으로는 너무나 아쉬운 모습들이었다.

그러나 아버님과 나와의 인연이 시작되었을 무렵, 아버님께서는 이미 많은 일들을 이루셨고 삶의 뒤안길에서 쓸쓸히 황혼을 맞이하고 계셨다.

나는 무대 뒤에서 혼을 사르며 순수한 열정을 펼치시는 '허규 선생님'을 만나지는 못했다.

가장 늦게 맺어진 짧은 만남.

윤정원 289

하지만 나에게 '허규 선생님'은 아버님으로 영원한 가족으로 남게된 긴 인연이었음을 자랑스럽게 생각하며 이렇게 짧으나마 아버님께 글을 올리게 된 소중한 추억을 가슴에 간직하리라… 아버님, 부디 저승에서라도 평화를 찾으소서.

아버님을 추모하며

이호걸(사위, 주식회사 컴·온 이사)

이 땅의 아버지에게는 아들이 여럿 있을 수 있다. 우선 피붙이 자식이 있겠고 딸이 있다면 사위도 아들이고 자식의 친구가 있으면 그 또한 아들과 다름이 없을 것이다. 나의 경우에는 고인의 사위이면서 그 이전에 아들의 절친한 친구였으니 고인의 친자식이라 해도 지나침이 없을 것이다. 생각해 보면 고인은 나에게 분에 넘치게 많은 기회를 주신 것이다.

그러나 결국 나는 고인에게 좋은 아들은 못 되었다. 살갑고 붙임성 있는 성격과는 워낙 거리가 먼 나는 아버님이 오랫동안 누워 계실 때에 자주 찾아뵙지도 못하고 또 찾아뵙고도 변변한 위로의 말씀도 못 드리고 주변만 서성거렸을 뿐이었다. 늘 바쁘다는 게 핑계였다. 하지만 아버님은 그런 가당찮은 핑계를 오히려 걱정하여 주셨고 그럴수록 건강을 유념하라고 당부해 주셨다. 나는 평생동안 아버님에게 죄스러운 마음으로 살게 될 것이다.

내게 있어서 아버님은 장인어른의 모습보다는 선생님의 모습으로 자리잡고 계신다. 아내와 결혼하기 전 어느 여름날 초

저녁이었던 것으로 기억한다. 아버님과 나는 북촌 창우극장 골목어귀에 의자를 놓고 연극 얘기를 한 적이 있었다. 나는 •학창시절 처음 본 연극에 매력을 느껴 연극을 하겠노라고 무작정 극단을 출입하던 때의 얘기를 했으며 아버님은 옛날 민예극단 시절의 얘기를 하셨던 것 같다. 하지만 아버님이 당시 무슨 말씀을 하셨는지는 잘 기억이 나지 않는다. 단지 흰 모시옷을 입으신 청아한 풍모와 인간들이 벌려놓는 비루한 일들에서 비껴 계신 듯 초연하게 말씀하시는 것에 흠뻑 빠져있던 나의 모습만 기억에 남아있을 뿐이다. 아버님이 쓰러지시던 날, 옆에서 인공호흡을 하다가 바라본 응급실 침상 위의 모습이 그날의 흰 모시옷을 입은 모습과 대비되어 떠올라 뿜어져 나오는 눈물을 멈출 수가 없었다. 나는 연출가로서 우리 문화의 지킴이로서의 허규 선생님을 평할 수도 없으며 그럴 만한 자격도 없다. 그러나 외곬으로 지켜오신 이 시대 큰 광대로서의 삶 앞에서는 고개를 숙일 수밖에 없으며 그 고귀한 삶의 끄트머리를 훔쳐본 자로서 영예스럽게 생각한다. 아버님은 앞으로도 큰 선생님으로 영원히 살아계실 것이다.

아버님에게 죄스런 마음은 변치 않겠지만 그나마 잘한 것이 있노라고 위안하고 싶은 것이 있다면 바로 외손자를 품에 안겨드린 일이다. 아버님이 병환중에도 크게 웃으실 일이 있을 때는 거의가 손자 재익이가 옆에 있을 때였던 것으로 기억한다. 아버님이 이 세상에서 후회없는 삶을 사셨더라도 떠나시면서 안타깝게 생각하신 게 있다면 아마도 이승에서 더 이상 재익이의 재롱을 곁에서 지켜볼 수가 없다는 것이었을 것이다.

　아버님이 떠나시는 즈음 아내는 둘째 지민이를 임신하였다. 태어난 지 이제 한 달여 된 지민이는 다리가 훌쩍 긴 것이 외할아버지처럼 키가 클 것 같다. 아버님도 하늘에서 외손녀 지민이를 지켜보시며 기뻐하실 것이다. 나는 우리 재익이와 지민이가 앞으로 어떠한 일을 하더라도 자기들이 일생을 바쳐 할 수 있는 일들을 하였으면 하고 바란다. 또 그렇게 될 수 있도록 도와주고 싶다. 그리고 먼 훗날 우리 아이들이 각자의 영역에서 외할아버지와 같은 열정과 재미를 지니게 된다면 지금의 이 죄스런 마음이 조금 가벼워질 수 있을까 하고 생각해 본다. 아버님, 정말 그때에는 조금이라도 가벼워질 수 있을까요? 평안히 잠드소서.

그의 이야기·1

박현령

그 어느 분이 추천을 했다. 히말라야산 계곡이나 티벳고원에서 겨울을 견디고 살아남은 독사가 틀림없이 인간의 질병을 말끔히 치유할 수 있다고. 특히 남자의, 술을 즐긴 남자의 혈액순환에는 더할 나위없이 효능이 있다고, 동의보감에 적힌 백사주의 효험을 낱낱이 복사해 와서 내게 건네주었고, 그 어려운 한문의 처방전도 번역해서 내게 주었다.

그분은 또 중국 출장길에 바짝 마르고, 또아리를 한 채, 내장을 깨끗이 꺼낸 히말라야 계곡의 백사 두 마리를 구해왔었고 우리는 기꺼이 그 백사를 구입했다.

히말라야 계곡, 히말라야 계곡이라니!

그러나 그것까지 확인할 기력도 없었고, 나는 동의보감의 처방전을 들고 경동시장의 약재상점에 갔다. 꼭 처방전대로의 용량을 구해와서 섭씨 이 백도의 열에 짜고 또 쪄서 말리고 있는데, 텔레비전에서는 시청률 최고의 <동의보감>이 황금시간대에 방영되고 있었고, 우리들의 기대치에 그 드라마는 보탬이 되고 증거가 되고 있었다.

그 희귀한 명약이, 현대의학을 능가해야 한다고 주먹을 쥐고, 누구에겐지도 모르는 그 누구에게 나는 주장하고 있었다.

끈적거리고, 잘 돌지 않는 그의 혈관을 시원하게 뚫어줄 수
만 있다면… 환상과 희망은 무한대로 부풀어가고….

나는 또아리 튼 백사와 소독해서 말린 한약재를 함께 방앗
간에서 빻아, 무명보자기에 싸서, 이 리커의 문배주에 담갔다.

투명한 유리병 속의 술! 그 안에 보자기를 넣고, 나의 기도
와 그의 희망과 흰 독사를 어렵게 구해다 준 그분에 대한 고
마움이 함께 어우러지고 곰삭아서 신비의 명약, 생명의 신비
를 깨우치는, 눈알이 화들짝 열리는, 신통술의 명약이 탄생하
기를! 희망의 깃발을 높이높이 올리면서. 한 달 반을 기다려
볼 수밖에 없었다.

백사주, 백백사주의 그, 꽁꽁 봉해 놓은 노끈을 더욱 꽁꽁
봉해가면서……

그의 이야기·2

맨 처음, 그 약 이름을 내가 알았을 때, 난 참 야릇한 생각에 빠져있었다. 항 우울증이라? 우울증을 걷어내어 준다는 그 약은 그냥 평범한 작은 흰색 알약이었다.

"의사의 지시대로, 의사의 말을 잘 들어야 병을 고친다" 라고 하던 내 친구 의사집 딸의 말을 상기하면서, 신경내과 대기실 의자에 앉아 그의 진료시간 예약차례를 기다리고 있었다. 내과, 신경과, 내과, 신경과… 도대체 손에 잡히지도 눈에 보이지도 않는 그 병마를 더듬어, 약을 뱃속에 쏟아부어야 하나? 게다가 환자의 근원적인 우울증을 한 알의 약으로?

혈액순환, 혈관장애, 신경손상, 불면증에, 또한 소변에 혈당이 자꾸 빠져나가서 기운을 소진시킨다는 당뇨라니… 어디서부터가 시작이었고, 어디서 연결고리를 차단해 병균의 득세를 막아야 하나?…

나는 수십 명이 대기하고 있는 진료실의 대기실 의자에 끼어 앉아서 절망에, 냉소에, 희망에, 용기를 되새김질하고 있었다.

한순간의 자신감과 자포자기와 혼란스런 자아의식에 물결치고 있는 그의 얼굴을 떠올리면서, 내 번호판에 불이 켜지고 이름이 켜지기를 기다리고 있었다.

길고 긴 기다림, 지루하고 지루한 순간순간, 맥빠지고 허무하고, 외롭고, 시시하고, 삶에 걸고 있던 온갖 무지개빛 꿈들이 먹칠되어 가는 순간순간을 견디고 끝에 의사가 내게 준 것들은…….

짙푸른 감청색의 진통제나 희디흰 항 우울증약과 진분홍색 신경통약과 샛노란 수면제와 혈압조절제, 신경안정제, 빨간, 노란, 파란, 시커먼, 항 우울증약 등등, 항 절망증, 항 자포자기약, 항 시시껄렁증약, 항 불안증약, 항 불행증약, 항 무기력증약은 없고,

자신감도, 믿음도, 우울증도 가시지 않는 약들을 한 봉지 받아들고, 지난 달, 지지난 달에도 꼭같이 받아왔던 그 봉지들을 받아들고 나는 집으로 와서, 환자 앞에서 태연한 척, 희망이 있는 척, 곧 낫게 될 것 같은 표정을 지으며 약을 분류해서 그의 약통에 담고 있었다.

식전 약, 식후 약, 식전 30분 전, 식후 한 시간 후, 식후 30분, 자기 전 30분, 자기 전 두 시간, 식후 두 시간, 혈당 체크, 기타 등등 주의사항을 매직펜으로 적으며, 참 이상하게도, 자꾸만 항 우울증, 항 우울증이란 약이 신통하게만 생각되고 있었다.

그의 이야기·3

그가 입던 버버리 무늬의 남방셔츠를 다려서 내가 입었다.

일백 칠십 팔 센티미터의 키에 오십 육 킬로그램, 일백 오십 센티미터에 오십 육 킬로그램의 나는 키와 체중의 상관관계를 계산해 본다.

팔이 길어서 걷어올리니, 내게 품이 꼭 맞는다. 포근하고 친밀한 감촉이 온몸을 감싸안는다. 병약했던 그가 언제 나도 모르게 이 셔츠를 구입했을까.

기억나지 않는다, 이 셔츠만은.

늘 바쁜 그를 위해서 정장 신사복이 아닌, 바지나 셔츠들은 늘 내가 사다가 그의 방에 걸어두면, 새 것인지 헌 것인지 분간도 못하고, 입고 나가곤 했었지.

병이 나자 점점 살이 빠지고 길이만 남아서 매일 아침 저울에 몸무게를 달아보고, 무게가 영점 오 그램이라도 늘어나면 좋아하고 일 킬로그램이 빠지기라도 하면, 금방 우울해지던 그, 다른 사람들은 모두 살이 쪄서 걱정하고 있는데, 그가 저울에 무게를 달면 나는 속으로 그의 살이 그에게서 떠나주지 않기를 얼마나 속으로 고대했던가?

"살이 쪄야지."

"살이 빠지기만 하면 안 되지, 안돼."

"표준체중 미달이면 견디기가 더 힘들지."

나는 속으로 중얼거리며, 단백질, 탄수화물, 콜레스테롤, 채소, 반찬 메뉴를 매일같이 챙기곤 했었지.

그가 살이 오르지도 않은 채, 이승을 하직해 버린 후, 나는 그의 셔츠를 입어보고, 그의 체온을 감지하듯, 아니아니 셔츠 속의 내가, 아니아니 마치 내가 그의 살을 대신 빼앗기라도 한 듯이 죄스러워진 내가 "아직도 나는 체중이 그대로이네" 하고 중얼거리며, 빠져나가기만 하던 그의 살을 미워하고 미워해 본다.

남들은 모두 찌기만 하는 살을 증오하며 찌는 살 때문에, 또 다른 병 때문에, 살이 찔까 무서워서 굶고, 또 굶고 죽기 살기로 살을 빼고 있다는데 말이다.

그의 이야기 · 4
— 자동차 —

그가 타던 자동차를 내가 대신 타고 다닌다. 그의 생전에는, 내가 그를 자동차에 태우고 시골집으로, 병원으로, 딸네집으로, 조카아들의 돌잔치 장소로, 누님 집으로 돌아다닐 때에는 내가 그래도 자원봉사자나 된 양, 다리가 불편한 그를, 그의 차에 태우고 다닐 때면, 그는 자기가 운전해서 나를 태우고 다니지 못하는 것에 짜증이 나서,

"옆으로 살살 가."

"아니아니, 그럴 때는 기아를 한 단 높여서, 차에 힘을 실어줘야 해."

"기다렸다 천천히 가지 그래, 라디오는 좀 끄고 갑시다" 등등, 그답지 않은 잔소리를 하며 으시대곤 했었다.

나는 라디오 음악을 듣고 싶어도 참고, 그의 짜증 섞인 잔소리도 참고, 언젠가는 그의 다리에 힘이 생기고, 살이 올라 튼튼한 다리가 되면, 그가 나를 태우고 여기저기 맛있는 것도 먹으러 다니고, 시골집에도 다녀오곤 하겠지. 암, 꼭 그렇게 되겠지, 하면서 나는 '희망'을 버리지 않으려고, 안간힘을 쓰면서, 운전기사인 양, 자원봉사자인 양, 저자세가 되어서 마음을 굳게 먹고 운전하곤 했었지.

　그러나 그가 훌쩍 저 세상으로 가버리고, 그의 자동차를 내 이름으로 바꾸고, 마치 나의 자동차인 양, 꼭두새벽에 내가 손수 운전을 하고, 그의 묘소에 제사를 지내기 위해, 부르릉, 자동차에 시동을 거는 순간, 나는 그만 흠칫 놀라고 말았다.

　내가 그의 자동차에 열쇠를 꽂고, 부르릉 시동을 거는 순간, 마치, 내가 그의 자동차를 훔쳐 달아나는 범죄자인 양, 엉뚱한 곳으로, 정반대의 방향으로, 거세게 액셀러레이터를 밟고 있었다. 그리고는 달아나고 있는 환상에 빠져들고 있었다. 내가 마치 유명한 범죄영화의 범죄자가 된 양 야릇하고도, 씁쓸한 한없이 허망한 이승의 삶의 현실에, 당황해서 어쩔 줄 몰라, 자동차의 액셀러레이터를 거칠게 밟고 있었다.

그의 이야기 · 5
— 시계 —

그가 마지막까지 차고 있던 그의 팔목시계를 내가 차고 다 닌다, 그가 간 후에.

시계포에 가서, 시계줄을 몇 개 줄이고, 땀이 밴 시계의 때 를 씻어내고 나니, 마치 새로 산 새 시계 같다.

그가 간 후에, 여러 개의 팔목시계가 나왔다. '88올림픽기 념시계, '86아시안게임기념시계, 거리축제상감마마기념시계, 서울시장이 내리신 무슨무슨 시계, 국립극장 몇 주년 무슨무 슨 시계, 무슨무슨 수상기념시계, 무슨무슨 기념공연시계 등 등.

그러나 우리 결혼시계는 잃어버렸다. 아니 잃어버렸다기 보 다는 그 당시, 별로 비싸지 않은 시계를 교환했기 때문인지, 흐지부지 온데간데 없어지고 말았다. 그 후에, 여기저기서 들 어온 기념품시계들은, 별 의미 없이 뒹굴다가, 정리하다가, 별 관심없이 깊이 염두에 두지 않고 살아왔었다.

그러나 무슨 상표인지 모르는 그의 마지막 시계는 시간도 잘 맞고, 디자인도 괜찮았던지 그가 수년간 자나깨나 팔목에 끼고, 저승까지는 가지고 가지 못했던가 보다.

아마도 이승과 저승의 시간은 불가사의의, 불가해의, 감히

지금 내가 생각하지도 못할 어마어마한 무한대의 시공과 불
명의 어떤 공간의, 아니 공간과 시간의 구별조차 없는 "무의
세계", 아니아니, 또 다른 영원의 세계, 시계 같은 것이 필요
없는 무한대의, 그 무한대, 그 무한대를 뛰어넘는 초월의 시
공, 어떤 초월자의 힘으로, 죽음과 삶의 경계가 없는 그런
곳…. 그런 곳에서 그에겐 이제 시계 같은 게 필요 없겠지?
시간이 아예 없을 테니까.

그의 이야기·6

- 둥둥낙랑둥 -

적의 침략을 알려주는 북소리! 적군이 국경을 넘었다 하면, 저절로 북이 울어서 작고 힘없는 낙랑국에게 방어할 수 있도록 위험을 예고했던 낙랑의 북은 전설 속의 북이었겠지.

국가보다도 사랑을 택했던 낙랑공주는 위기를 알려주는 북을 찢었고, 나라는 적의 손에 함락되었다지.

그 신통술의 북소리, 그 신기의 북소리가 정말 존재했던 아니었던 간에, 북소리는 때로 우리에게 신비감을 주고, 원시의, 태초의 어떤 소리 같은 그런 느낌을 주기도 한다.

내 남편은 일찍이 그 북소리에 매료되었던 모양이다. 그는 시간나는 대로 북장단을 치고, 북을 만들고, 북을 매만지고, 북을 뜯어보고, 연구하고, 나중에 골동품 절구통을 사다가 속을 파내고, 북을 만들기도 했다.

내심 나도 북에 관심이 있었지만, 애써 외면해 버리려 했었다. 부부가 함께 북에 매달려 북을 치고 북을 수집하면 우리 집은 어떻게 될까. "나는 참아야지, 나는 현실을 똑바로 보고 살아야지."

그는 어느 날 집안의 화급한 일도 다 팽개치고 북 두 조각을 차에 싣고 전라도 쪽의 어느 북 전문가에게로 가버리고 말았다. 정식으로, 우리의 옛 북의 매듭을 배워서 몸통에 붙여서 오겠다는 것이었다.

그는 전국을 돌아다니며 북을 수집했었고, 이 소식을 듣고 어떤 이는 몇백 년 된 북이라면서 선물하기도 했었다. 언젠가 그가 미국의 인디언 마을을 여행하고 돌아오는 길에도, 그의 양손에는 인디언 북이 달랑거리고 있었고, 가족을 위한 그 어떤 선물도 그의 안중에는 없었던 모양이었다.

그러나 그토록 북을 사랑했던 그에게도 낙랑의 북같이 자신의 죽음을 예고해 주고, 생명의 불꽃의 마지막 장을 예고해 준 신통술의 북소리는 없었던 것일까?

그런 신통한 북소리! 불길한 순간을 예고해 준 신통술의 북소리는 없었던 것일까? 나는 바보 같은 생각을 하며, 그의 수집된 북들을 어느 날 정리해 보았다.

그의 이야기 · 7

— 안경 —

항상 안경으로 상징되던 그의 얼굴, 낮은 콧등에 걸린 안경을 길고 긴 검지와 엄지로 끌어올리며 소주잔을 기울이던 그, 뜨거운 국수를 함께 먹으면서 안경알에 안개가 끼여서 민망해 하던 젊은 서른 살의 그를, 명동의 국립극장에서, 남산의 방송국에서 만나, 명동 한복판의 연극판에서 사랑하게 되었던 나. 그의 희극연출 작품, <위대한 실종>을 관람하면서 눈물을 흘리며, 웃고, 재미있어서, 더욱 좋아했고, 결혼까지 서슴지 않았던 나.

그의 희극연출 솜씨처럼 재미있고 유쾌하리라던 나의 기대는 나중에 여지없이 깨어지고, 현실에선 과묵하고 사색하고 침묵하고, 유행에도 어떤 변화에도 부동이던 그에게 불평을 하고, 불만을 표시하는 나에게, 그는 엄지와 검지로 내려오는 안경을 끌어 올리며 웃기만 하고, 미안해 하던 그. 이후에, 몇 번의 안경알과 안경테를 바꾸어도 그의 안경은 여전히 헐거웠고, 그것이 편하다고, 상관말라고, 오히려 안경을 더 아끼고 매만지던 그. 마지막 저승길을 가면서 그 여러 개의 안경을 모두 팽겨쳐 두고, 안경알을 닦는 보드라운 헝겊조각도 여기 저기 흩어져 있고, 끝내 그의 안경알을 더 환하게, 더 깨끗하게, 나는 닦아주지 못하고 나는 바쁘기만 했었지.

故 허규 선생 연보

1934년	경기도 고양군 출생
1957년	서울대학교 농과대학 수료
1956년	극단 제작극회 연출부 입단
1960년	극단 실험극장 창단 동인
1961~64년	KBS 드라마 연출
1964~67년	TBC 드라마 연출
1969~72년	MBC 드라마 연출
1973~81년	극단 민예극장 대표
1976년	시립가무단(현 시립뮤지컬단) 지휘자
1978~82년	청주여자사범대학, 청주대, 동국대 출강
1980~83년	한국연극협회 부이사장
1981~89년	국립중앙극장장
1982년	미국 국무성 초청 미국 연극계 시찰, 아세아예술제 공연단 단장
1983년	중앙대학교 대학원 무용학과 출강
1985년	'88서울올림픽 문화예술축전 기획위원, 서독 연방정부 초청 독일 연극계 시찰
1986년	일본정부 초청 독일 연극계 시찰, 창경궁 복원기념 상감마마 행차행렬 총감독
1987년	창극 <춘향전> 일본 순회공연 단장
1988년	서울국제연극제 운영위원, 서울올림픽 개회식 안무 총괄
1988년	서울올림픽 거리축제 총감독, 프랑스 정부 초청 프랑스 연극계 시찰
1988~98년	판소리학회 회장
1989~98년	축제문화진흥회 회장

1989년   아리랑 축제 총감독, 서울올림픽 1주년기념 거리축제
             총감독
1990년   국제무역박람회 문화예술전문위원, 일본 오사카 <사
             천왕 왔쇼> 축제 총감독
1993년   북촌 창우극장 설립
1997년   한국예술종합학교 연극원 출강

－연출경력－

<껍질이 깨지는 아픔없이는>(61, 연극연출 데뷔),
<안티고네>, <리어왕>, <돈키호테>,
<사할린스크의 하늘과 땅>, <휘가로의 결혼>,
<유다여! 닭이 울기 전에>, <허생전>,
<고려인 떡쇠>(73.12), <궁정에서의 살인>(74.3),
<놀부뎐>(74.3), <우보 씨의 어느 해 겨울>(74.9),
<탱고>(74.10), <심청가>(74.11), <허풍쟁이>(75.2),
<덜덜다리>(75.3), <당신을 찾습니다>(75.4),
<위대한 실종>(75.5), <고대상상모양도>(75.9),
<구세평전>(75.12), <삼각모자>(76.4),
<쌍둥이의 모험>(76.8), <바보와 울보>(76.9),
<물도리동>(77.6), <바다와 아침등불>(78.9),
<알비장>(79.4), <우리읍내>(79.7), <부자2>(79.9),
<다시라기>(79.10), <빛이여빛이여>(79.12),
<벌거숭이의 방문>(80.3), <배뱅이굿>(80.5),
<애오라지>(80.10), <깨어진 항아리>(80.12),
 <춘향전>, <홍보전>, <토생원과 별주부>,

<부마사랑>, <심청가>, <흥보가>, <적벽가>,
<용마골장사>, <구궁가>, <윤봉길 의사>,
<토끼타령>, <배비장전>, <세종대왕>,
<나래섬>, <내일 그리고 또 내일>, <태평천하> 등 다수

ー극작경력ー

<물도리동>, <바다와 아침등불>, <다시라기>, <애오라지>,
<부마사랑>, <최병도던>, <용마골 장사>, <윤봉길 의사>

ー수상경력ー

1965년 제 2회 한국연극영화예술상 연극연출부문 수상
1977년 제 1회 대한민국연극제 <물도리동> 작, 연출, 대통령상
　　　　수상
1979년 제 4회 대한민국연극제 <다시라기> 연출상 수상
1980년 제 5회 한국연극예술상 수상
1980년 제 12회 대한민국문화예술상 연예부문 수상
1982년 제 18회 한국연극영화예술상 연극연출부문 수상
1995년 대한민국 보관 문화훈장

ー저서ー

1991년 『민족극과 전통예술』 출간
1998년 희곡집 『물도리동』 출간

열정과 신들림의 북소리를 찾아
—허규를 그리며—

지은이 · 여석기 외
엮은이 · 박현령
2001년 3월 27일 초판 1쇄 발행
펴낸이 · 이정옥
펴낸곳 · **평민사**

주소 · 서울시 서대문구 남가좌2동 370-40
전화 · 375-8571(영업), 375-8572(편집)
팩스 · 375-8573
등록번호 · 제10-328호
e-mail · yeeuny@unitel.co.kr

값 · 10,000원
ISBN 89-7115-336-9 03810